莫言研究书系
总主编 张华

The Carnivalesque Writing: The Artistic Features and Rebellious Spirit of Mo Yan's Novels

"狂欢化"写作：

莫言小说的艺术特征与叛逆精神

胡沛萍 著

山东大学出版社

图书在版编目(CIP)数据

“狂欢化”写作:莫言小说的艺术特征与叛逆精神/胡沛萍著.—济南:山东大学出版社,2014.5
(莫言研究书系/张华总主编)
ISBN 978-7-5607-5043-9

Ⅰ.①狂… Ⅱ.①胡… Ⅲ.①莫言—小说研究 Ⅳ.①I207.42

中国版本图书馆 CIP 数据核字(2014)第 116537 号

责任策划:马 新 董付兰
责任编辑:董付兰
封面设计:牛 钧

出版发行:山东大学出版社
社 址 山东省济南市山大南路 20 号
邮 编 250100
电 话 市场部(0531)88364466
经 销:山东省新华书店
印 刷:山东新华印务有限责任公司印刷
规 格:720 毫米×1000 毫米 1/16
13 印张 245 千字
版 次:2014 年 5 月第 1 版
印 次:2014 年 5 月第 1 次印刷
定 价:26.00 元

《莫言研究书系》编委会

资助单位：

西藏自治区教育厅、西藏民族学院

《莫言研究书系》总序

◇张　华

我们谋划编辑出版《莫言研究书系》可谓由来已久。

早在1986年，创刊《青年思想家》杂志的时候，我们就注意到了当时的青年先锋作家莫言；1988年，由《青年思想家》杂志牵头，在莫言的故乡山东高密召开了全国首次莫言文学创作研讨会，会后出版了全国第一部《莫言研究资料》（山东大学出版社出版）；同时，莫言成了《青年思想家》的栋梁作者，他写故乡的许多短篇作品集中发表在《青年思想家》里。2000年后，莫言被聘为山东大学教授和研究生导师，更成了我们重要的教学科研合作导师……与莫言交往二十多年，可谓知根知底，友情笃厚，持续关注。我们一直想编辑出版一套莫言研究系列丛书。

近三十年来，海内外研究莫言的论文和专著众多，从表层到深层，从宏观到微观，从文学领域延伸至边缘学科，研究的视角不断拓展，研究的水平也不断提高。这些研究成果对莫言小说的创作主体、审美意识、主题内涵、艺术风格、人物形象与意象、语言特色等都有广泛的探索，在影响研究、比较研究、叙事学研究等领域也提出了诸多有价值、令人耳目一新的见解和观点。莫言是从山东高密走进他的文学世界的，他笔下的“高密东北乡”是一个“文学的幻境”，也是一个“中国的缩影”。他说：“我努力地要使那里的痛苦和欢乐，与全人类的痛苦和欢乐保持一致，我努力地要使我的高密东北乡的故事能够打动各个国家的读者,这将是我终生的奋斗目标。"(莫言《小说的气味》)因此,莫言是山东的,是中国的,也是世界的。莫言获得诺贝尔文学奖之后,国内外一股"莫言热"正在持续升温。无论是大众读者还是研究者,都在以更大的热情和更新的眼光去欣赏、解读、探索莫言的文学世界。特别是在研究者中,将在已有研究基础上,出现更多更新的理论、方法、范畴和观点。无论是什么,有一点是可以肯定的,那就是以一种更加宏阔的"世界眼光"去审视、解读莫言的文学世界。

正是基于以上想法,我们现在推出这套《莫言研究书系》。这个书系的作者群,既邀请了莫言的家人和莫言的学生们加入,也有国内外重要的研究学者,这无疑拓宽了莫言研究的视界,丰富了第一手研究资料。我们希望面向大众读者和研究者两个群体,给他们提供各自或共同感兴趣的作家生活点滴和作品阐释。我们努力在本套书系的可读性和学术性之间找到某种恰当的结合点。

《莫言研究书系》是一个包容国内外研究莫言成果的集中地,是一个开放的书系。第一批书——《莫言研究三十年》、《莫言弟子说莫言》、《乡亲好友说莫言》、《莫言研究硕博论文选编》、《海外莫言研究》、《莫言与世界》六种,2013年一经推出即引起了强大的反响,广受学界好评。这也坚定了我们继续将更多莫言研究的优秀学术成果纳入该书系出版下去的信心和决心。2014年,该书系将推出第二批:《莫言创作的经典化问题研究》、《莫言:全球视野与本土经验》、《莫言的另类解读——西蒙与莫言的写作比较》、《民间中国的发现与建构——莫言小说创作论》、《"狂欢化"写作:莫言小说的艺术特征与叛逆精神》等。敬请方家指正。

本书系是个开放的书库,今后还将陆续推出莫言研究的其他成果,欢迎国内外学者加盟支持!

2014年3月

(张华:山东社会科学院党委书记、教授、博导,
原《青年思想家》杂志第一任社长)

外来理论与本土文本的深度契合（代序）

◇张志忠

不久之前，在和我的研究生导师谢冕先生的一次恳谈中，先生问我有没有可能全部使用中国的古代文艺理论阐释当下的作家作品。先生此问，当然是有所思考的。师从先生门下三十多年，我觉得我还是能够揣测出先生的意图的。我略作思忖，答曰：不能。我阐述说，在论文《镜中之像　像外之旨——洛夫诗作中的镜像研究》中，我曾经有意地作过这方面的努力：在宏观上，借用了“镜中之像，像外之旨”的论点作整体概括；在具体的阐述上，我从钱钟书的《管锥编》中汲取本土资源，借用了他对中国古代文化中论及镜子的各种功能的分类阐释，去分析洛夫诗歌中大量的“镜子”意象。然而，我也同时借助下拉康的镜像理论和巴赫金《镜中人》的有关论述。我对谢冕先生说，在全球化的时代，我们不可能“自说自话”，更为重要的是，不可能用产生于农业时代的、基于其时的文艺创作而产生的文艺理论去尽情尽性地解读现代作品。不单是我，今天也没有看到哪个学者能够做到这一点。

当然，这是就一种“职业的批评”而言，没有理论就没有批评，没有现代理论就没有现代批评。法国理论家蒂博代在《六说文学批评》中，把批评分为“自发的批评”、“职业的批评”和“大师的批评”三类。最受推崇的当然是“大师的批评”。蒂博代指出，“职业的批评”认为作品是观念的实现，是继续和延伸观念的丰富性。也就是说，“艺术品是批评观念的一种运用”，“艺术产生于批评”。“职业的批评”的任务是建立一个观念的、联系的、智力的世界。因此，这种批评家在艺术品中寻求的是“清晰的观念”。“大师的批评”则不同,这样的批评往往是批评与创造之流会合,与艺术品本身会合,而融合无间者当然是艺术品的创作者,“他们完成作品不是要符合观念,而是要他们的观念证明其作品,这种证明自然就具有一种雄辩的、热情的色彩”①。在我的理解中,“清晰的观念”并不是贬义词,它的背后是一种或者几种足以自洽的理论支撑。“大师的批评”,要有独特的才情,绝不是因为他没有判断上的错误,而是因为他的批评始终是在两个灵魂的遇合或搏斗中进行的。前者可以通过严格的学术训练而形成,前提是要有艺术的感受和鉴别力;后者则是才分使然,可遇而不可求。他们共同生存于蒂博代所言的“批评共和国”中,相辅相成。我辈常人,在一个心浮气躁、百念丛生的大气候下,能够得到一种较为精良的学术培养,能够以“清晰的观念”去评析作家、作品已属不易。如果还能够更进一步地,将这种“清晰的观念”化作一种穿透力,能够让人举一反三,获得丰富的启示,那就更值得大加赞扬了。

之所以有这样的感慨,是因为阅读胡沛萍的《“狂欢化”写作——莫言小说的艺术特征与叛逆精神》的书稿。说起来,这些年,各种各样的文化理论和文学理论,都对我们的文学批评产生了很大的影响,给我们的思维方式带来了很大的冲击。但是,在我的视野中,能够将外来理论观念与本土文本阐释化合在一起,互为犄角、相得益彰的,非常鲜见。巴赫金的“复调”和“狂欢化”理论,在世纪之交的中国大红大紫,追随和引用者可谓夥矣,这当然和市场化时代的欲望张扬和众声喧哗有着内在的暗合。但是,在许多时候,它变成了一个简单化的标签,贴到哪里哪里亮,却又非常浅表化,打不着痛处,切不到血脉,无法窥得论者的学术底蕴,也无法看出被论述对象的独特性所在。此亦“复调”,彼亦“复调”,此亦“狂欢”,彼亦“狂欢”,彼此彼此,区别何在?而且,我也以为,无论其如何伟大,理论都不是万能的,必定有其特别的限定性。就以“狂欢化”和“复调”理论而言,巴赫金的研究是在对拉伯雷和陀思妥耶夫斯基的潜心释读中生发出来的。两位大师,一位激情奔放、汪洋恣肆,充满了法兰西人热爱现世生活的欲望勃发;一位沉郁顿挫、焦灼不已,迫切地与上帝展开紧张的精神对话。但是,他们都是处在一个划时代的节点上,一个民族身处历史巨变的转折关头,是在展望未来的世界图景。只不过,一个更多地看到了挣脱中世纪禁

① 郭宏安:《〈批评生理学〉:大师的批评》,《读书》1987年第7期。

欲主义和神权统治之后，人的心灵和肉体的充分解放而欣喜万分，神权已废，巨人当立。巨人就是率情任性、食量惊人的饕餮之徒，就是用一个非常可笑的问题“要不要结婚”而难倒天下的才学之士的庞大固埃和巴汝奇，如《巨人传》。一个则更多地看到了“上帝已死”、戒律失效之后，人心的黑暗深渊和邪恶张扬。以“超人”的名义或者“革命”的名义，是否可以任意支配或者剥夺他人的生命，构成了《罪与罚》、《群魔》的严厉拷问。新旧交替的时代，权威解体而杂语喧哗，等级崩塌而群雄作乱，道德失范而欲望彰显，加冕与脱冕，新生与死亡，下部与上部，微观对话与宏观对话，此其时也。进一步而言之，拉伯雷和陀思妥耶夫斯基之间，也是一种对话关系：一个是站在一个新时代的开端而喜气洋洋，一个是站在一个旧时代的终结而忧心忡忡——许多年里，我们是站在一个以新为美的立场上，看不到陀思妥耶夫斯基对未来的恐惧和质疑的深刻意蕴，正像我们无法理解鲁迅对未来的“黄金世界”的拒绝一样。

回到中国文学的语境。“狂欢化”理论，可以阐释一批以杂语喧哗为其语言特色的作家，如王朔、王蒙、刘震云。但是，最为合适的人选，当属莫言（还有一个合适的人选是王小波）。人们通常是以拉美文学的巨匠马尔克斯媲美莫言，但在更为贴切的意义上，莫言可以说是更加接近于当代中国的拉伯雷。他以狂放不羁的健康肉体叛逆扼杀人性的时代，却又让那些有各种各样的身体残障的弱者和儿童在笔下生气淋漓、熠熠生辉；他以生生不息的大地和母亲挑战残暴嗜血的历史与父权，也让那些男子汉经受檀香刑的酷烈考验和穿越六道轮回的坚忍不拔，以诉说民众的历史记忆；他用身体的下部，用“无色无味的大便”，用一泡骚尿催化出来的高粱美酒，也用在母亲阴部乱爬的虱子，挑战人们的阅读习惯和心理极限。他笔下有嗜肉如命的罗小通，有最能喝酒最能爱的余占鳌，也有那位恋乳成癖、终生不改的小金童。诚如胡沛萍在本书中所指出的，当下的中国作家中：“欲望化写作”似乎很普遍，但是，莫言乃其中最独特因而也最深入的一个，“进行‘欲望化写作’的作家很多，而欲望的焦点多集中在‘情欲’上。莫言算得上‘欲望化写作’的一个代表，只不过他的‘欲望化写作’并没有单纯地集中在‘情欲’上，他把笔触延伸到了肉体欲望的各个层面，可以说，他的‘欲望化写作’是全方位的，包括吃喝拉撒、情欲等各个方面。在他的写作中，肉体欲望没有被形而上的思考先入为主地固定起来，他首先把它们当作了一种生活的必需，有时甚至看作生命个体存在的动力和追求的目标，赋予了它们很高的存在价值，甚至是决定性的意义。”余占鳌和戴凤莲的红高梁情缘，"白日宣淫"，不是贪图一时的快活，而是由此强化爱情，决定了两人的一生。唯其如此，他的"欲望化写作"，才没有变成纵欲滥淫的招摇，没有变作乏味生活的佐料，而是与生命和大地的"狂欢化"融合在一起，以此独树一帜。

拉伯雷曾经有过在窒息人性、禁绝新知的修道院学习的惨痛经历，而能够解脱出来，是其幸运，也是其创作《巨人传》的精神背景。莫言呢，经历过20世纪60年代初期的大饥荒，经历过"文革"时期的造神运动、盲目崇拜和禁欲主义，于是，食与色的匮乏带来的巨大反拨，生与死的交替形成的生命力证明，成为其作品的重要底色。两位作家都喜欢怪诞而神奇的民间故事、铺排而夸张的情节渲染——《巨人传》中写到高康大擦一次屁股竟然用到了170多种材料，诸如桌布、羽毛乃至最匪夷所思的小鹅雏云云；《四十一炮》中罗小通的报仇雪恨，足足发射了41发炮弹，作家居然不厌其烦地把每一炮的发射、落点和效果如数家珍，一一道来。

从文艺复兴到启蒙运动，欧洲的人性解放和理性张扬有数百年之长，而当代中国的人性解放和启蒙运动，则不过是20世纪80年代的灵光乍现。我非常赞赏余华写在其长篇力作《兄弟》封底上的一段话，数次在文章中引用过，这里还是按捺不住再引一次：

> 这是两个时代相遇以后产生的小说。前一个是"文革"中的故事，那是一个精神狂热、本能压抑和命运惨烈的时代，相当于欧洲的中世纪；后一个是现在的故事，那是一个伦理颠覆、浮躁纵欲和众生万象的时代，更甚于今天的欧洲。一个西方人活400年才能经历这样两个天壤之别的时代，一个中国人只需40年就经历了。400年间的动荡万变浓缩在了40年之中，这是弥足珍贵的经历。

正是这种两个时代乃至三个时代——"文革"动乱、改革开放初期的新启蒙和20世纪90年代市场化大潮的交叠与冲突——换言之，从前现代社会向现代和后现代社会的骤变，造成了中国农村的沧桑巨变。中国农民的命运浮沉和精神历程，也促使莫言从拉伯雷走向陀思妥耶夫斯基，从天马行空的纵情挥洒走到逐渐内敛深邃的心灵拷问。新世纪之初，莫言在与孙郁的对话《说不尽的鲁迅》中，就借助鲁迅对陀思妥耶夫斯基的深刻阐述，表达了对陀氏的关注。到他的"把自己当罪人写"的《蛙》问世时，他对陀氏的"拷问灵魂"有了反躬自问的进一步思索：

> 鲁迅当年在评价陀思妥耶夫斯基时，实际上早就说过的，这种伟大的罪人，堂上的拷问者，就是要拷问出罪恶背后的善良，也要拷问出善良背后隐藏的罪恶……陀思妥耶夫斯基为什么了不起、伟大、经典？他在这一点上甚至超过了托尔斯泰。尽管鲁迅很早就提到这点，但我想我们新时期的文学始终没有往这方面深入，我们都在诉苦，伤痕文学啊，所谓的右派文学啊，都是在诉苦，都是在控诉这个社会，控诉政治、控诉坏人，对自我、对善的压迫，没有从反面来忏悔，善的背后有没有虚伪，被迫害的坏人是不是甘心情愿地做坏人？被迫害的坏人是不是也曾经充当过迫害别人的坏人，是不是本来想迫害别人结果在斗争中失利，被别人迫害了？我觉得右派文学已经相当深刻了，但灵魂拷问依然不够。[①]

莫言自称，《蛙》的突破、新变就在于：

> 把每个人都置于拷问席上，从黑的拷问出白的，从白的拷问出黑的，当然最重要的也是拷问自己：审判席上，审判者实际上也是被审判者，讯问者也在被别人讯问，每个人实际上灵魂都不是纯白或纯黑的，都有白中之黑和黑中之白，所以还是更多希望人们对自己做出反思。这部小说也是，姑姑到了晚年也在用她的方式反思，我究竟是功臣还是罪人，好人还是坏人？蝌蚪到了小说的最后也在对自己进行反思。[②]

到目前为止，《蛙》仅仅是一个标志性的转换，如果莫言能够循着这样的思路进行开掘，那么在不远的将来，他应该还会再一次让我们震撼吧。

以是观之，胡沛萍的《“狂欢化”写作：莫言小说的艺术特征与叛逆精神》，确实是把握住了巴赫金的“狂欢化”理论与莫言创作的深度契合，并且在数量颇丰的莫言文本中，进行了条分缕析的钩摄和爬梳，做出了翔实而富有深度的研究成果，将莫言研究和“狂欢化”理论的中国化，提升到了新的境界。我无法一一诉说我阅读这本书稿的欣喜和启示，无法一一评析本书的优长和亮点，但

① 莫言、李乃清：《莫言：他人有罪，我也有罪》，《南方人物周刊》2012 年第 36 期。

② 莫言、李乃清：《莫言：他人有罪，我也有罪》，《南方人物周刊》2012 年第 36 期。

相信每一个认真地读过它的读者，都不会失望。

还要补充一点，胡沛萍也注意到了"狂欢化"理论的中国资源。例如，他在讲到莫言的狂欢化语言的渊源时，这样写道："像《红楼梦》、《西游记》、《水浒传》与《三国演义》等在语言的运用方面都具有一定的'狂欢化'特色。它们都打破了诗、词、文一统文坛的格局，敞开怀抱，把彼此相异的诸种文类、语言聚合、组织在一起，构成了一种'杂语'并存的实体。比如，《红楼梦》这部鸿篇巨制，诗起诗结，其间诗词歌赋等韵文与叙事并举，交错展开。诗包括五言、七言，古体、今体；词有长调、小令；歌包括山歌、小曲；还有赋、话本（说书）、童谣、对联、谶语、偈语、家信、公文等。它们夹杂于叙事白话之中，描摹环境、烘托气氛，展示人物心理，刻画人物性格，推进故事发展，相映成趣，平等对话，形成了'众声喧哗'的艺术特征。"这样的论断，让我首先就想到了薛蟠等人装腔作势地编造"女儿诗"的场景和刘姥姥为了取悦贾母而念出的"吃个老母猪，不抬头"，不禁会心莞尔。

2014年3月

（张志忠：首都师范大学文学院教授、博士生导师）

目 录

绪　论

第一节　莫言小说"狂欢化"研究概述

莫言是新时期初走上文坛，并逐渐形成自己独特的创作风格，取得显著艺术成就的小说家。从1981年在《莲池》上发表第一篇小说《春夜雨霏霏》起至今，莫言在三十多年的创作过程中共发表了100多篇中短篇小说、10多部长篇小说。无论从数量上还是从质量上来看，莫言在当下文坛都算得上"大户"。自踏上文学创作之路起，莫言就因其创作风格的独异而引起了人们的密切关注。2010年获得国内最高奖项"茅盾文学奖"，2012年获得世界级大奖"诺贝尔文学奖"，更是把莫言推向了中国文坛乃至世界文坛的顶峰。当我们静下心来冷静地探究他的文学世界时，就会发现，在中国这样一个少有"异端"出现的国度，莫言及其创作似乎算得上是一个"异端"。他在创作中所采取的天马行空般的姿态，他的作品中所表现出的惊世骇俗的内容，他在挥毫行文中所运用的多样变异的叙述手法、华丽奇诡的表现技巧、泥沙俱下的语言文字，以及话语行文中对旧有的文学观念、艺术规范、传统伦理所作的毫无顾忌的叛逆与批判等，在为他赢得一片赞誉的同时，也引来了多方的责难与质疑。从《金发婴儿》、《透明的红萝卜》、《球状闪电》、《白狗秋千架》，到《红高粱家族》、《食草家族》、《欢乐》，到《天堂蒜薹之歌》、《十三步》，到《酒国》、《丰乳肥臀》，再到《檀香刑》、《四十一炮》、《生死疲劳》、《蛙》，莫言这棵文坛常青树一次又一次地刺激着当代文坛的敏感神经，也一次又一次地成为人们谈论的焦点。"他巨大的胃口，充沛的体能，他的欢乐和残忍，他的宽阔、绚烂，乃至他的古怪，近二十年来一直是现代汉语文学的重要景观。"[①]

对于由莫言制造的这样一道"现代汉语文学的重要景观"，评论者们除了对那些颇

---

① 李敬泽：《莫言与中国精神》，《小说评论》2003年第1期。

具争议的重要作品给予足够的关注之外,还从各个方面对其小说创作进行了多角度、多层次的评说与阐释。可以说,自发表《透明的红萝卜》(1985年)而引起文坛的广泛关注至今,评论界对莫言及其文学创作的评论、研究就没有停止过,它跟莫言的创作一样,一直处于一种进行时态之中。当然,这种多角度、多层次的研究态势只能说明莫言的小说创作的确给人们的阅读与审美提供了多层次、多角度、立体化的切入角度,显示了它的复杂性和丰富性,而并不意味着关于莫言及其小说创作的解读与阐释已经被穷尽。对于像莫言这样一位有着深厚的创作潜力和独特的创作个性并在文坛上不断制造"轰动效应"的作家来说,有关他的小说创作的研究肯定是一项有价值的、持续不断的工作。因此,尽管人们已经从多方面对莫言的小说创作做了不少有价值的研究工作,但许多研究空间还需要我们在新的研究视野的启迪下进一步开拓。鉴于此,本书在总结、借鉴此前众人研究成果的基础上,尝试以前苏联著名文艺理论家巴赫金的"狂欢化"诗学为理论视角,对莫言的小说创作进行一次深入的考察,以图在"狂欢化"诗学的观照下,探讨莫言小说所具有的审美价值以及由此而产生的文化意蕴。

需要说明的是,运用巴赫金的"狂欢化"理论来解读、分析莫言小说的先例其实早已出现,只是这样的研究在众多其他研究类型的遮蔽下显得有些微弱罢了。当然,这种"弱势"情况的出现是有其自身的原因的,主要是研究者们没有十分自觉、全面、深入地运用巴赫金的"狂欢化"理论从整体上观照莫言的小说创作。许多论者只是在谈论其他问题的时候,根据行文的需要简略提及莫言小说中所呈现出的"狂欢化"特色,并没有进一步展开来作专门的论述。尽管如此,这些具有开创性的"片言只语"还是给了我们巨大的启发,从他们的言论和思路中我们获得的不仅仅是一种事实的存在,更是一种思维方式和解读文本的角度与视野。因此,这些评论中的部分内容还是特别值得我们关注的。诸如,陈思和先生的《莫言近年小说的民间叙述》[①]、张清华的《叙述的极限——论莫言》[②]、吴义勤的专著《长篇小说与艺术问题》[③]中的一些章节、王爱松的《杂语写作:莫言小说创作的新趋势》[④]、张闳的《莫言小说的基本主题与文体特征》[⑤]等。

陈思和先生以研究莫言小说中存在的"民间叙述形态"为出发点,集中探讨了"民间叙述"在莫言小说中存在的具体方式。在此过程中他凭借自己敏锐的艺术感觉发现,莫言小说中不但存在"民间叙述",而且这种"民间叙述"不是单一的。他认为:"复调型的民间叙事结构是莫言小说的最基本的叙事形态,从《透明的红萝卜》起,莫言的

---

① 陈思和:《中国当代文学关键词十讲·莫言近年小说的民间叙述》,复旦大学出版社2002年版。

② 张清华:《叙述的极限——论莫言》,《当代作家评论》2003年第2期。

③ 吴义勤:《长篇小说与艺术问题》,人民文学出版社2005年版。

④ 王爱松:《杂语写作:莫言小说创作的新趋势》,《当代文坛》2003年第1期。

⑤ 张闳:《莫言小说的基本主题与文体特征》,《当代作家评论》1999年第5期。

小说叙事主人公总是选择一个懵里懵懂的农村小孩。他拙于人事而敏感于自然和本性，对世界充满了感性的认知，由于对人事的一知半解，所以他总是歪曲地理解成人世界的复杂纠葛，错误地并充满了谐趣地解释各种事物。这种未成熟的叙述形态与小说所根据现实生活内容而表达的真实意向之间形成一种张力，也同样构成了复调叙述。这种叙述形态在近年莫言小说里愈见成熟。如《牛》、《三十年前的一次长跑比赛》等比较优秀的作品都使用了这样的民间叙述。"[①]虽然陈思和先生在这里没有全面地运用巴赫金的复调理论解析莫言小说中的复调艺术特色，但无论如何，他所指出的莫言小说中存在的"复调型叙述结构"这一事实，却是符合莫言诸多小说的艺术特征的。陈思和先生所言的"复调型的民间叙述结构"类似于巴赫金所说的由"大型对话"而形成的复调。

张清华的论说相对来说是比较自觉地运用巴赫金的"狂欢化"理论解析莫言小说的一次很有价值的尝试，但其重心仍不在此，而在于从人类学的角度透视莫言笔下的原始生命所具有的"生命意识和酒神精神"，有关"狂欢化"的论述所占比例也不是很多；虽然如此，他的文章里所包含的论述莫言小说"狂欢化"创作倾向的内容对于我们认识莫言的小说创作却很有启发意义。他不但指出像《丰乳肥臀》这样的代表性作品存在"狂欢化"叙事和"复调的交响"，而且还认为："如果具体地来看，在莫言的几个重要的长篇小说中，通常都有两个以上的'叙事人'，实际也就是有了两个'视野'和两个不同的'经验处理器'。这并不是最近的事情，在最早的《红高粱家族》中，两个叙述者'父亲'和'我'，即构成了巴赫金所说的复调叙事结构。"[②]由此可知，在张清华的研究视野中，复调这一艺术特征在莫言的小说创作中已经具有了一定的普遍性。

王爱松的《杂语写作：莫言小说创作的新趋势》从语言运用的角度分析了莫言小说的艺术特色。虽然作者没有明说是在运用巴赫金的理论，但内中的理论依据其实就是巴赫金的"狂欢化"理论。王文中对莫言小说语言所呈现的特色有过这样的描述："莫言这时的语言，不再刻意使其感觉化、意象化、意绪化，而是让有时是口语化、有时是舞台化、有时是谐谑化、有时是书面化的代表了各种意识形态和社会阶层的语言粉墨登场，形成一种近乎语言狂欢的杂语写作。"[③]综观莫言小说的语言特色，王爱松的这种分析无疑是很到位的，因为莫言小说中的语言狂欢的确是一种非常普遍的现象。

吴义勤并不是在单独论述莫言的小说时提到"狂欢化"理论的，他的视野比较开阔，放眼整个文坛，认为 20 世纪 90 年代的中国文坛存在一种"狂欢化"形态的长篇小

---

① 陈思和：《中国当代文学关键词十讲·莫言近年小说的民间叙述》，第 181 页。

② 张清华：《叙述的极限——论莫言》，《当代作家评论》2003 年第 2 期。

③ 王爱松：《杂语写作：莫言小说创作的新趋势》，《当代文坛》2003 年第 1 期。

说，其中莫言的《檀香刑》、《四十一炮》就是"典型的狂欢体长篇小说"。[①] 他把这种"狂欢化"写作趋势出现的原因归结如下："'狂欢'形态长篇小说在90年代中国文坛的风行，既与对巴赫金的复调理论和德里达解构理论的尊崇有关，也与90年代中国文化氛围息息相关，更是中国作家艺术思维得到开拓和解放的标志。"[②]吴义勤从整个中国文坛的创作的发展趋势着眼，指出"狂欢化"创作存在的普遍性，其意义不仅仅在于表明某些作家在创作中有意无意地具有了"狂欢化"写作的追求，而且同时表明这种创作形态的出现与当时的文化氛围息息相关，这无疑从更高的层次上为"狂欢化"创作趋势的出现找到了合理的依据。莫言小说创作能够呈现出"狂欢化"色彩，其原因是多方面的，但上述吴义勤所指出的这些方面无疑是很重要的一个方面。

在所有有关莫言小说创作的"狂欢化"特色的论述中，张闳的论述是最为全面、详尽的。他基本上自觉依据巴赫金的"狂欢化"理论对莫言的创作风格作了初步的分析。他认为莫言小说常常描写脱离常规的生活："脱离常规的日子总是令人迷狂，因为它使人们暂时摆脱了制度化的生活的约束，而服从于欲望的宣泄和满足。对这种反常生活场景的描写，赋予莫言的作品以'狂欢化'的风格。"他同时认为："从某种意义上说，狂欢化的文体才真正是莫言在小说艺术上最突出的贡献。"[③]接下来，他从叙事的狂欢、话语的狂欢对此作了简要的论述。

从上面的梳理可以发现，许多论者已经从不同的角度、在不同层面上就莫言小说创作中呈现出的"狂欢化"倾向作了一些有益的探索，这无疑对我们从"狂欢化"理论的角度认识莫言的小说世界具有很大的帮助。但是，这些探索并没有涉及莫言小说"狂欢化"特色的各个方面，所讨论的对象也是有限的作品。鉴于此，就莫言小说创作中所表现出来的"狂欢化"特色作一次全面、深入的探讨自然显得很有必要，它无疑能够帮助我们更为全面地认识和理解莫言小说创作的一些内在机制与它们所包含的文化内蕴。

本书的主要目的是运用巴赫金的"狂欢化"理论来解读、分析莫言的小说创作。巴赫金的"狂欢化"理论是本书展开的理论起点。由于巴赫金的"狂欢化"理论本身的深奥、博杂，多年来国内理论界对它的接受也并没有形成一个统一的认识。在不同的时期，人们对"狂欢化"理论的理解和阐释往往也显示出侧重点的不同，有些理解与阐释在许多方面甚至很不一致。尽管如此，这并不意味着巴赫金的理论就没有一个稳定的内在核心，事实上他的许多论说在一定程度上还是具有高度的统一性的，这就为我们

---

① 参见吴义勤：《长篇小说与艺术问题》，第312页。

② 吴义勤：《长篇小说与艺术问题》，第312页。

③ 张闳：《莫言小说的基本主题与文体特征》，《当代作家评论》1999年第5期。

合理地运用他的理论提供了可靠的依据。为了在进入正文时能够有层次、有限度地展开论述,从而不至于让理论牵着走而不知所措,在此我们不妨在借鉴目前有关巴赫金“狂欢化”理论研究成果的基础上,对笔者所理解的巴赫金的“狂欢化”诗学作一简单的梳理。

第二节 巴赫金“狂欢化”理论概述

巴赫金是前苏联著名的文艺理论家、语言哲学家和历史文化学家,同时还是一位富有创造精神的思想家。他所涉猎的领域非常广泛,并提出了许多富有新意的理论。“狂欢化”诗学理论是巴赫金毕生研究的核心问题之一,它在巴赫金的整个批评活动中占有极其重要的位置。“巴赫金从发表第一部专著《陀思妥耶夫斯基创作问题》(1929年)起直到生命的最后,几乎从未间断过对狂欢化诗学的研究。”[①]

在谈到“狂欢化”问题的时候,巴赫金指出:“文学狂欢化的问题,是历史诗学,主要是体裁诗学非常重要的课题之一。”[②]巴赫金所谓的“艺术形式的独特性”,自然是指文学作品独特的审美特性,而“体裁诗学”中的“体裁”则主要指小说。巴赫金的“狂欢化”理论也正是他在对小说的研究过程中形成的。具体来说,巴赫金主要是从以下三个方面入手,在不断的分析、研究中逐步提出自己独具特色的“狂欢化”理论的:一是对欧洲小说体裁源头的考察,二是对欧洲“狂欢节”这一民俗的考察,三是对欧洲文学中“狂欢化”文学发展脉络的考察。

巴赫金认为,要正确理解欧洲文学中的小说体裁,就必须运用历史诗学的方法,从发生学的角度去追溯它的源头。因此,他对欧洲小说的发生作了追根究底的考察。通过对欧洲小说体裁源头的考察,巴赫金发现欧洲小说体裁有三个基本来源:史诗、雄辩体、狂欢节。这三种体裁交互发展,各有消长:“随着哪一个来源占主导地位,就形成了欧洲小说发展史上的三条线索:叙事、雄辩、狂欢体(它们之间当然存在许多过渡形态)。”[③]巴赫金把研究的重点放到了第三条线索上,即“狂欢体”这条线索,于是便有了对“狂欢节、狂欢式、文学狂欢化”的深入研究,进而在对“狂欢体”小说的不同变体的分析和研究的基础上提出了自己的诗学理论。

通过对欧洲民俗“狂欢节”的考察,巴赫金发现,在古希腊、罗马的广大民众的日常生活中以及中世纪和文艺复兴时期的欧洲,狂欢节型庆典活动占据着重要的地位,并

---

① 夏忠宪:《巴赫金狂欢诗学研究》,北京师范大学出版社2000年版,第1页。

② [前苏联]巴赫金:《陀思妥耶夫斯基诗学问题》,白春仁、顾亚铃译,三联书店1988年版,第157页。

③ [前苏联]巴赫金:《陀思妥耶夫斯基诗学问题》,第159页。

对"狂欢化"文学的形成产生了重要影响。"狂欢节"具有其鲜明的外在形式特征和文化内蕴。其外在形式特征为：

第一是全民性。"狂欢节"是民间性的活动，是完全独立于教会与国家的。在"狂欢节"中，所有的人都是参加者。"人们不是袖手旁观，而是生活在其中，而且是所有的人都生活在其中，因为从其观念说，它是全民的。在狂欢节进行当中，除了狂欢节的生活以外，谁也没有另一种生活。人们无从躲避它，因为狂欢节没有空间界限。"①

第二是等级消失。在"狂欢节"中，人们暂时从现实关系中解脱出来，相互之间不存在任何距离，致使秩序打乱，等级消失。"在狂欢中，人与人之间形成了一种新型的相互关系，通过具体感性的形式、半现实半游戏的形式表现了出来。这种关系同非狂欢式生活中强大的社会等级关系恰恰相反。人的行为、姿态、语言，从在非狂欢式生活里完全左右着人们一切的种种等级地位（阶层、官衔、年龄、财产状况）中解放出来……"②

第三是插科打诨、亲昵、俯就和粗鄙。"狂欢节"是离不开笑声的。无论是愉快的笑，还是无情痛斥的笑；无论是由衷赞美的笑，还是自我解嘲的笑；无论是尖刻讥讽的笑，还是机智幽默的笑：都可以通过插科打诨的形式来获得。同时，任何神圣的事物都可以被降格，从而与那些处在边缘和底层的事物相联系。"在狂欢式中，一切被狂欢体以外等级世界观所禁锢、所分割、所抛弃的东西，复又产生接触，互相结合起来。狂欢式使神圣同粗俗，崇高同卑下，伟大同渺小，明智同愚蠢等等接近起来，团结起来，订下婚约，结成一体。"③因此，"狂欢式"的降格充斥其中，表现在语言上则为：嬉笑怒骂、讽刺模拟、夸张变形、滑稽改编、脏话连篇等。

"狂欢节"的文化内蕴主要表现为：

第一，"狂欢式"的世界感受。其主要精神内涵是：颠覆等级制度，主张平等、民主的对话精神；坚持开放性，强调未完成性、变异性，反对孤立自足的封闭性，反对僵化和教条。

第二，双重性。"狂欢节"中包含着许多相互抵触、相互冲突的矛盾对立面。巴赫金认为：

> 狂欢式所有的形象都是合而为一的，它们身上结合了嬗变和危机两个极端，诞生与死亡（妊娠死亡现象）、祝福与诅咒（狂欢节上的祝福性的诅咒语，其中同时

---

① ［前苏联］巴赫金：《拉伯雷研究·导言》，李兆林、夏忠宪等译，河北教育出版社1998年版，第6页。

② ［前苏联］巴赫金：《陀思妥耶夫斯基诗学问题》，第176页。

③ ［前苏联］巴赫金：《陀思妥耶夫斯基诗学问题》，第177页。

含有对死亡和新生的祝愿)、夸奖与责骂、青年与老年、上与下、当面和背后、愚蠢与聪明。对于狂欢式的思维来说,非常典型的是成对的现象,或是相互对立(高与低、粗与细等等)或是相近相似(同貌和孪生)……①

在对"狂欢节"的研究中,巴赫金发现,以民间诙谐文化为主的"狂欢节"以及它所体现出来的形式特征和精神内涵,对欧洲文学的发展产生了巨大的影响,而在所有的受其影响的体裁中,小说是最能表现出"狂欢化"特色的体裁。反过来说,"最能体现小说体裁独特的本性和本质特点的小说,是狂欢化程度较高的小说,即理想的小说,体现了'小说性'的小说"②。这也就是为什么巴赫金把小说作为研究对象来阐释其"狂欢化"理论的重要原因。

在对欧洲文学内部"狂欢化"文学发展脉络的考察中,巴赫金发现,在不同的时期,"狂欢化"文学有不同的变体。其最初的存在形式是古希腊、罗马时期的"庄谐体"中的"苏格拉底对话"和"梅尼普讽刺",之后经过几百年的发展、流变达到了它的最高峰,其最杰出的代表是拉伯雷的《巨人传》中所表现出来的"怪诞现实主义"和陀思妥耶夫斯基小说中表现出来的复调艺术特征。

通过对欧洲小说体裁源头的考察,通过对欧洲"狂欢节"这一民俗的考察,通过对"狂欢化"文学在欧洲文学史中的发展脉络的考察,巴赫金从历史诗学的角度指出了"狂欢化"文学及其代表性的体裁——小说的一些鲜明的特征和历史演变状况。但他并没有就此止步,而是结合具体的文本(作家、作品)对自己的"狂欢化"理论作了进一步的微观分析,并归纳、总结了"狂欢化"文学所具有的一些具体而显著的艺术特征。具体来说,巴赫金是在对文艺复兴时期法国著名作家拉伯雷及其《巨人传》和俄国19世纪的伟大作家陀思妥耶夫斯基及其小说问题的分析、研究中总结、归纳出自己的"狂欢化"理论以及它所包含的文化内蕴的。概括而言,巴赫金"狂欢化"诗学所包含的内容主要有以下几点:

一、复调理论

"复调"一词本是关于音乐的概念,指由几个各自独立的音调或声部组成的乐曲。巴赫金借用这个概念来阐释陀思妥耶夫斯基小说的艺术特色和文化意蕴。当然,这种阐释是在与其他类型小说的对比中进行的。巴赫金认为欧洲的小说有两种类型:一种

① [前苏联]巴赫金:《陀思妥耶夫斯基诗学问题》,第180页。
② 夏忠宪:《巴赫金狂欢诗学研究》,第101页。

是传统的"独白型小说"，小说中的人物是受作者支配的，是没有自己独立意识的客体；另一种是复调小说，复调小说展示的是多声部的世界，小说的作者不支配一切，作品中的人物与作者都作为具有同等价值的一方参与对话，整个小说是一个众声喧哗的、开放的、没有终结的世界。巴赫金的复调理论是与他的对话理论联系在一起的，在具体的表现形式上也有着多种方式，对此巴赫金也作过细致的分析，有关这方面的内容我们将在后面具体的章节中结合文本作具体的阐述与分析。

复调理论是巴赫金"狂欢化"理论中的一个重要的诗学概念和研究小说的视角。它的产生是有其必然的文化背景和文化意图的，如对当时俄国形式主义的批评，对大一统的文化专制主义的反抗与颠覆。但一种有价值的理论一经产生，就会超越其产生的文化背景，广泛地影响研究者们的思维方式和研究视角。复调理论就是这样一种具有一定程度的普遍性的诗学概念。当我们用它来解读莫言的小说时就会发现，像莫言这样一位在叙述手法上不断创新、语言运用上充分杂化的作家，其许多小说都呈现出了鲜明的复调特色。在巴赫金复调理论的启发下，通过对其小说复调特征的认识，我们或许能够从一个崭新的角度进入他的小说世界，体验他的复调小说所具有的审美魅力，并进一步认识他的小说产生复调这种艺术特色的深层原因。

二、语言杂多

"语言杂多"，也可称作"杂语"，是巴赫金用来描述小说语言多样化和多元性的一个概念，它背后的深层基础是社会语言的多样化和多元性。巴赫金在谈到西方小说体裁的最早形成阶段，即古希腊、罗马的"庄谐体"时，就指出了它的重要特点是"杂体性、多声性"。他说："它们常采用插入性的体裁，如书信、发现的手稿、复述出来的对话、对崇高文体的讽刺性模仿、对引文的讽刺性解释等等。"① 在此基础上，他进一步指出，这种特点在以后的发展中越来越成了小说语言的鲜明特征，而这又与小说能够对社会存在的多样化和多元性进行全面而深刻的反映有着密切关系。他认为，小说语言能够最为全面、完整地展现社会语言的多样化和多元化，或者说小说的"语言杂多"是对社会"语言杂多"现象最全面、最深刻的再现。因此，他认为，小说体裁的根本特征就是对语言多元现象的融合。小说通过各种手段，不仅把小说语言和其他类型的文学语言融合进自己的话语之中，而且把杂多的社会语言也揉入其中，构成小说话语的语言万花筒，从而形成语言的狂欢。在各体小说中，巴赫金特别青睐长篇小说的语言，认为长篇小说才能最好地体现"语言杂多"这一小说特点。由此他认为："长篇小说作为一个整体，

① ［前苏联］巴赫金：《陀思妥耶夫斯基诗学问题》，第158～159页。

是一个多语体、杂语类和多声部的现象。研究者在其中常常遇到几种性质不同的修辞统一体,后者有时分属不同的语言层次,各自服从不同的修辞规律。”[①]

在“语言杂多”这一大框架内,巴赫金又具体指出了几种典型的杂语形式,即戏拟(戏仿)、各体语言混杂、语言的粗俗化等。尽管巴赫金的“语言杂多”理论是针对拉伯雷和陀思妥耶夫斯基的文学创作而言的,但这并不意味着这种语言操作是这两位作家的专利。在莫言的小说中,这样的语言运用也得到了充分的体现;而通过巴赫金“语言杂多”理论的观照,我们将会更进一步了解莫言小说语言所具有的独特的审美价值和潜在的文化意蕴。有关这些内容,我们将在后面的章节中作进一步的论述。

三、怪诞现实主义

“怪诞现实主义”是巴赫金从民间诙谐文化这一视角解读拉伯雷的名著《巨人传》时所提出的诗学概念。拉伯雷是文艺复兴时期的文学巨擘,他的作品《巨人传》是文艺复兴时期众多文学经典中的一部,但《巨人传》及其作者拉伯雷并不是一开始就受到人们的认同与赞扬。当时以及之后的一些评论者就对这部作品提出过严厉的批评与指责。例如,有人就指出拉伯雷“犯下了不可饶恕的罪行,用污秽败坏了自己的作品”[②]。而伏尔泰则认为:“拉伯雷在其乖张古怪、令人不解的书中,恣意发挥极端的愉悦和极度的粗野;他滥用博学、龌龊和无聊;以通篇蠢话的代价换取两页好故事。有几个具有刁钻趣味的人热衷于对他的创作的所有方面加以理解和评价,但其余的民族嘲笑拉伯雷的玩笑并蔑视他的书。人们把他当作头号小丑加以颂扬,并为这么聪明的人这么不成体统地滥用智慧而深表遗憾。这是一位醉醺醺的哲学家,他只有在大醉时才写作。”[③]伏尔泰把拉伯雷的作品看成是“博学、龌龊和无聊”的混杂,其否定之态度是鲜明而坚决的。尽管后来人们对拉伯雷和《巨人传》的评价有了明显的变化,也发现了其怪诞的特点,但巴赫金觉得这些评价还没有准确地找到开启拉伯雷作品的金钥匙。巴赫金认为要正确认识拉伯雷的作品,就必须改变艺术观念,摒弃原有的根深蒂固的文学趣味,其中最重要的是深入研究拉伯雷创作的民间源头,揭示拉伯雷的创作与中世纪和文艺复兴时期民间诙谐文化的联系。巴赫金认为,拉伯雷的创作源于民间,“它与民间源头的联系比其他人更紧密,更本质……这些源头决定了他的整个形象体系及其

---

① [前苏联]巴赫金:《小说理论》,白春仁、晓河译,河北教育出版社1998年版,第39页。

② 转引自[前苏联]巴赫金:《拉伯雷研究》,第124页。

③ 转引自[前苏联]巴赫金:《拉伯雷研究》,第133~134页。

艺术世界观"[①]。由这种观念出发，巴赫金认为拉伯雷是"民间诙谐文化在文学领域里最伟大的表达者"[②]。

从民间诙谐文化入手，巴赫金指出拉伯雷笔下的狂欢世界是全民性的喜剧和盛宴，是真正的平民大众的"狂欢节"。拉伯雷以民间笑谑和对封建教会的戏拟为主导，使神圣和卑俗相互倒置，把诅咒和赞美相互混杂。他追求自由平等，反叛一切旧的社会道德规范，颂扬亵渎神灵和离经叛道的行为，讴歌充满生命力的创造精神。他消除一切界限，热衷于各种因素非同寻常的排列组合、混合交融。他"肆无忌惮"地把神圣的事物和淫秽的细节融合在一起，将各种文本及其功能安置在一起，而且特别倾向于表现世界的"物质—肉体"下部的特征和功能。巴赫金把这种充满狂欢精神的创作称为"怪诞现实主义"。除此之外，巴赫金还更进一步指出了民间诙谐文化的其他一些特点：广场语言，即不拘形迹的言语现象，如骂人的话、发誓、诅咒、脏话以及吹嘘、说谎等；吃喝、宴席形象；肉欲与交媾等。

莫言的创作虽然与拉伯雷的创作没有共同的历史文化背景，莫言的小说也不是对拉伯雷小说的模仿与重写，但莫言小说创作的资源却与拉伯雷的创作资源有着相同的路径，都来自于广阔的民间。同时，莫言小说中所呈现出的民间文化所具有的那种不拘形迹、自由自在、粗俗卑贱、对"物质—肉体"下部形象大胆展露的倾向，以及文本中所蕴含的民间狂欢精神也具有与拉伯雷的"怪诞现实主义"作品相似的品质。因此，从民间诙谐文化的角度出发，借用巴赫金的"怪诞现实主义"理论来解读莫言的小说，无疑能够发现其小说世界中一些容易被人们忽略的潜在意蕴，同时也能够从理论上理解为什么莫言的许多作品中充满了"污秽、肮脏"甚至"下流"的描写。

上面我们简单地梳理了巴赫金的"狂欢化"理论的大致构成成分，对这一理论体系中的主要内容有了一个简约的认识。由于本书的主要任务是用"狂欢化"理论解读、阐释莫言的小说创作，因此在具体论述的过程中，"狂欢化"理论将是本书利用的一个理论武器。虽然如此，这并不意味着巴赫金的"狂欢化"理论就是解读莫言小说的唯一有效的武器，更不意味着莫言的所有作品都具有"狂欢化"的色彩。因为莫言的小说世界虽然谈不上包罗万象，但也可以说是博杂、繁芜的。当我们走进这个世界时就会发现，用任何一种单一的理论去框定它都会显示出捉襟见肘的尴尬和"不自量力"的缺陷。正如张清华所说："用什么样的词语和概念可以概括他的写作？任何一种企图都会因为这个作品世界的过于宽阔、巨大和生气勃勃而陷于虚飘、苍白和支离破碎。我甚至找不到一个差强人意的题目，因为他太综合了，他的江河横溢和泥沙俱下，他的密密麻

① [前苏联]巴赫金：《拉伯雷研究》，第2页。

② [前苏联]巴赫金：《拉伯雷研究》，第4页。

麻与生机盎然，他的粗粝奔放又精细入微，他的庞大理念与泛滥感性，他的来自泥土大地的根根须须原汁原味，他的横移于欧风美雨的形形色色洋腔洋调，他的民间的丰饶野性与芜杂欲望，他的人文的大雅情趣与磅礴诗意，他的杂花生树繁缛富丽肢体横陈汪洋恣肆……使任何题目都失去了譬喻的意义。尤其是在《丰乳肥臀》和《檀香刑》之后，莫言已不再是一个仅用某些文化或者美学的新词概念就能概括和描述的作家了，而成了一个异常多面和丰厚的、包含了复杂的人文、历史、道德和艺术的广大领域中几乎所有命题的作家。”[①]张清华的言说是否完全准确、妥帖，我们暂且不论，但莫言的丰厚、芜杂却是肯定无疑的。因此，用巴赫金的“狂欢化”理论来解读莫言的小说世界时，我们只能说这一理论在一定程度上和范围内为我们提供了一个进入、理解莫言小说世界的角度或平台，从这个角度出发或在这个平台上，我们能够发现一些从其他角度切入时所无法发现甚至被遮蔽的重要因素。反过来说，莫言小说中的“狂欢化”因素，由于其自身产生的文化背景的独特性，并不完全与巴赫金所指称的“狂欢化”理论在形式上、历史文化内涵上相一致，尤其是在文化内涵上，二者存在的差异是很明显的。基于此，我们自然也不能说莫言的小说创作就是对巴赫金“狂欢化”理论的完全印证。我们只能断定，莫言的小说在一定程度上、在一定的范围内含有巴赫金所说的“狂欢化”的因素或因子。这既是我们运用巴赫金的“狂欢化”理论来解读、分析莫言的小说时所依仗的根据，也是我们必须注意的限度。至此我们可以说，莫言的小说世界与巴赫金的“狂欢化”理论是存在着某种契合的，但这种契合不是完全的、彻底的，而是一定程度上和一定范围内的契合。这种契合一方面使我们体会到了巴赫金理论的世界性意义和强大的生命力，更为重要的是它使我们能够从一个新的角度去理解、感受莫言的小说世界，并借此探讨其背后一些或显或隐的社会的、历史的文化内涵。

---

① 张清华:《叙述的极限——论莫言》,《当代作家评论》2003 年第 2 期。

第一章
复调——众声喧哗的艺术世界

引　言

复调理论的提出，是巴赫金对小说美学理论的一个巨大贡献。尽管巴赫金在他的《陀思妥耶夫斯基诗学问题》(1929 年初版时题名为《陀思妥耶夫斯基创作问题》，1963 年重版时题名为《陀思妥耶夫斯基诗学问题》)一书中没有给复调下一个明确的定义，但我们还是能够从他的对话理论中窥探到其复调艺术思维的思索轨迹。巴赫金在对陀思妥耶夫斯基小说的分析、研究中，发现了存在于陀思妥耶夫斯基小说中的不同于传统"独白型小说"的基本艺术特征，即"多声部性"和"全面对话性"。他认为传统小说是受作者统一意识支配的"独白型小说"，而陀思妥耶夫斯基的小说则是受多元意识支配的多声部小说——复调小说。他说：

> 有着众多独立的而不相混合的声音和意识，由具有充分价值和不同声音组成的真正复调——这确实是陀思妥耶夫斯基长篇小说的基本特点。在他的作品里，不是众多性格和命运构成一个统一的客观世界，在作者统一的意识支配下层层展开；这里恰是众多的地位平等的意识连同它们各自的世界，结合在某个统一的事件中，而且相互间不发生融合。[①]
>
> 复调的实质恰恰在于：不同的声音在这里仍然保持着各自的独立，作为独立的声音结合在一个统一体中，这已是比单声结构高出一层的统一体。如果非说个人意志不可，那么复调结构中恰恰是几个人的意志结合起来，从原则上便超出某

① [前苏联]巴赫金：《陀思妥耶夫斯基诗学问题》，第 29 页。

一人意志的范围。可以这么说,复调结构的艺术意志,在于把众多意志结合起来,在于形成事件。[①]

从上面的引文中我们可以看出,巴赫金所说的复调,主要在于强调小说中的每一个人物,都是依据生活中的对话的本质而成为能够表现自己独立观念的主体。他们不是——或者说不仅仅是作者描写的客体,不仅仅是作者思想观念的传达者,而且也是独立存在的、区别于他人的、具有完整价值和独立意识的人。

巴赫金认为复调小说的产生并不是陀思妥耶夫斯基凭空想象出来的,它的存在从社会学的角度看,恰恰是社会价值多元性和矛盾性的具体体现。他说:"可是实际上,陀思妥耶夫斯基不是在人的精神里,而是在社会的客观世界中,发现了并极善于理解这个多元性和矛盾性。在这个社会的世界中,多元的领域不是不同阶段,而是不同营垒;它们之间的矛盾关系,不表现为个人走过的道路(不管是升还是沉),而表现为社会的状态。社会现实的多元性和矛盾性,在这里是以一个时代的客观事实呈现出来的。"[②]在巴赫金看来,多元性和矛盾性不仅是个人生活中的实情,也不仅是个人精神上的特征,而是社会客观世界的根本特征。正是这种根本特征,使得复调小说的出现成了必然。

发现陀思妥耶夫斯基作品中的复调特征并揭示出复调存在的必然性之后,紧接着需要解决的问题是,复调这种艺术特征在小说中是以怎样的一种方式形成的呢?巴赫金认为复调形成的基础是对话,是作品中存在的各种不同类型的对话形成了"众声喧哗"的艺术世界,从而使得陀思妥耶夫斯基的作品具有了复调特征。他说:

> 完全可以理解,在陀思妥耶夫斯基艺术世界中居于中心位置的,应该是对话;并且对话不是作为一种手段,而是作为目的本身。对话在这里不是行动的前奏,它本身就是行动。它也不是揭示和表现某人似乎现成的性格的一种手段。不是的。在对话中,人不仅仅外在地显露自己,而且是头一次逐渐形成为他现在的样子。我们再重复一遍:这不仅对别人来说是如此,对自己本人来说也是如此。存在就意味着进行对话的交际。对话结束之时,也就是一切终结之日。因此,实际上对话不可能、也不应该结束。陀思妥耶夫斯基在自己的宗教乌托邦的世界观方面,把对话看成为永恒,而永恒在他的思想里便是永恒的共欢、共赏、共话。[③]

他接着又说:

---

① [前苏联]巴赫金:《陀思妥耶夫斯基诗学问题》,第50页。

② [前苏联]巴赫金:《陀思妥耶夫斯基诗学问题》,第58页。

③ [前苏联]巴赫金:《陀思妥耶夫斯基诗学问题》,第343~344页。

在陀思妥耶夫斯基长篇小说中，一切莫不归结于对话，归结于对话式的对立，这是一切的中心。一切都是手段，对话才是目的。单一的声音，什么也结束不了，什么也解决不了。两个声音才是生命的最低条件，生存的最低条件。①

由此可以看出，巴赫金所强调的主人公与作者的平等与对话关系，主人公各自的自我意识的独立性和相互之间的对话关系，既是复调得以形成的前提条件，也是理解复调小说的关键。当然，巴赫金对对话的认识是非常广泛的，而不仅仅局限于文学作品。他认为，生活的本质即是对话，人类最基本的相互关系是一种对话关系；人们生活着就意味着参与交流和对话。人们在交流中各自独立，又彼此提问、回答，进行思想情感的交往。

他说：

复调小说整个渗透着对话性。小说结构的所有成分之间，都存在着对话关系，也就是如同对位旋律一样相互对立着。要知道，对话关系这一现象，比起结构上反映出来的对话中人物对语之间的关系，含义要广得多；这几乎是一种无所不在的现象，浸透了整个人类的语言，浸透了人类生活的一切关系和一切表现形式，总之是浸透了一切蕴含着意义的事物。②

从这个意义上来说，对话是复调不可或缺的基础，正如有论者说："对话是复调小说的基础，对话思想也是巴赫金哲学美学思想的基础。在巴赫金看来，生活的本质是对话，思想的本质是对话，艺术的本质是对话，语言的本质也是对话，他通过对话的思考来探讨人的本质和人的存在方式。"③

说对话是复调形成的前提条件，就意味着只要一部小说是复调小说，或者说一部小说中存在复调这一艺术特征，那么这部小说中就必然存在不同声音之间的对话关系。但复调与对话之间的这种关系并不意味着在不同的复调小说中，形成复调的对话形式是完全一样的。具体到不同的作品和作品的不同部分，由不同声音形成的对话形式是各不相同的。鉴于此，巴赫金又把对话分成了"大型对话"和"微型对话"。

巴赫金在《陀思妥耶夫斯基诗学问题》一书中，通过对陀思妥耶夫斯基作品的精细研究，分析了"大型对话"和"微型对话"在陀思妥耶夫斯基的小说中的具体内涵和表现形式。他认为，"大型对话"的内涵及其表现形式主要体现在以下几个方面：一是作品

① [前苏联]巴赫金：《陀思妥耶夫斯基诗学问题》，第 344 页。
② [前苏联]巴赫金：《陀思妥耶夫斯基诗学问题》，第 76～77 页。
③ 程正民：《巴赫金的文化诗学》，北京师范大学出版社 2001 年版，第 48 页。

中各个不同人物思想(意识)间的对话,二是小说情节结构或内容的对位关系,三是作品中主人公与作者的对话。

巴赫金认为,陀思妥耶夫斯基作品中的主人公与作者处于平等地位。作者充分重视自己的主人公的独立性,赋予主人公充分的独立思考的自由,让他们发表、阐述自己对周围世界的看法和意见。因此在小说中,主人公不仅仅是作者观察世界的客体,同时也是有独立的自我意识的主体,而作者更感兴趣的是主人公对周围世界的一种观察和评价的立场。他说:"对陀思妥耶夫斯基来说,重要的不是主人公在世界上是什么,而首先是世界在主人公心目中是什么,他在自己的心目中是什么。"①这就意味着作品中的人物是具有自己独立意识的,是能够对自己面对的世界发表独立看法的个体存在。由于这种独立意识的存在,他们在面对同一个世界(在小说中可能是对同一个事件或人物)时就会产生不同的看法,于是在观点、立场上就会发生分歧,从而形成一种对话关系。这就是由于人物之间不同的思想意识的存在而形成对话后构成的复调特征。至于由情节结构或内容的对位而形成的对话关系,巴赫金认为,在陀思妥耶夫斯基的小说中,小说结构的不同成分之间也贯穿着一种对话关系,这种对话关系有如音乐中的"对位法",不同的声音各自不同地唱着同一个题目,形成"多声部"曲调,从而形成作品的复调特色。巴赫金所说的"大型对话"的第三种形式是指"主人公与作者"之间的对话。由于在莫言的小说中,由作者与主人公间的对话而形成的复调特征并不明显,所以在本书中我们不对这种对话形式作细致介绍。

巴赫金的"微型对话"理论是相对于"大型对话"提出来的。其逻辑起点也是建立在对陀思妥耶夫斯基复调小说的探讨上。他说:"最后,对话还向内部深入,渗进人物的每种语言中,把它变成双声语,渗进人物的每一手势中,每一面部表情的变化中,使人物变得出语激动,若断若续。这已经就是决定陀思妥耶夫斯基语言风格特色的'微型对话'了。"②

由于"微型对话"主要渗透在小说人物的语言之中,并形成广泛存在的"双声语",激起不同声音的斗争和交替,是一种众多声音的杂交和对峙,因此在巴赫金看来,"微型对话"的主要表现形式就是"双声语"。所谓"双声语",即语言"具有双重的指向——既针对言语的内容而发(这一点同一般语言是一致的),又针对另一个言语(即他人的话)而发"③。针对"言语的内容",就是指针对话语的直接意义;针对"他人的话语",即针对他人话语的发问或回答,我们可以把它理解为话语的他性。"双声语"的本质就是

① [前苏联]巴赫金:《陀思妥耶夫斯基诗学问题》,第82页。

② [前苏联]巴赫金:《陀思妥耶夫斯基诗学问题》,第77页。

③ [前苏联]巴赫金:《陀思妥耶夫斯基诗学问题》,第255页。

"两种意识，两种观点，两种评价在一个意识和语言的每一成分中的交锋和交错，亦即不同声音在每个内在因素中交锋"[①]。无论是哪一种语言，诸如叙述人语言、假托作者的语言、插入小说中的不同体裁等，都同时表现两种不同的意向；而这种"双声语"总是实现了内在对话化的语言，即"他们内部包含潜在的对话，是两个声音，两种世界观，两种语言间凝聚而非扩展的对话"[②]。因此，在巴赫金的理论体系中，"双声语"其实就是一种内在对话化了的语言，是实现了内在对话的语言。这样的语言具有双客体性和双主体性。双客体是指同一语句中暗含着两个判断、指向；双主体性是指在同一语句中暗含着说者与他人话语（第二个说者），这里两种意识之间存在着或赞同、或反驳、或补充的对话性关系。"双声语"的种类是多种多样的，如果粗略地进行分类，它可以大致地划分为暗辩体（隐蔽的对话体）、仿格体、讽拟体等类型。

"微型对话"除了体现在"双声语"上之外，也表现在人物内心的矛盾冲突中。当人物内心充满矛盾冲突的时候，往往会形成自我与另一个自我之间不断地对话与斗争的心理状态。这时，人物其实已经不是"个人意识"的载体了，他同时成了"他人意识"的载体，这个"他人意识"就会与原来的"自我意识"形成对话。"就像主人公站在镜子面前，与自己客体化了的自我交谈，镜中映象——谈话对象，是其自我意识的映照，同时，是一个他者，是进入自我的他人意识，是自我的'另一个我'。"[③]

莫言的许多小说，虽然不是严格意义上的巴赫金眼中的复调小说——它们的主人公不是思想家，也不仅仅只作为主体，也还带有"独白型小说"的作为被描写的客体的性质。但是，当我们用巴赫金的复调理论来观照、审视莫言的小说世界时，就会发现，它们在人物的各种不同价值的声音的交锋中所呈现出的对话性，在结构布局的对位、对比中所存在的对话性，特别是叙述的未完成性所形成的对话关系，以及由于"杂语"的充分使用而形成的"双声语"现象，都无可置疑地具有了复调小说的主要特征。也就是说，莫言的许多小说在故事线索、人物组合、情节结构上呈现出了"大型对话"的特征；同时，语言选择上大量"双声语"的运用，以及人物内心激烈的矛盾所引发的分裂式的独白等，又使小说具有了"微型对话"的特征。这两种类型的对话的大量存在，自然就使他的许多作品在整体上或局部地方具有了复调这一艺术特色。

① [前苏联]巴赫金：《陀思妥耶夫斯基诗学问题》，第289页。

② [前苏联]巴赫金：《小说理论》，第110页。

③ 董小英：《再登巴比伦塔——巴赫金与对话理论》，三联书店1994年版，第28页。

第一节 “大型对话”形成的复调艺术特征

在莫言的众多小说中，由于“大型对话”的存在而形成复调艺术特征的作品主要有《十三步》、《酒国》、《丰乳肥臀》、《檀香刑》等。这些作品或以人物间不同的思想意识进行对话形成复调，或以情节结构或内容安排上的“不一致”而构成复调等。总之，它们以“大型对话”的存在而使得莫言的小说具有了类似巴赫金所说的复调特色。下面我们就结合具体的作品对此作一些具体的分析。

一、人物间对话关系形成的复调

有着独立的自我意识的不同人物在作品中依据自己对世界（事件）的理解，表达出与其他人物不同的观点或看法，从而与其他人物形成对话关系，使得小说体现出复调特征，这在莫言的小说创作中是常见的现象。在迄今为止其所创作的所有小说中，最具有代表性的是他的长篇小说《檀香刑》。这部作品的故事是围绕戏班班主孙丙被实施“檀香刑”这一中心事件而展开的。该作品中有四个主要人物，即孙眉娘、孙丙、赵甲、钱丁。他们分别从不同的角度，从各自的被限定的视野内观察和理解“檀香刑”这一中心事件，在各自的理解与观察中又牵引出了许多精彩纷呈的与人物命运有关的故事。几个不同人物道白式的交叉诉说混合在一起，使文本不断地呈现出了极大的不确定性。由于这种不确定的存在，一直到作品结束，也没有一个叙述者能以权威的口吻告诉读者整个故事究竟意味着什么。这样我们面对的就是一个众声喧哗、歧义丛生的艺术世界，它使我们在感觉到这个艺术世界的“纷乱”的同时，也体验到了它强大的艺术魅力。整个小说散发着一种平等对话的精神气息，也折射着一种逼近真实世界的力量。对此我们不妨在下面作一细致的分析。

（一）孙眉娘的声音

孙眉娘是戏班班主孙丙的女儿，尽管她认为孙丙作为自己的亲爹没有尽到做父亲的责任，并由此而怀恨在心，常常不由地咒骂父亲。但毕竟是自己的亲生父亲，因此当孙丙被抓之后，她还是在亲情的促使下想尽力救出孙丙，以免他受“檀香刑”之苦。只不过即使这样，她的内心还是很矛盾的：“爹，想起你对俺娘的绝情，俺实在不应该一次一次地搭救你，让你早死早休，省得祸害女人，但你毕竟是俺的爹，没有蛋就没有鸡，没有情就没有戏，没有你就没有俺，衣裳破了可以换，但爹只有一个没法换。”[①]因此在父亲遭受“檀香刑”这一酷刑事件上，她首先是出于父女的血缘亲情而为孙丙担惊受怕，希望能用自己的个人力量来营救对她有养育之恩的父亲。由于执行拘捕命令的县令钱丁既是自己的干爹（公开场合），又是自己的情人（私下里），因此她希望能通过自己的“爱”与肉体的付出“打动”钱丁，让他在亲爹被捕以及执刑的过程中能做些手脚，从而换回父亲的性命。但是钱丁作为朝廷命官，自然不可能像她一样把问题想得如此简单。钱丁有钱丁的行事逻辑，公事与私事在他心目中还是泾渭分明的。尽管他对孙眉娘一往情深，但在事关朝廷要犯这种大是大非的问题上，理性的思考与斟酌还是毫不费力地压倒了儿女情长，于是自打把孙丙抓捕归案之后，他就深居县衙之内，不再去会见孙眉娘，对孙眉娘的亲自来访也是拒而不见。由于钱丁的闭门不见，孙眉娘对钱丁产生了怨恨之情，她开始抱怨、咒骂起这个轻情寡义之徒来：

> 俗言道不看僧面看佛面，不看鱼面还要看水面，你不看俺给你当了这三年的上炕干闺女的情面，你也得想想，三年来你喝了俺多少壶热黄酒，吃了俺多少碗肥狗肉，听了俺多少段字正腔圆的猫腔调。热黄酒，肥狗肉，炕上躺着个干闺女，大老爷，俺把您伺候得比当今的皇上都舒坦。大老爷，俺豁出去一个比苏州府的绸缎还要滑溜、比关东糖瓜还要甜蜜的身子尽着您耍风流，让您得了多少次道，让您成了多少次仙，您为什么就不能放俺爹一马？您为什么要跟那些德国鬼子串通一气，抓了俺的亲爹，烧了俺的村庄，早知道您是这样一个无情无义的东西，俺的黄酒还不如倒进尿罐里，俺的狗肉还不如填到猪圈里，俺的戏还不如唱给墙听，俺的身子，还不如让一条狗去弄……[②]

这是孙眉娘对钱丁的愤恨与咒骂，我们不必把目光聚焦在她骂了钱丁什么，我们更关注她骂钱丁的原因，因为这里面透露出了她对“檀香刑事件”的看法，即“檀香刑事件”在她心目中到底意味着什么。在孙眉娘看来，“檀香刑事件”是钱丁与德国人串通一气干的。她认为，钱丁作为一县之长，对发生在自己管辖范围内的事务应该是握有很大的处置权力的，他完全可以掩人耳目，帮助自己的亲爹逃跑或者把他藏起来，而不应该为虎作伥把他抓起来。她这样认为的理由很简单，那就是自己跟钱丁有着特殊关系。在孙眉娘的视野里，“檀香刑事件”被过滤成了简单的生活小事，它也许跟邻里之间的纠纷有相同的性质。孙眉娘完全是从日常生活伦常与情感的角度来看待亲爹被

① 莫言：《檀香刑》，当代世界出版社 2004 年版，第 9 页。

② 莫言：《檀香刑》，第 5～6 页。

抓并被实施“檀香刑”这一事件的。这与她一贯的生活态度是一致的。在她的生活中，一切事情都是在世俗的层面上展开的，吃好、喝好、活得舒坦就是最好的生活；而忍气吞声、安安稳稳过日子也未尝不可。她的这种生活态度在她对父亲的怨恨中体现得更为明显，也更为彻底：她认为她的亲爹孙丙之所以犯上作乱，引来杀身之祸，就是因为不能忍气吞声地做一个“本分百姓”，而是因为“意气用事”，是被“猪油蒙了心”，是被“狐狸精附体”，“黄鼠狼迷魂”。这就是孙眉娘心目中的“檀香刑事件”，虽然她也略略感觉到杀德国人、扒铁路要比一般的事儿严重得多，但她仍然没有把它看得有多么复杂、多么严重，与钱丁、赵甲以及孙丙眼中的“檀香刑事件”相比，她眼中的“檀香刑事件”要单纯得多。因此事件发生后，尽管她怨恨亲爹孙丙没有照顾好自己和母亲，但她仍然想利用自己与钱丁的关系来营救父亲，她甚至想通过“勾引”自己的公爹赵甲来获得一些营救的可能。在前面两种方法都行不通之后，她又与平日里非常佩服孙丙的乞丐商定用偷梁换柱的方法来营救孙丙，但最终还是失败了。最后只能痛心地看着父亲被押上刑台接受“檀香刑”。

通过孙眉娘的诉说与行动，我们可以知道，“檀香刑事件”在她的眼里就是一起普通的生活纠纷，而“檀香刑事件”之所以发生，既与自己亲爹的“意气用事”和不安分过日子有关，也与钱丁这个“寡情绝义”的知县有关，当然也与公爹赵甲有关，因为他是执行刑罚的刽子手。作为女儿，面对自己的亲爹备受折磨的残酷现实，她也只能从亲情伦理的角度来看待整个事件，因此她流露出了一种愤怒、焦急、无奈、痛苦的复杂情感。可以说，她是小说中唯一一位从情感伦理的角度出发来反对、憎恨整个“檀香刑事件”的诉说者。她所有行动背后的动力都来源于亲情这种血缘关系，不管自己的亲爹是对是错，她都没有放弃那份亲情，她穿梭于复杂的社会网络之中，不停地想方设法营救孙丙。当各种努力都无法挽回父亲的生命时，她意识到了“檀香刑”就是父女之间的最后诀别，因此想到亲爹将被实施“檀香刑”她就有种撕心裂肺的感觉。而之所以有此感觉，是因为她始终把人间亲情摆放在第一位。她的所有诉说都是从一个女儿对父亲的关爱出发的，因此在整个小说中她的声音是孤独的、凄凉的、无奈的，甚至是绝望的，但她的声音却最能从情感上引起人们的共鸣，让人们投去或轻或重的同情。当然，这一切都是从孙眉娘的视野中延伸而来的。由于小说采用了多视点的叙述手法，当我们从别人的视点来观察时，事件的面目和性质就会有所改变，上述的结论就不会是一种唯一的存在了，它只能具有相对的意义，甚至成了被质询的对象。因为从别人的立场出发，“檀香刑事件”就是另一种意义的呈现。孙眉娘的亲爹孙丙对“檀香刑事件”的态度与看法就是对孙眉娘诉说的一种质询与否定。

（二）戏子孙丙的声音

孙丙身为戏子，以唱猫腔戏为生。由于从小就接触猫腔戏，他对戏中所演绎的一些英雄豪侠的故事颇为熟悉。天长日久、耳濡目染，孙丙自然也被那些英雄豪杰们侠肝义胆的精神和充满神奇色彩的事迹所鼓舞与感染，不知不觉中身上也具有了类似的精神气质。他有铮铮铁骨，不畏强暴；他喜好争强斗胜，决不轻易服软；他有侠义心肠，总爱助人为乐，因此，他深受底层民众的喜爱与拥戴。他甚至具有强烈的民族主义情感，对外来势力有一种强烈的抵触情绪。他的这种生活经历和久而久之形成的性格特征，就使得他对"檀香刑事件"有了与众不同的看法与评价。按道理说，"檀香刑事件"是由他引发的，他也正是"檀香刑"实施的对象，他最能体验到那种大祸临头、身体被摧残的恐惧。但是与此相反，面对德国人与清军的淫威，除了愤怒、痛恨之外，他表现出了一种大义凛然、舍我其谁的精神气概。他没有为自己的鲁莽行为以及这些行为所带来的后果感到悔恨。面对悲痛欲绝的女儿，他提醒自己不要被儿女情长所累；面对前来营救自己的乞丐们，他拒不逃离，坚决要以身试刑，企图击碎德国人的阴谋，杀杀他们的威风，从而表现他自己的凛然之气和英雄气度。如果说事件开始时，孙丙完全是为了解救妻子，才一时冲动失手打死了德国技师，那么后来他加入义和拳并借此为妻子儿女报仇，聚众造反，则表现出了他有组织、有目的地反抗德军，扬名乡里、名垂千古的自觉意识。这时他已经把自己在戏中扮演的角色与现实生活中的角色结合在了一起。

从义和拳学艺归来后，他装神弄鬼，扮演历史中的大英雄，并给手下的追随者们加封各种名号，他的军队俨然成了一支抗德的民族大军，而他似乎也成了一个"民族英雄"。他和他的弟兄们摩拳擦掌、勤加操练，等待着与德军决一死战。此时的孙丙已经不是以前那个低俗、平凡、胸无大志的孙丙了，他已经把抗德的行为视作保卫家乡、维护民族大义的事业，把"檀香刑事件"视为显示高密东北乡民众斗争精神的大好契机和孙丙个人成就英雄事业的机会。除此之外，孙丙作为一个戏子，他还有一种把自己的"英名"留在戏中被后人传唱的心理，他认为这样才不枉此生来到世上。就像戏里唱的那样"窝窝囊囊活千年，不如轰轰烈烈活三天"。早在因为"辱骂"高密知县钱丁而被痛打、羞辱之后，他就有了这样的心理动机。在被捆绑着押到威风八面的知县面前时，他为了给自己鼓气，于是有了下面的想法：

> 他忽然感到，不应该哭哭啼啼，窝窝囊囊。好汉做事好汉当，砍头不过一个碗大的疤。看这个阵势，县太爷是不会饶过自己的，装怂也没用。横竖是个死，那还不如死出点子英雄气概，没准了二十年后就会被人编成戏文演唱，也算是百世流

芳。想到此就觉得一股热血在血管子里涌动，冲激得太阳穴嘭嘭直跳。口中的渴，腹中的饿，身上的痛，立马减轻了许多。眼睛里有了津液，眼珠子也活泛起来。脑子也灵活了。许许多多他在舞台上扮演过的英雄好汉的悲壮事迹和慷慨唱词涌上了他的心头。①

这就是戏班班主孙丙在唱戏的人生经历中所形成的思想意识和性格特征。他在危难之时，总会把自己想象成猫腔戏中的英雄豪杰，并渴望能在猫腔戏中被后人歌颂传唱。

在这样的性格特征和思想逻辑的导引下，孙丙眼中的"檀香刑事件"自然充满了崇高意味。他认为，对高密东北乡的人们来说，它是一次保家卫地的自救运动，是应该的、合理的；对他个人来说，则是一次英名留世的机会。因此当他被抓并要被施以"檀香刑"，乡里的各色人等都为他求情，造成了万民请愿的悲壮场面，使得"檀香刑事件"成了一场声势浩大的民众运动时，他内心深处却很是自豪与骄傲。看得出，对孙丙来说，"檀香刑事件"越到后来越成了成就他个人英雄业绩和铸就他人生辉煌的大好机会。尤其是对"檀香刑"这一惨绝人寰的刑罚的看法，他表现出了与众乡亲们截然相反的态度。当众乡亲为他遭受刑罚的痛苦感到担忧、恐惧的时候，他却认为"檀香刑"是朝廷对他的一次奖赏，使他成了真正的英雄。他断定在他死后，他的英雄形象和传奇故事将在猫腔戏中被一代一代的人们传唱下去，就像他曾经传唱过去的英雄们的故事一样，他的英名将会留在历史的长河里。正是有了这样的想法和认识，孙丙在面对惨无人道的"檀香刑"时才能镇定自如、谈笑风生地给别人讲述猫腔戏的历史，才能把"檀香刑"当作一次炫耀自己身价与英名的盛宴和大戏。小说在"孙丙说戏"这一章节中通过孙丙所唱的戏文唱词，淋漓尽致地展示了他的那种"慷慨就义、视死如归"的英雄气度：

热酒入肠，眼泪汪汪；江湖义气，慷慨激昂。望乡台上，携手并肩；化作彩虹，飞上九天。然后我们大吃大嚼，牙齿不好，囫囵吞枣；视死如归，胆壮神旺；一场大戏，隆重开场。

囚车行进在大街之上，路边的看客熙熙攘攘。演戏的最盼望人气兴旺，人生悲壮，莫过于乘车赴刑场。俺孙丙演戏三十载，只有今日最辉煌。

……

前呼后拥威风浩——俺穿一件蟒龙袍，戴一顶金花帽——俺可也摆摆摇摇，

① 莫言：《檀香刑》，第98～99页。

玉带围腰——且看那猪狗群小，有谁敢来踹俺孙爷的根脚——

……

望天空金风浩荡，看大地树木葱茂……俺本是英灵转世，举义旗替天行道……要保我中华江山，不让洋鬼子修成铁道……刚吃罢龙肝凤脑，才饮干玉液香醪……①

这就是孙丙眼中的"檀香刑事件"，没有恐怖，没有血腥，没有绝望，相反只是一次展示个人价值与英名的盛大戏会。对孙丙这样一个崇尚武功、争强好胜的血性男人来说，这样的认识和态度也许有他自身的合理性，因为对他来说，活着就是为了一口气，人活一世就应该像戏里所演唱的传奇人物那样活得轰轰烈烈，在猫腔戏中把声名远扬。

（三）刽子手赵甲的声音

赵甲是一个完全被驯化了的刽子手。在四十多年的刽子手生涯中，他不但练就了许多杀人的刑术技巧，而且总结并谙熟了一套堂而皇之的刽子手哲学。他认为：(1)历朝历代的刽子手是执行王法的工具，只要脸上涂了鸡血就已经不是人了，而是神圣庄严的国法的象征，拥有了无上的尊严和权威。(2)这行当代表着朝廷的精气神儿，这行当兴隆，朝廷也就昌盛；这行当萧条，朝廷的气数也就尽了。(3)刽子手执刑代表的是国家的王法，因此杀人并不是坏事，而是一种无上光荣的幸事，对个人来说是人生价值的体现，对家族来说是光宗耀祖的好事。

在四十多年的刽子手生涯中，赵甲杀了无数的罪犯，练就了一套执刑杀人的超绝本领。由于活儿干得漂亮，每次执刑都能让上司心满意足，关键时刻也能使皇帝龙颜大悦，因此他幸运地受到了朝廷高官甚至皇帝的接见和赏赐。得到如此高规格的待遇，使得赵甲对刽子手这一职业具有了深刻的认识，他认识到了刽子手这一职业在朝廷维护权威、巩固统治这一链条上的重要性。由此他总结出了上述一整套堂而皇之的刽子手哲学。在这种观念的指导下，赵甲真正感到了作为一个刽子手的价值所在，他从内心里认为他的一生是辉煌的一生，他所从事的职业是神圣的职业。抱着这样的荣誉感和成就感，他告老还乡，并希望能在家乡安度晚年。就是在这样的"个人历史"的背景下，他接到了实施"檀香刑"的谕令。作为一个刽子手，执行王法并把活儿干得出色是他的天职。这不仅仅关乎个人的性命、荣誉，也关乎国家王法的威严。于是在他眼里，给犯人实施"檀香刑"对大清朝来说，就是为国效劳，为朝廷扬威；对他个人来说，

① 莫言：《檀香刑》，第318页。

则是显示其身价的绝好机会;对他的家族来说,则是扬名显威的好时机,因为他虽然从事刽子手职业四十多年,但从来没有在家乡父老面前显山露水,而家乡的人们也不知道刽子手这个职业到底意味着什么,更不知道干这么个活儿还能得到朝廷的赏识,还能光宗耀祖,给自家的门庭贴银镀金。在这样的认识逻辑下,身为刽子手的赵甲,眼里只有行刑时使用的道具、熟练的执刑技巧和自身的身价名誉,其余的东西,诸如亲情、乡亲、友情自然就会被搁在一边。如果我们明白了赵甲的这种认识逻辑,那我们就不会觉得下面赵甲对儿子赵小甲和儿媳孙眉娘的"真情告白"显得无情、残忍、无耻:

> 我估摸着,他一定要借你爹这条命,演一场好戏,既给德国人看,也给高密县和山东省的百姓们看。让他们老老实实当顺民,不要杀人放火当强盗。德国人修铁路,朝廷都答应了,与你爹何干?他这是"木匠戴枷,自作自受"。别说你救不了他,就是你那个钱大老爷也救不了他。儿子,咱爷们出头露面的机会来到了。你爹我原本想金盆洗手,隐姓埋名,糊糊涂涂老死乡下,但老天爷不答应。今天早晨,这两只手,突然地发热发痒,你爹我知道,咱家的事儿还没完。这是天意,没有法子逃避……儿子,你爹我也要帮你正正门头,让左邻右舍开开眼界。他们不是瞧不起咱家吗?那么好,咱就让他们知道,这刽子手的活儿,也是一门手艺。这手艺,好男子不干,赖汉子干不了。这行当,代表着朝廷的精气神儿。这行当兴隆,朝廷也就昌盛;这行当萧条,朝廷的气数也就尽了。①
>
> 小的认为,刽子手虽然下贱,但刽子手从事的工作不下贱。刽子手代表着国家的尊严。国家纵有千条法规,最后还要靠刽子手落实。小的认为,应该把刽子手列入刑部的编制,让刽子手按月领取份银。小的还希望朝廷能建立刽子手退休制度,让刽子手老有所养,不至于流落街头,小的……小的还希望能建立刽子手世袭制度,让这个古老的行业成为一种光荣……②

这就是赵甲眼中的"檀香刑事件"。它只关乎国家律令、朝廷权威、个人职责和家庭荣耀。因此,面对"惨无人道"的"檀香刑",久经沙场的赵甲表现出了超乎寻常的冷静与绝情。从他冷静的叙述与对自己职业生涯的自满得意中,我们在他身上似乎找不到人性当中温存怜悯的一面,他就是一个完全被异化了的冷血动物,一架冰冷的杀人机器,而实施"檀香刑"则是他发挥自身功能的最高体现,仿佛只有那样才能感到人生的乐趣和快意。

---

① 莫言:《檀香刑》,第45页。

② 莫言:《檀香刑》,第273页。

在赵甲眼里，给孙丙实施“檀香刑”也是对他的儿媳孙眉娘的一种间接的打击和报复。赵甲自告老还乡之后，就听到了有关孙眉娘与知县钱丁背着儿子偷情的闲言碎语，这使他感到非常恼怒，但看到自己傻不拉叽的儿子只顾杀猪屠狗，却看管不住自己的媳妇，同时考虑到知县钱丁的权势，赵甲也是无可奈何，只好把这口怨气放在心里。没想到孙丙不知天高地厚，居然敢与朝廷作对，敢与德军为敌，结果引来了杀身之祸，而具体的行刑过程正好落到了他的手里，这可是个绝好的机会，他觉得为儿子出口气的机会到了。在“赵甲道白”一章中，这个杀人不眨眼的刽子手有过这样的道白：

> 咱家的媳妇是个人精，与钱丁明铺热盖，让咱家蒙受了耻辱。真是苍天有眼，让她爹落在了咱家手里。咱家对着她笑笑，说：媳妇呵，是亲就有三分向。这些东西，都是为你爹准备的……
>
> “公爹，真让你杀俺爹？”儿媳可怜巴巴地问，那张一贯地光明滑溜的脸上仿佛生了一层锈。
>
> 这是你爹的福分！
>
> “你打算怎样治死俺爹？”
>
> 用檀木橛子把他钉死。
>
> “畜生……”儿媳怪叫一声，“畜生啊……”
>
> 儿媳摆动着细腰，拉开大门，蹿了出去。
>
> 咱家用眼睛追赶着往外疯跑的儿媳，用一句响亮的话儿送她：好媳妇，俺会让你的爹流芳百世，俺会让你的爹变成一场大戏，你就等着看吧！[①]

看得出，给朝廷要犯孙丙实施“檀香刑”对赵甲来说既是报效朝廷、实现个人价值、炫耀家族威风的大好机会，同时也是借此报复、打击不守妇道的儿媳孙眉娘的一个机会，虽然这并不是他眼中的“檀香刑”的主要目的和功用，但这个公报私仇的机会使他更坚定了给孙丙实施“檀香刑”的决心，使他更有理由可以不顾亲情而去履行自己的“神圣”职责，因为在他看来，孙眉娘违背妇道、玷污家门的不贞行为在先，他六亲不认、惨无人道的不仁之举在后，况且他是在执行国家公务，也是迫不得已而为之。

赵甲这一人物的存在，也使得“檀香刑事件”具有了很深刻的历史内涵。他使“檀香刑事件”在与个人的情感、伦理道德、个人荣辱、英名等相联系的同时，与国家的管理制度、与民族的刑术文化发生了联系。从赵甲的个人经历以及他对刽子手这一职业的心得总结来看，“檀香刑”和其他各类残酷的统治术一样，是震慑民众的一种方式。历

---

① 莫言：《檀香刑》，第259～260页。

代统治者们不断地总结出花样百出、残酷无比的杀人方法,首要的目的无非是杀一儆百,给民众制造恐怖心理,使那些目无王法、为非作歹、敢于犯上作乱的不良刁民有所收敛,安安稳稳地做一个驯服的良民,以此来显示和维护统治者的威严与统治,达到长治久安的目的。小说中通过赵甲的追忆所展示的几次施刑过程都具有这样的目的和性质。无论是“阎王闩”、“腰斩”、“斩首”、“凌迟”,还是“檀香刑”,都是统治者们经过精心选择之后所产生的“杰作”;每一次施刑,统治者们都希望能让活儿干得漂亮些,让前来观看的民众感受到血腥与恐怖,从而把恐惧的种子撒在他们的内心深处,对朝廷产生敬畏之意,服服帖帖地做朝廷的顺民。这就是中国历代刑术文化的精髓所在,历代的统治者们无不谙晓其中的奥秘。于是这种“行之有效”的统治术不但从来没有中断过;相反,其发达程度却与日俱增,最能体现这一事实的就是各种稀奇古怪、无所不用的杀人方法的不断被挖掘,不断被完善。在小说中,被精细描绘和大肆渲染的“凌迟”与“檀香刑”堪称双绝。

与统治者利用残酷的刑罚来达到震慑民众、显示其威严的目的紧密相关的是统治者们对各类酷刑的玩赏心态,即由于实施刑术的手法的绝妙无比,当杀人成了一种“艺术”的时候,统治者们就把它当成了一种生活的“戏剧”,以此来取乐。这可以说是刑术文化的又一巨大功能。而这一功能的覆盖面越到后来,越为广阔,因为作为欣赏者的看客已经不仅仅是高高在上的统治者了,广大的民众也在无数次的观望中体验到了杀人带给他们的乐趣。他们在恐惧中体验着杀人场面带给他们的“狂欢节”式的快意。

总而言之,在赵甲这个刽子手的道白中我们可以看出,“檀香刑”既是达到个人目的的手段,又是效忠朝廷,显示国法森严和统治力量强大的有效方式;同时也是博得统治者们欢欣、快意的绝妙好戏。而这其中反映出的中国古代刑术文化的历史意蕴和政治内涵则更是赵甲这个人物在其诉说中展示给我们的具有重大认识价值的重要内容。

(四)知县钱丁的声音

作为一个胸怀大志、希望能有所作为的县令,钱丁既能做到关心国家大事、民族盛衰,又能做到体察民情、体恤民苦,是一个比较合格的“父母官”。虽然他与孙眉娘明为“父女”、暗为情人的关系有损其一县之长的形象,在民众当中也造成了不良影响,但他勤政爱民的思想与行为还是显示出了他作为长官应该具有的责任心。这样一位县令自然不会希望在自己的统辖之地发生任何祸乱。因此,自始至终他对“檀香刑事件”抱有一种厌恶与痛恨的心态。他之所以厌恶与痛恨“檀香刑事件”的发生并极力阻止,并不是出于对德国人安全的考虑,也不是想挽救孙丙的性命。作为一县之长,他首先想到的是如何保护自己的子民,以免使他们遭受更大的伤亡。因为他清楚地知道,就凭孙丙率领的那批既手无半点寸铁又毫无战术素养的民众去跟荷枪实弹的德国人对抗,招致的将会是更多生命的摧残和丧失，更何况朝廷又是德国人的后盾，无论如何最后失败的肯定是民众，而不是飞扬跋扈的德国人。出于这样的考虑，他虽然觉得孙丙聚众造反事出有因，并无太多的过错，但他又痛恨孙丙不识时务，凭自己的匹夫之勇，盲目地跟强大的德军和朝廷作对，给高密东北乡的民众带来了惨痛的杀身之祸。在无法阻止事态继续向坏的方向发展的无奈情况下，在朝廷与德国人的双重威逼下，为了高密东北乡民众的性命安全，他只身进城抓住了孙丙，把他关进了深牢大狱，间接地把他推向了檀香刑台。但他的这种"舍孙丙而保民众"的想法并没有取得意想的结果。孙丙被抓获了，但德国人还是没有放过高密东北乡的民众。这使得钱丁感到无比痛心和悲哀。在爱国无门、救民无望的情况下，钱丁感到了前所未有的绝望与伤感，他深深地感到朝廷的腐朽与无能、堕落与衰亡。在他看来，"檀香刑事件"就是清朝政府堕落、衰亡的一个表征。因此，面对这一事件，他痛苦而绝望地喊出了愤怒的吼声：

> 都说那檀口轻启美人曲，凤歌燕语啼娇莺。都说那檀郎亲切美姿容，抛果盈车传美名。都说是檀板清越换新声，梨园弟子唱升平。都说是檀车煌煌戎马行，秦时明月汉时兵。都说是檀香缭绕操琴曲，武侯巧计保空城。都说是檀越本是佛家友，乐善好施积阴功……谁见过檀木橛子把人钉，王朝末日缺德刑。[①]

由此看来，在钱丁眼里，"檀香刑事件"就是一个彻头彻尾的悲剧，它不是某一个人的悲剧，而是民族的悲剧，是大清朝的悲剧，它预示着大清朝已经走到了自己的末日，而镇压民众、给孙丙实施檀香刑则是其气数将尽的具体表现。就他个人而言，他对这个气数将尽的没落王朝已经不抱任何幻想了，当他在月光下把匕首刺向孙丙的胸膛，企图阻止"檀香刑"顺利进行的那一刻起，他已经万念俱灰，死意已决。因为他从"檀香刑"中看到了朝廷的衰败和自己宏伟抱负的落空。此时他更为彻底地意识到，"檀香刑事件"于国于民于己都是一桩无法挽回的悲剧。

这就是小说中四个主要的叙述人（即四个主要人物）眼中的"檀香刑事件"。这四个主要的叙述者从各自的角度出发，讲述了自己心目中的"檀香刑事件"。这些不同的讲述按照各自的逻辑出现在小说当中，充分展现了"檀香刑事件"本身的复杂性和多个侧面。除了这四个叙述者之外，小说中还安排了另外两个叙述者，一个是赵小甲（赵甲的儿子），一个是拥有全知全能视角的叙述人。这两个叙述者虽然没有强烈的独立意识，但他们的叙述也丰富、补充了小说的情节，尤其是全知全能这一叙述视角，从客观的角度转述了与"檀香刑事件"有关但其他叙述者没有讲述的内容，使得整部小说显得

---

① 莫言：《檀香刑》，第 344 页。

完整有序。

巴赫金在评价陀思妥耶夫斯基的小说创作时曾经说过这样两段话：

> 陀思妥耶夫斯基恰似歌德的普罗米修斯，他创造出来的不是无声的奴隶（如宙斯的创造），而是自由的人；这自由的人能够同自己的创造者并肩而立，能够同意创造者的意见，甚至能够反抗他的意见。
>
> 在他的作品里，不是众多性格和命运构成一个统一的客观世界，在作者统一的意识支配下层层展开；这里恰是众多的地位平等的意识连同它们各自的世界，结合在某个统一的事件之中，而互相间不发生融合。陀思妥耶夫斯基笔下的主要人物，在艺术家的创造构思之中，便的确不仅仅是作者议论所表现的客体，而且也是直抒己见的主体。[①]

这样的情形，我们在《檀香刑》中也能够发现。《檀香刑》中的主要人物都没有被作者规定在一个方向上发展。虽然他们面对的是同一个事件，但他们对此事件都有自己的看法。在他们各自独立的主体意识里，“檀香刑事件”对他们有着不同的生活意义，因此他们各自独立地阐发了自己对“檀香刑事件”的看法，这些看法互相背离相向，在同一个世界中形成争论不休的对话。因此我们可以得出如下的结论：《檀香刑》中的叙述者（主要人物）从不同的角度讲述了自己心目中的“檀香刑事件”，充分显示了讲述者（主要人物）自己独立的自我意识，真正体现了巴赫金所说的“陀思妥耶夫斯基对主人公的兴趣，在于他对世界及对自己的一种特殊看法，在于他对自己周围现实的一种思想与评价立场。对陀思妥耶夫斯基来说，重要的不是主人公在世界上是什么，而首先是世界在主人公心目中是什么，他在自己的心目中是什么”[②]的这样一种复调小说所具有的特征。而这种特征又通过不同叙述者各自独立的自我意识间的对话体现了出来。当然，在《檀香刑》中，不同的叙述者的独立的声音并不是单独存在的，他们的声音混杂在一起，形成了明显的对话形式，构成了巴赫金所说的人物与人物之间的“大型对话”。

二、情节结构或内容的对位关系形成的复调

除了人物与人物之间的对话能够构成“大型对话”，使得小说具有复调特征之外，还可以通过情节结构或内容的特殊安排来构成“大型对话”，从而使小说呈现出复调特

① ［前苏联］巴赫金：《陀思妥耶夫斯基诗学问题》，第28～29页。

② ［前苏联］巴赫金：《陀思妥耶夫斯基诗学问题》，第82页。

征。在莫言的小说中，这样的文本也不少见，其中长篇小说《丰乳肥臀》就是很典型的一个通过情节结构和内容的对位关系而构成"大型对话"，从而使小说具有复调特征的文本。

关于《丰乳肥臀》，莫言有过这样的解释："人世间的称谓没有比'母亲'更神圣的了，人世间的感情没有比母爱更无私的了，人世间的文学作品没有比为母亲歌唱更动人的了……想到此我就明白，这部作品是写给一个母亲并希望她能代表天下的母亲，是歌颂一个母亲并企望借此歌颂天下的母亲。""我憋足了劲要在这部书里为母亲歌唱，更狂妄地想为天下的母亲歌唱。"①从上面的引言中可以看出，按照莫言的创作意图，《丰乳肥臀》这部小说是歌颂"母亲"这个伟大的形象的。那么在《丰乳肥臀》中，莫言的这个艺术目标到底完成得如何呢？

《丰乳肥臀》这部鸿篇巨制的主要内容大致可分为两部分：第一部分从20世纪30年代后期写起，一直到20世纪60年代末，以上官金童因"强奸"罪被捕入狱而结束；第二部分从20世纪80年代初开始，一直到20世纪90年代，以上官金童的彻底落魄结束。第一部分内容占全书的五卷，时间跨越几十年，故事内容纷繁复杂，情节发展曲折多变，社会进程风云变幻，人物命运跌宕起伏。第二部分讲述的是改革开放之后的社会人生故事。上官金童结束了十五年的牢狱生活，潦倒落魄、六神无主地重新回到了家乡。沧海桑田，世事巨变，虽然上官金童看到了一片欣欣向荣的景象，但等待他的却是一个由各种无尽的欲望编织而成的无底深渊。这一部分只占全书的一卷。

第一部分主要叙述"母亲"和她的几个女儿的生活经历。苦难和悲戚是这一部分的主色调。"母亲们和她们的女儿们在这片土地上苦苦地煎熬着、不屈地挣扎着，她们的血泪浸透了黑色的大地又汇成了滔滔的河流。"②尤其是"母亲"上官鲁氏的一生，更是多灾多难的一生。她经历了千辛万苦，受尽了人间屈辱。但这位平凡的"母亲"却有着异常顽强的韧性，她从不向命运低头，而是勇敢、坚强地面对苦难的生活，不屈不挠地与之抗争，以自己柔弱的血肉之躯承担着整个家族的喜怒哀乐、悲欢离合、生老病死所带来的悲痛。"母亲"上官鲁氏神圣的母性、闪光的人性、伟大的人格，都在这种忍耐与抗争的过程中得到了淋漓尽致地表现。她的几个女儿们也或多或少地表现了与她同样的性格特征：坚毅顽强、敢作敢为，为了活命愿意承受一切苦难，愿意接纳一切屈辱。很显然，作者在这一部分中是以肯定与颂扬的笔调来表现"母亲"和她的女儿们的。这里"母亲"成了人性中良善品德的化身，可以说是女性形象的优秀代表。因此这一部分给人的深刻印象是：通过对"母亲"的赞颂而充分肯定了女性身上所表现出来的

① 莫言：《〈丰乳肥臀〉解》，1995年11月22日《光明日报》。
② 莫言：《〈丰乳肥臀〉解》，1995年11月22日《光明日报》。

优秀品质。小说写到这里，我们完全可以说，在这一部分里，莫言基本上完成了他歌颂“母亲”的艺术目标。但这种主题意向在小说的第二部分却遭到了篡改。在第二部分里，“母亲”的故事退到了后台，它被“儿子”上官金童的故事所替代。与第一部分的叙述相似，第二部分的内容主要也是围绕着上官金童与几个女人之间的关系展开的。但在第二部分中，上官金童与女人之间的关系的性质却发生了根本性的变化。在第一部分中，上官金童与他“母亲”有着特殊关系，他患有“恋乳症”，是一个永远也长不大的“孩子”，离开了“母亲”上官鲁氏，他便无法生活。因此，他基本上没有独立进入过社会，他在“母亲”那里感到的是爱护和温暖。在第二部分中，上官金童在社会形势的逼迫下走向了社会，他的社会生活圈子仍由女人所构成。然而，此时他所面对的女性的形象特征与第一部分中的“母亲”这一形象所具有的特征已经完全不同了。如果说在第一部分中，他处处能从“母亲”身上感受到女性的疼爱和保护，那么在第二部分里，他从周围女人身上体验到的只有疯狂、丑恶、淫荡和无耻。作者在第一部分中赋予女性的那些优秀的品德，在这部分中的女性身上已经消失殆尽。那么，这些女性到底是一些什么样的人呢？她们是性变态者、政治贪官、暴发户和江湖骗子。正如前所说，莫言在第一部分中塑造的“母亲”形象，象征了优秀的人性品德。如果说这也正是小说的一个主题所在的话，那么这一主题在小说第二部分的情节中受到了无情地消解。充满反讽、调侃意味的叙事语言就充分显示了这种审美倾向。小说在描写上官金童想象如何推销“独角兽”乳罩时，有这样一段广告式的文字：

> 女人最重要的特征是生着发达的乳房。乳房是人类进化的结果。对乳房的爱护和关心程度，是衡量一个时期内社会文明程度的重要标志。女人要为自己的乳房感到自豪，男人要为女人的乳房感到骄傲。乳房舒服了，女人才会舒服。女人舒服了，男人才会舒服。因此只有把乳房侍候舒服了，人类才会舒服。①

这里，女性这一形象已完全不同于小说所要赞颂的女性形象。第一部分中崇高、伟大、坚韧的女性形象，在这里变成了赤裸裸的“女性肉体”的展示。在此我们不难体味出这段广告式的文字所包含的对女性的嘲讽和揶揄。

由此我们可以发现，小说正是通过前后情节情感基调和主题的不一致，使它们显示出了一种相互质疑、否定的对话关系，最终的结果是整个文本具有了一种复调特征。对此，莫言也承认情节结构和内容主题的这种不和谐。他说：“当然也有人批评小说的后半部分有些松懈，整个的叙述腔调发生了变化，前边运用的是所谓的史诗的笔调，庄

---

① 莫言：《丰乳肥臀》，中国工人出版社 2003 年版，第 371 页。

严宏大的叙述，一旦进入80年代，小说立刻就充满黑色幽默和反讽的东西。刚开始我没有想到黑色幽默，完全运用庄严的叙述方式，一旦进入80年代，社会生活本身就是充满黑色幽默的。"[①]尽管莫言的这种"没有想到"的叙述结果使得小说在"腔调"上前后不一致，但却无意中使小说形成了一种复调特征。从巴赫金的复调理论来看，这也不算是一个缺陷。

在类似《丰乳肥臀》这样在情节结构或主题内容的安排上呈现出对话关系，从而形成复调特征的小说中，《天堂蒜薹之歌》也是一个很典型的例子。这部小说正文部分讲述天堂县农民因为"大蒜丰收"，但却苦于在政府不良政策的干扰下无法出售而大批腐烂，于是愤怒无比的蒜农静坐示威，并与县政府的工作人员发生冲突，冲进政府大楼，连烧带砸"疯狂"破坏政府机关，扰乱了政府机关正常的工作秩序，在群众中造成了极坏的影响。县公安机关依法逮捕并严惩了肇事者和参与"破坏"的大批农民。这一部分采用的是作者客观的叙述视角。为了使事件的"真相"不被一家之言的述说遮蔽，作者又安排了瞎子张扣以唱民间小调的形式从老百姓的角度说出事情"真相"的讲述方式，这里采用的是民间的视角。除此之外，还有官方的报纸新闻对"蒜薹事件"的报道，这是官方的视角。在小说中，这三种叙述方式交织在一起，对同一件事情进行着各自的叙述。这三种叙述从各自不同的方向展示着故事的"真相"，并不停地相互质疑，迫使对方注意自己的存在。从情节结构的角度看，这三种叙述是相互对立的，它们形成一种对话关系，以不同的"声音"和"调子"合唱着同一个题目，形成了一种多声部的小说结构，从而揭示出了事件本身的复杂性和处于不同阶层、地位的人们对复杂事件的各自的看法。从艺术效果来看，这样的情节安排无疑使小说具有了典型的复调特色。

类似这样的"大型对话"不但存在于莫言的长篇小说之中，也存在于他的众多的中短篇小说中，例如《球状闪电》、《野骡子》、《三十年前的一次长跑比赛》等，由于其模式与前面分析的基本相同，在此不作赘述。

第二节 "微型对话"形成的复调艺术特征

人物与人物之间的对话关系，小说情节结构、内容的对位关系，作者同人物间的对话所构成的对话关系，都属于文本中的"大型对话"。而对于善于营造人物心理活动，捕捉瞬间感觉和运用庞杂的"杂语"进行创作的莫言来说，他的小说中还更多地存在着一种"微型对话"，也就是由主人公复杂的内心矛盾和一分为二的主体意识所构成的具有双声性的内心独白，以及由于在小说中大量运用"杂语"而形成的"双声语"。

---

① 王尧主编：《莫言王尧对话录》，苏州大学出版社2003年版，第172～173页。

由人物复杂的内心矛盾而形成的对话的主要特点是:一个主体由于自身的矛盾分裂,变成了"两个主体"。换句话说,即从一个人身上看到了"两个形成矛盾冲突的人的身影"。运用"杂语"之所以能够形成对话,是因为所运用的"杂语"具有"他性",是"他人话语"。在巴赫金看来,在小说中出现的各种"杂语"是不可能原封不动地、不发生一点变化地从他人嘴里说出的。他认为这样的语言是包含着两种意识、两种观点的。"这些语言现象,会以一种社会典型的性格和个人性格的面貌出现。但它的本质仍然不变:这仍然是两种意识,两种观点,两种评价在一个意识和语言的每一个成分中的交锋和交错,亦即不同声音在每一内在因素中交锋。"①

我们已经指出了"微型对话"最主要的两种形式,即由主人公内心的思想矛盾构成的具有强烈对话性的内心独白和"双声语"。下面我们结合莫言的作品进行一些简单的分析。

一、人物内心矛盾冲突形成的复调

通过展示主人公的内心思想矛盾而形成独白,在莫言的小说中是常见的艺术表现方式。前面我们在分析《檀香刑》时主要提到了里面的不同人物之间的对话,其实,在《檀香刑》中,每一个叙述者身上都具有鲜明的由内心思想矛盾所构成的对话关系。比如孙眉娘处在亲爹孙丙和干爹钱丁的夹缝之中,就落入了两难的境地,内心充满了矛盾。一方面,自己的亲爹遭受了苦难,面临着生命危机,她不得不去救助。因此,当她去求见钱丁而被拒绝后就在内心里抱怨起了钱丁,认为他翻脸不认人,是个猪狗不如的东西。另一方面,当她念及自己与钱丁如漆似胶的火热情感时,她又为钱丁担忧,转而怨恨起自己的亲爹孙丙来,抱怨他放着安稳的日子不过,却要扯旗放炮地聚众闹事,招来杀身之祸,实属活该。作为女儿与情人,孙眉娘内心充满了矛盾,她的思想意识不停地在二者之间来回盘旋,不断地交锋,构成了激烈的对话,而她就是在这种对话中一步步完成自己的叙述的。直到最后,她也没有从这种矛盾的旋涡中解脱出来。县令钱丁也是一个内心充满了矛盾的叙述者,他也常常陷入两难的境地不能解脱。孙丙是自己的情人孙眉娘的亲生父亲,孙丙聚众闹事,按理应该依法捉拿。但碍于孙眉娘的情面,他也不能做得过于绝情,于是左右为难,进退维谷。在事件的一开始,他明拿暗放,希望孙丙能醒悟,不要把事情闹大,以免造成无法挽回的局面。但等到事态趋于严重,迫于德国人的压力和朝廷的命令,为了保护无辜民众的性命,他又不得不奉命把孙丙缉拿归案,交给山东巡抚袁世凯。他痛恨刽子手赵甲,但在赵甲面前又不得不忍气吞

① [前苏联]巴赫金:《陀思妥耶夫斯基诗学问题》,第289页。

声，因为赵甲代表着大清朝的律令，而且有皇上赐给的檀香木椅和皇太后赐予的佛珠。对此他虽然心有郁结，怒气难消，但又无可奈何。他有爱国之志，对朝廷一片忠心，但看到朝廷如此腐败无能，又感到无比失望。面对凄凉、悲惨的现实，面对自己的懦弱、无力，他不由地内心充满了自责与抱怨。从下面这段内心独白中，可以看出他矛盾重重的内心世界：

> 反躬自问，余也不是大清死心塌地的忠臣。余缺少舍身成仁、手刃奸臣的忠勇，尽管余从小读书击剑，练就了一身武功。论勇气余不如戏子孙丙，论义气余不如叫花子小山。余是一个唯唯诺诺的懦夫，是一个委曲求全的孱头。有时壮怀激烈，有时首鼠两端，余是一个瞻前顾后的银样镴枪头。在百姓面前耀武扬威，在上司和洋人面前谀言谄笑，余是一个媚上欺下的无耻小人……①

从这段文字中，我们不难看到一个被矛盾缠绕的人物形象。各种对立面存在于一体，各种意识相互独立、交锋，各种声音在一个人的内心里喧哗交织，构成了一个复杂但又真实的内在世界，从而使这一个人物形象也呈现出了丰满多姿的艺术魅力。类似充满矛盾冲突且具有对话性质的内心独白在孙丙和赵甲那里也存在着，由于其特征与孙眉娘、钱丁二者基本相似，故不作具体分析。

通过人物内心的矛盾冲突来展现一种不可调和的对话，从而形成复调特征的艺术效果，在莫言的小说中是最为常见的。这与莫言善于描写人物的心理活动有很大的关系。有时候对矛盾的心理活动的描写就是对一种紧张对话关系的展示。虽然巴赫金在论述对话理论时并没有提到这一点，但有论者就认为巴赫金把人物内心的矛盾冲突看作一种"微型对话"的理论总结，其实就是我们过去所认为的一种心理描写。钱中文就是这样认为的，他说："巴赫金从'超语言学'的角度揭示了这种心理描写的语言特征，并以多种类型的'微型对话'称呼它们，我认为这较之停留在心理层次的分析又深入了一步。"②联系具体的内容来看，这样的说法还是有一定的道理的。

二、"双声语"形成的复调

巴赫金认为，复调小说的对话不仅体现在人物对话、情节结构和内容的对位以及人物内心的独白之中，而且向内部深入，渗透到语言当中，这就使语言具有了双重指

① 莫言：《檀香刑》，第345页。

② 钱中文：《前言》，[前苏联]巴赫金：《陀思妥耶夫斯基诗学问题》，第14页。

向，从而形成了"双声语"。巴赫金认为这样的"双声语"不但存在于完整的话语之间，而且也存在于一些片断性的话语之中。他说："不仅仅是完整(相对来说)的话语之间，才可能产生对话关系；对话语中任何一部分有意义的片断，甚至任何一个单词，都可以对之采取对话的态度，只要不把它当成是语言里没有主体的单词，而是把它看成表现别人思想立场的符号，看成是代表别人话语的标志；换言之，只要我们能在其中听出他人的声音来。因此，对话关系也可以渗透到话语内部去，甚而渗透到个别单词中去。"[①]这种语言的特点是，具有双重的语义指向，至少含有两种以上的声音："这里的语言具有双重的指向——既针对言语的内容而发(这一点同一般的语言是一致的)，又针对另一个语言(即他人的话语)而发。"[②]在研究陀思妥耶夫斯基的小说语言时，巴赫金又对"双声语"的表现形式作了一些划分，指出了几种比较典型的"双声语"形式。这几种典型的"双声语"分别是暗辩体、仿格体、讽拟体等。在莫言的众多小说中，由于大量、广泛的"杂语"的运用和各种语言修辞的混合使用，在局部的地方就出现了这种由于"双声语"的运用而形成的表现在语言方面的复调特征。下面我们就这几种"双声语"作一些细致的探讨。

(一)暗辩体形式的"双声语"

巴赫金认为，暗辩体是一种对"敌对"的他人语言察言观色的语言。在此类语言中，他人的语言留在了言说者的语言之外，但言说者好像看到或感到了他人语言的存在，也预感到了他人的反驳，因而在他人语言的影响下自身语言仿佛遭到扭曲、变形。在这种情况下，言说者的语言也就折射出了他人的话语对自己语言的影响，让人仿佛看到了他人语言的存在。很显然，这种语言省略了他人话语，是在未出现他人话语的前提下，是在猜测他人心理的情况下，在没有"对方"讲述的情况下，对可能存在的他人语言进行的单方面的反驳。对于这种类型的"双声语"，巴赫金有过以下的具体解释："我们不妨设想这样一段两个人的对话：第二个交谈者的对语被全部略去，整个意思却丝毫没有受损失。这里，第二个交谈者是无形的存在，虽然不见他的语言，可他的语言留下了深刻的痕迹，正是这种痕迹左右着第一个交谈者的所有对语。我们感觉得出这是一场交谈，尽管只有一个人在说话，还觉得出两个人谈得很激烈，因为每个对语都会全力以赴地对应无形的交谈者，暗示在自身之外存在一个没有说出的他人的对语。"[③]我们不妨先看一个例子。下面这段话语是《红高粱家族》中"我奶奶"临死前的一段独白：

① [前苏联]巴赫金：《陀思妥耶夫斯基诗学问题》，第254页。
② [前苏联]巴赫金：《陀思妥耶夫斯基诗学问题》，第255页。
③ [前苏联]巴赫金：《陀思妥耶夫斯基诗学问题》，第271页。

奶奶感到疲乏极了，那个滑溜溜的现在的把柄、人生世界的把柄，就要从她手里滑脱。这就是死吗？我就要死了吗？再也见不到这天，这地，这高粱，这儿子，这正在带兵打仗的情人？枪声响得那么遥远，一切都隔着一层厚重的烟雾。豆官！豆官！我的儿，你来帮娘一把，你拉住娘，娘不想死，天哪！天……天赐我情人，天赐我儿子，天赐我财富，天赐我三十年红高粱般充实的生活。天，你既然给了我，就不要再收回，你宽恕了我吧，你放了我吧！天，你认为我有罪吗？你认为我跟一个麻风病人同枕交颈，生出一窝癞皮烂肉的魔鬼，使这个美丽的世界污秽不堪是对还是错？天，什么叫贞节？什么叫正道？什么是善良？什么是邪恶？你一直没有告诉过我，我只有按着我自己的想法去办，我爱幸福，我爱力量，我爱美，我的身体是我的，我为自己做主，我不怕罪，不怕罚，我不怕进你的十八层地狱。我该做的都做了，该干的都干了，我什么都不怕。但我不想死，我要活，我要多看几眼这个世界，我的天哪……①

仔细“倾听”“我奶奶”的这段临终告白，我们分明能够感觉到她的声音中明显地存在着他人的声音，即来自“我奶奶”本人意识之外的另一种声音。这个声音与“我奶奶”的声音交织在一起且构成了“我奶奶”的对立面，它们互相质询、否定，从而也就形成了鲜明的对话关系。我们不妨对这段话作这样的描述：在“我奶奶”的自我意识中，渗入了他人对她的认识、看法；在“我奶奶”的自我表述中，镶嵌进来了他人对她的议论；他人意识和他人话语既影响了“我奶奶”的思想意识并使得她的语言扭曲、变形，又引出了一系列他人不在场的暗中争辩，因为“我奶奶”在自我表达的时候，总是在对不在场的他人话语（意识）不停地进行揣测，考虑他人对自己的行为与表述将会作出怎样的反应。为了使这种对话形式更为清晰，我们不妨效仿巴赫金在分析陀思妥耶夫斯基的小说《穷人》中的主人公杰符什金的内心独白时所用的方法，把这段充满争辩色彩的话语简单地分解成一幕对话，看看这两种声音是怎样进行相互质询、相互否定的思想交锋的：

我奶奶：我还不想死，上天赐给了我高粱般充实的生活，我还没有享受够呢。

他人声音：你该走了，三十年对你来说已经足够了，你没有什么好留恋的。何况在你的一生中你也做了不少违背伦理道德的事情。

我奶奶：我没有什么过错，谁愿意嫁给一个得了麻风病的男人。稀里糊涂地跟一个麻风病人结婚生子，那才是过错，所以我愿意跟别的男人偷情野合。

他人声音：你难道不知道什么叫贞节、正道、善良、邪恶吗？你怎么连善恶是

---

① 莫言：《红高粱家族》，当代世界出版社2004年版，第56页。

非都不分呀!

我奶奶:这些我都不知道,我只知道按我自己的想法去行事,去生活。

他人声音:难道你不懂得珍惜人间幸福,不懂得什么叫美好生活吗?你践踏了这些被人们所推崇的东西是会受到惩罚的。

我奶奶:我当然热爱幸福,热爱美好生活,但我只爱我认可的幸福生活与美好生活。如果我按自己的想法去追求我心目中的幸福生活与美好生活而违犯了什么"天条律令",那我也不会害怕,我甘愿接受任何惩罚,即使进入十八层地狱我也不怕。

他人声音:既然这样,那你就安心地接受死亡吧。

我奶奶:但我不想死,我舍不得离开这个美丽的世界,舍不得离开我的儿子和情人啊。

经过这样的一个简单分解,我们可以看到,这段话中暗藏着一种激烈的争辩。"我奶奶"在将死之时回头细数自己的过去,内心充满了矛盾冲突。一方面,她从个人自由、幸福、爱情得到满足的角度出发,认为自己没有辜负、浪费自己短暂而美好的一生,因此她对自己走过的短暂人生感到无比自豪和满意,并在此基础上对生命充满了热爱与眷恋之情;但是另一方面,在面对社会伦理、道德、妇女贞节等这些陈旧且顽强地影响、束缚着人们的思想观念和行为的准则时,她又多少感到有一些愧疚和不安,尽管她在极力掩饰这种愧疚和不安,但还是无法把它们驱散、消除。这样,当"我奶奶"在对自己作最后的"倾诉"时,她所面对的其实不仅仅是她自己,她同时也面对着周围社会这个强大的"他者"。她的话语其实就是她在面对"他者"这个对立面时发出的。试想,如果只有她一个人存在,或者说她根本就不在乎那些道德伦常和贞节观念以及所谓的因果报应,那她的这些充满诘问的话语就会失去存在的根据,如果非要存在,那也显得很虚假、很滑稽;因为世界是她一个人的,什么都是她自己说了算,她就是自己的国王、自己的立法者,还需要那么多诘问和疑惑吗?正是由于这个"他者"的存在,正是由于这个"他者"强大的作用力,"我奶奶"的这段充满了争辩色彩的内心独白才显得有根有据。这就是类似于巴赫金在阐述"双声语"时提到的暗辩体。这种暗辩体形式的内心独白虽然出自一个人之口,但由于这些话语是针对"他人"而发的,因此具有很强的争辩色彩,仿佛是从两个持不同观念的人口中说出的,正如巴赫金所说的那样,"两句对语——发话和驳话——本来应该是一句接着另一句,并由两张不同的嘴说出来;现在两者却重叠起来,由一张嘴融合在一个人的话语里。这些对语是相互对立的,在这里冲突起来。因此,它们相互重叠并汇合成一个话语,便引起极度紧张的语言阻塞。本来,完整的对语本身是统一的,只有一种语气。但不同对语一相遇,在融合后出现的新话语里，就变成了相互对立的声音的尖锐交锋。这种交锋体现在话语的每个细节、每个元素中"[①]。就这样，"我奶奶"临终前的这段内心"独白"形成了强烈的内在的对话关系。"自我肯定听来就像无休止的暗中争辩，或是以自己为题暗中与别人、与他人进行着对话"[②]，使得原本由一个人说出来的话语成了"双声语"，从而构成鲜明的复调。

（二）仿格体形式的"双声语"

仿格体是指模仿他人语言的风格、体式，并在保留他人语言风格、体式所蕴含的旨意的同时，使它们服务于作者新的目的和意图。巴赫金在讨论仿格体时指出："要采用仿格体，前提是先得有一种风格存在；也就是说：这一体式所使用的一切修辞手段的总和，在此之前确曾表现过直接指物述事的文意，表现过最终的文旨……仿格体使别人指物述事的意旨（即表现事物的艺术意图）服务于自己的目的，亦即服务于自己新的意图。"[③]他在接下来的论述中又指出："作者为表现立意而利用他人语言，但保留他人语言自身的意向。仿格体是效仿他人的风格，但保留他人风格自身的艺术任务。只不过这艺术任务如此一来获得了虚拟假定的性质……作者的思想渗透到他人语言里，隐匿其中；它并不与他人思想发生冲突，而是尾随其后，保持他人思想的走向，只是使这个走向带上了虚拟假定的性质。"[④]从以上的论述可以发现，仿格体所模仿的对象必须是已经存在过并且是人们比较熟悉的语言风格或体式；同时，仿格体并不改变被仿对象原来的旨意，只是作者在此基础上又加进了自己的意图，因此"一种语言中竟含有了两种不同的语义指向，含有两种声音"，从而形成一种独特的"双声语"。

在莫言的小说中，此种类型的"双声语"也很常见，作者常常借鉴别人的语言或者叙述风格，利用他人的视点构思行文。当然莫言的模仿并不是机械地照搬他人的语言风格，而是有意识地赋予它们属于自己的新意，让这种新意左右着被模仿的对象。下面我们看一个比较典型的例子，这个例子是莫言模仿鲁迅的小说《药》的开头部分。为了便于在比较中说明问题，我们不妨把鲁迅的《药》的开头部分和莫言在《酒国》中对其所作的模仿的那部分都抄录下来：

> 秋天的后半夜，月亮下去了，太阳还没有出，只剩下一片乌蓝的天；除了夜游的东西，什么都睡着。华老栓忽然坐起身，擦着火柴，点上遍身油腻的灯盏，茶馆的两间屋子里，便弥满了青白的光。

---

① [前苏联]巴赫金：《陀思妥耶夫斯基诗学问题》，第287页。

② [前苏联]巴赫金：《陀思妥耶夫斯基诗学问题》，第284页。

③ [前苏联]巴赫金：《陀思妥耶夫斯基诗学问题》，第260～261页。

④ [前苏联]巴赫金：《陀思妥耶夫斯基诗学问题》，第266页。

"小栓的爹,你就去么?"是一个老女人的声音。里边的小屋子里,也发出一阵咳嗽。

"唔。"老栓一面听,一面应,一面扣上衣服;伸手过去说,"你给我罢。"

华大妈在枕头底下掏了半天,掏出一包洋钱,交给老栓,老栓接了,抖抖的装入衣袋,又在外面按了两下;便点上灯笼,吹熄灯盏,走向里屋子去了。那屋子里面,正在窸窸窣窣的响,接着便是一通咳嗽。老栓候他平静下去,才低低的叫道:"小栓……你不要起来。……店么?你娘会安排的。"

老栓听得儿子不再说话,料他安心睡了;便出了门,走到街上。街上黑沉沉的一无所有,只有一条灰白的路,看得分明。灯光照着他的两脚,一前一后的走。有时也遇到几只狗,可是一只也没有叫。天气比屋子里冷得多了;老栓倒觉爽快,仿佛一旦变了少年,得了神通,有给人生命的本领似的,跨步格外高远。而且路也愈走愈分明,天也愈走愈亮了。

老栓正在专心走路,忽然吃了一惊,远远里看见一条丁字街,明明白白横着。他便退了几步,寻到一家关着门的铺子,蹩进檐下,靠门立住了。好一会,身上觉得有些发冷。[①]

秋天的后半夜,月亮已经出来,挂在西半天上,边缘模糊,好像一块融化了半边的圆冰。凉森森的光芒照耀着沉睡的酒香村,谁家的鸡在窝里叫起来,叫声闷闷的,好像从地窖子里发出来的。

这叫声虽然沉闷但还是惊动了金元宝的老婆。她围着被坐起来,在朦胧中发着怔。青白的月光从窗棂里泻进来,把黑色的被子印上惨白的格子。男人的脚在她右侧直竖着,凉冰冰的。她拉拉被角为他遮盖,小宝在她左边蜷着,呜呜地打着均匀的呼噜。更遥远更沉闷的鸣叫声传来,她打了一个哆嗦,慌忙披衣下地,走到院子里,抬头看天,见三星西斜,昴星东升,离天亮不远了。

女人推着男人的腿,说:

"起来吧,快起来吧,大昴星都出来了。"

男人停止打鼾,巴嗒了几下嘴唇,坐起来,迷迷瞪瞪地问:

"天就要亮了?"

女人说:"快了,早点去吧,别再像上次那样,白跑一趟腿。"

男人慢腾腾地披上夹袄,伸手从炕头上摸过烟笸箩,捏着烟斗,装了一锅烟,塞到嘴里叼着。又摸到火镰、火石、火绒,噼噼啪啪打起火来。几个有角的大火星

① 鲁迅:《药》,《鲁迅作品集》,北岳文艺出版社 2001 年版,第 25~26 页。

子溅出，有一颗落到火绒上，他噘着嘴吹气，火绒燃起。暗红的一点火在昏暗中闪烁。他点着烟锅，巴咂两口，正要掐灭火绒时，女人说……

金元宝一手举着纸灯笼，一手抱着沉睡的儿子，走出家门，进入胡同，然后拐上村庄正中的大道。在胡同里行走时，他似乎还能感觉到站在门口望着自己的那双眼睛，心里泛起一股酸溜溜的感情，拐上大道后，这感情便消逝得干干净净。

月亮还没完全落下去，街道呈现出灰秃秃的颜色，街边那些落尽了叶子的杨树，像瘦长男人一样沉默地站着，枝条上泛着青白的光芒。夜气萧杀，他不由地打了一个寒噤。灯笼放着温暖的黄光，街道上投下了一个晃晃荡荡的大影子。他看到那根羊油的黄蜡烛在白色的灯罩里流着浑浊的泪珠，便轻轻地抽了抽鼻子。一条狗在谁家的墙角上兴致不高地呜咽了几声。他同样兴致不高地看了看黑乎乎的狗的影子，然后便听到了它钻进柴草堆时发出的窸窣声。将要走出村子时，他听到了孩子的哭声，抬头看到几户人家窗户里透出昏黄的灯光，知道他们也在干着自己和女人方才干过的事情。他知道自己比他们赶了早，一阵轻松感涌上心头。[①]

阅读这两段文字，我们会发现它们在语言风格和叙述风格以及内容安排上有许多相似之处，看得出莫言《酒国》中的这段文字是对鲁迅《药》中的一些片断的模仿，对此莫言也承认在创作时对鲁迅小说的模仿："写着写着，《酒国》就变成了语言的狂欢节，进行各种文体的试验，有'文革'大字报那种文体，有当时流行的所谓新写实小说，也有对鲁迅早期小说的戏仿。"[②]这样一种模仿，按巴赫金的理论来说就是一种典型的仿格体。仔细分析这两段文字，我们可以发现二者所具有的几个共同点。首先，从语言文字上看，所用词语都充满灰暗、抑郁的色彩，给人一种事到临头的紧张、慌乱之感，同时也营造了一种低沉、压抑的气氛。其次，从外部环境的安排来看，二者都把时令定在了秋天，而且具体的时间安排在一个晚上的后半夜，这就更使整个氛围显得低沉、压抑，也预示着下面发生的事情对小说的主人公来说可能是一件不同寻常的、沉重的大事。最后，从人物的设计上来看，出场的人物轮廓简单、模糊，之间的关系也很明确，身份、地位也基本相似。具体来说，两个文本中的主要人物都是一对夫妇，他们所做的事都与他们的儿子有重要关系；他们都生活在社会的底层，都过着清贫、无奈的生活；他们甚至在性格特征上都极为相似，在生活和疾病的压榨下，变得麻木、呆滞，他们的身上都浸透着一种让人感到既无奈又痛心的愚昧：《药》中的华老栓夫妇为了孩子，相信人

① 莫言：《酒国》，当代世界出版社 2004 年版，第 48～53 页。

② 王尧主编：《莫言王尧对话录》，第 151 页。

血馒头能够治好儿子的病;《酒国》中的金元宝夫妇则为了生活不得不出售自己的儿子。

显然,莫言是在利用他人的语言、他人的风格、他人的视角来为自己服务。在利用他人的语言、风格时,莫言并没有改变被模仿对象在《药》中所担负的功能与所蕴含的意义,而是仍然保留了它本身的旨意。当然,莫言也不是简单地借用《药》中的这种语言风格和叙述风格,他在保留他人语言指向的同时,也增加了自己的内容。二者在具体的内容上还是有明显的差别的。如:虽然两对夫妇的行动都与孩子有关,但《药》中的华老栓夫妇是为了救孩子,不得不花钱去买人血馒头;《酒国》中的金元宝夫妇为了生活不得不去卖孩子,把孩子当成了赚钱的工具。再者,《药》所针对的对象是社会转折时期革命与群众的关系,他所要指明的是革命的脱离群众和群众的愚昧无知;而《酒国》中卖孩子的故事针对的却是现代社会中人在各种欲望的驱使下所表现出来的腐化堕落和残暴无耻,是对"食婴"这一行径的谴责。因此从所表现的根本旨意上来看,二者是不能统一在一起的。但由于莫言在此借用了他人的语言和风格,结果就使得这些语言包含了两种含义,具有了两种声音。一方面,我们在这些话语片断中能够听到几十年前鲁迅先生在《药》中所发出的声音;另一方面,我们又在《酒国》所构建的艺术世界中听到莫言所发出的声音。这两种声音交织在相似的语言与风格之中,迫使我们关注它们,而我们似乎也会身不由己地去作一些联想、比较。在这些联想和比较的过程中,两种声音就会自然而然地形成一种对话关系。从读者接受的角度来看,我们在阅读的时候会不由得把二者加以对比,寻找二者的异同,这样的对比过程其实就是一个对话过程。从作家创作的过程来看,这样的对话仍然存在。莫言运用类似《药》中的语言和叙述风格以及基本相同的内容安排来展开自己的小说,显然是一种有意为之的创作行为,他肯定是熟悉鲁迅在《药》中的这种语言形式及叙述风格的。因此,对莫言来说,这样的创作行为就是与鲁迅先生的一种对话,这种对话也是莫言对鲁迅先生的一种认可与补充。

巴赫金认为:"不同语言之间的对话,不仅仅是不同社会力量在静态的共处中的对话,也是不同时期、不同年代、不同时日间的相互对话,是消亡、生存、诞生间的对话。"[①]因此,我们从这样的模仿中还能觉察到不同时代之间的对话关系。同是生活在底层的贫困夫妇,同是为了孩子而在秋天的后半夜就早早起床忙着赶路,但他们却过着不同的生活,选择了不同的道路。鲁迅笔下的故事想告诉人们社会每前进一步是多么的艰难;莫言的故事则告诉我们进步了的社会未必就是美好的,它仍然存在着不幸与丑陋,即使生活在现代社会,我们也没有乐观的理由。鲁迅的时代,推翻旧体制,建

① [前苏联]巴赫金:《小说理论》,第153页。

设新制度和开辟新生活是一代有志之士的理想和毕生的努力;但从莫言的小说里,我们发现,新制度的建立并没有彻底解决人们的生存问题,人类历史并没有按前辈设想的那样发展、前进。莫言与鲁迅的对话,新时代与旧时代的对话,使我们既看到了不同时代所面临的不同问题,也看到了这样的事实:我们的社会任何时候都存在着不幸与丑恶,建设一种美好的生活似乎是一个永远也无法实现的美丽梦想。

由仿格体而形成的"双声语"现象,在莫言的小说中虽然不是特别典型的创作现象,但也是很常见的。除了上面所举的例子外,还有不少比较典型的实例。比如,许多论者在探讨莫言创作的资源问题时,都不约而同地指出其受马尔克斯和福克纳的影响。莫言也承认自己曾经模仿过这些大师的创作风格。他说:"1985 年我在军艺上学,一个编辑说《百年孤独》真是一部大作品,我跑到王府井买了一本,一读之下,被那种语言气势给迷住了——这样写小说真是太痛快了。我的小说受《百年孤独》影响最明显的是《金发婴儿》,《金发婴儿》里有一个长着羽毛的要飞的老头儿就是这种影响下的产物。"[①](引按:这里的《金发婴儿》应为《球状闪电》,因为《金发婴儿》中并没有这个人物,这个人物只出现在《球状闪电》这篇小说当中)由此,莫言的创作也被称作"魔幻现实主义"。其实,这就是一种创作上的仿格体,是莫言与世界大师们的对话。在这种对话中,莫言既保留了大师们的创作风格的痕迹,又给这些风格增添了新的内容,这使得读者一接触他的小说就能感觉到那是对"魔幻现实主义"的借鉴,同时又能体味到属于莫言自己的特色。

莫言小说中存在的仿格体现象也体现在他对《聊斋志异》这部文言短篇小说集创作风格的模仿上。莫言虽然没有明确说过他在创作中有意模仿《聊斋志异》的风格,但从他创作的众多具有奇幻色彩的小说中,我们不难发现这一现象。在他的许多小说中,往往会时不时地出现许多鬼魅狐仙,它们大都通灵人性,可以变为正常的人样,并穿梭于人们的生活之中,过正常人一样的生活。莫言的这种创作方式与蒲松龄在《聊斋志异》中所用的方法是极为相似的。蒲松龄的小说是在搜集各种民间传说与故事的基础上创作而成的,而莫言也是这样一位对民间传说、故事极感兴趣且善于用它们铺陈小说的高手,因此莫言模仿蒲松龄这位山东老乡应该是情理之中的事情。

模仿他人的语言风格和叙述风格需要很好的模仿技巧,模仿得好了可以给自己的作品增添色彩,而拙劣的模仿则会弄巧成拙。因此,对作家来说,模仿并不是一种容易得手的创作捷径。对于读者来说,发现作家的仿格体中所蕴藏的双声现象则需要丰富的阅读经验和敏锐的审美嗅觉。如果我们能够既发现作家创作中仿格体现象的存在,又能比较透彻地分析、体味出其中的意蕴,聆听到不同声音的对话与交流,我们也许才

---

① 陈骏涛主编:《精神之旅——当代作家访谈录》,广西师范大学出版社 2004 年版,第 115 页。

能真正进入艺术欣赏和理性思考的境界。对于莫言小说创作中的众多仿格体现象，我们要想从“双声语”对话的角度加以分析，就必须既要熟悉中外文学史上曾经存在过的一些典型的语言风格与叙述风格，又要全面、深入地阅读他的小说，只有这样我们才能找到一条合适的渠道，发现其仿格体中的艺术韵味。最后需要指出的是：第一，莫言小说中存在的仿格体现象所具有的艺术魅力不仅仅体现在“双声语”的对话关系中，我们在此之所以强调对话关系，主要是由本章的主题“复调”所规定的。仿格体体现了“复调”的特征，但仿格体的艺术功能不仅仅在于形成“复调”特征。第二，莫言小说中的仿格体在有些小说中体现得比较典型集中，容易分辨，比如我们上面所举的例子；有的则比较分散，不易分辨，这就需要读者敏锐的审美能力和足够的阅读耐心。

（三）讽拟体形式的“双声语”

“双声语总是实现了内在对话的语言。幽默的语言、讥讽的语言、讽刺性模拟的语言就是如此；叙述人的折射语言，人物话语中的折射语言，也是如此；最后，镶嵌体裁的语言还是如此。这一切全是内在对话化了的双声语。它们内部包含着潜在的对话，是两个声音、两种世界观、两种语言间凝聚而非扩张的对话。”[①]巴赫金所说的“讽刺性模拟”的语言就是“讽拟体”，这种体式的语言与我们在第二章里将要讨论的戏拟、调侃性的语言在修辞效果上是一样的，因为戏拟、调侃性的语言本身就包含着对模拟对象的讽刺与否定，因而它们也是内在对话化了的“双声语”。

巴赫金认为讽拟体语言最大的特点就是在模拟他人的话语时，包含了一种与他人话语的本来意旨背道而驰的意义，模拟他人话语的目的在于否定它、嘲弄它，因此这种语言之中就会出现两个不同腔调的声音，由此产生冲突，形成对话。他说：“讽拟体的情况就不同了。这里作者和在仿格体中的一样，是借他人的语言说话；与仿格体不同的是，作者要赋予这个他人语言一种意向，并且同那人原来的意向完全相反。隐匿在他人语言中的第二个声音，在里面同原来的主人相抵牾，发生了冲突，并且迫使他人语言服务于完全相反的目的。语言成了两种声音斗争的舞台。”[②]由于这种讽刺性模拟保留了他人话语原来的旨意以及附带的社会文化环境因素，又折射了模拟者的相反的意向，因此其中的对话性是非常明显的，它是一种典型的“双声语”，是一种典型的复调语言。下面我们看一个有趣的例子：

刘副主任还在训话。他的话的大意是，为了农业学大寨，水利是农业的命脉，

① ［前苏联］巴赫金：《小说理论》，第110页。
② ［前苏联］巴赫金：《陀思妥耶夫斯基诗学问题》，第266页。

八字宪法水是一法，没有水的农业就像没有娘的孩子，有了娘，这个娘也没有奶子，有了奶子，这个奶子也是个瞎奶子，没有奶水，孩子活不了，活了也像个瘦猴（刘副主任用手指指着闸上的黑孩，黑孩背对着人群，他脊梁上有两块大疤瘌，被阳光照得忽啦忽啦打闪电）……①

这段话语虽然很短，但就在这短小的话语中却融合了两种不同风格、不同情调色彩的语言。为了论述的方便，我们不妨把它们分解成两个部分：

第一部分：刘副主任还在训话。他的话的大意是，为了农业学大寨，水利是农业的命脉，八字宪法水是一法，没有水的农业就像没有娘的孩子。

第二部分：有了娘，这个娘也没有奶子，有了奶子，这个奶子也是个瞎奶子，没有奶水，孩子活不了，活了也像个瘦猴（刘副主任用手指指着闸上的黑孩，黑孩背对着人群，他脊梁上有两块大疤瘌，被阳光照得忽啦忽啦打闪电）……

第一部分话语显然模仿的是"左倾"思潮风行的年代所流行的政策性话语，是典型的官话，具有不可侵犯的专制性、权威性、普遍性，在语调上自然也是庄重的、严肃的、不容置疑的。这种语言常常会出现在会议上、文件中、官方掌控的书籍报刊中。这种话语对刘副主任这个乡村野夫来说，只能是学舌得来的他人话语，是他在借他人话语传达某种上级指示或官方政策，因此他实际上传达的是来自他之外的声音。如果这段话语在此处就结束，那么我们也许不会感觉到它的滑稽、可笑，也感觉不到作者想要表达的讽刺意味，当然更不会感觉到它能够成为由讽拟体语言而形成的"双声语"。但在这里，叙述人（作者）并没有就此打住，而是来了一段非常形象的比喻，以此作为对前一部分话语的补充与强调。这一连串比喻具有莫言语言修辞的一贯特色，那就是在寻找比喻修辞的时候总是往人的肉体尤其是"肉体下部"靠拢。这一连串比喻是典型的来自民间社会的修辞方式，它极具口语性，同时充满调侃、笑谑的成分。它与前一部分的语言在格调和文化背景上形成了巨大的反差，结果造成的修辞效果是，后一部分话语完全消解了前一部分话语的庄重性、严肃性。刘副主任本来是想用那些堂而皇之的语言来传达"神圣"的"官方"旨意，但他的文化背景和生活环境决定了他无法顺利地使用那些不属于他的语言，他太熟悉来自于乡间的那些鄙俗俚语了，离开了它们，他的表达就会出现问题，因此那些原本需要用严肃的、一本正经的语言和方式来传达的精神，在他嘴里刚开了个头就完全走样了。刘副主任不是训练有素的政治官僚，对政策性文件、指示的理解也只停留在自己的"乡村水平"上，他起初想模仿那些官腔语言、权威语

① 莫言：《透明的红萝卜》，《透明的红萝卜》（小说集），当代世界出版社 2004 年版，第 5 页。

言，但思维惯性和定型化的语言意识却顽强地扭转了他的模仿。先前的那部分话语就这样被无情地“抛弃”了，显得滑稽、尴尬、孤独，而后一部分话语则成了中心。就这样，两种不同风格、情调的语言完成了它们的对话，至此，我们能够感觉到刘副主任对他人话语的模仿就是一种讽刺性的模仿，叙述人（作者）利用这种方式，目的就是对它进行一次嘲弄与否定。从艺术形式与审美效果来看，这是一种典型的“双声语”。巴赫金又把这种“似褒实贬”的语言方式称作“典型的双重语气和双重格调的混合语式”。对于这种“典型的双重语气和双重格调的混合语式”，他是这样阐释的：“我们所称的混合语式，是指这样的话语：按照语法（句法）标志和结构标志，它属于一个说话人，而实际上是混合着两种话语、两种讲话的习惯、两种风格、两种‘语言’、两种表意和评价的视角。在这两种话语、风格、语言、视角之间，再重复说一遍，没有任何形式上的（结构上和句法上）界限。不同声音、不同语言的分野，就发生在一个句子整体之内，常常在一个简单句的范围内；甚至同一个词时常分属交错结合在一个混合语式中的两种语言、两种视角，自然便有了两层不同的意思、两种语气。”①上面我们列举的例子就属于这种类型的句式，在莫言小说中，此种类型的“讽拟体”语言为数不少。

除此之外，直接的讽刺模拟体也常常可以见到，如我们将在第二章中提到的戏拟、调侃性的语言就是此类，它们有一个共同的修辞效果——形成“双声语”，使小说呈现出复调特色。由于在第二章中我们要对戏拟、调侃作比较详细的论述，故在此不作细说。

莫言小说中的“双声语”不仅仅体现在以上所论述的这几种语言体式中，还体现在各种“杂语”的运用中。诚如巴赫金所说的那样：“引进小说（不论用什么形式引进）的杂语，是他人语言讲出的他人话语，服务于折射地表现作者的意向。这种讲话的语言，是一个特别的双声语。它立刻为两个说话人服务，同时表现两种不同的意向，一是说话的主人公的直接意向，二是折射出来的作者意向。在这类话语中有两个声音、两个意思、两个情态。而且这两个声音形成对话式的呼应关系，仿佛彼此是了解的（就像对话中的两方对语相互了解，相约而来），仿佛正在相互谈话。”②莫言的创作是一种典型的“杂语化”创作。由于莫言小说中引进了大量的各种社会性的“杂语”，这些“杂语”既保留了原来的意旨，同时在新的语境中又产生了新的意旨，新旧两种意旨不可避免地要产生对话，从而会形成众多的“双声语”，使得小说具有鲜明的复调特征。当然，这些由大量的“杂语”所形成的“众声喧哗”的复调艺术特征，是需要我们在阅读小说的时候仔细体会、用心分析才能感觉到的。

---

① [前苏联]巴赫金：《小说理论》，第 87 页。

② [前苏联]巴赫金：《小说理论》，第 110 页。

复调在小说中的存在形式是复杂多变的，虽然我们在上面分别讨论了莫言小说中复调存在的几种情况，但它并不意味着几种复调形式是孤立地存在于莫言的小说中的。实际的情况是，在莫言的小说中，几种复调形式往往是混合在一起作为一个整体而存在的，例如长篇小说《酒国》就是这样一个典型的文本。

《酒国》这一小说文本从表面上看似乎是一个"杂乱不堪"的文字世界，因为它把驳杂不一的材料硬是"拼凑"在一起，打破了一般小说所固守的文体统一、风格一致的原则。不同形式的文体语言在《酒国》中相互混杂，结果把叙事类的小说变成了小说、书信、寓言、传记、传奇、演讲稿等多种文体的"大杂烩"。由于此，不同文体之间不可避免地形成了各种类型的对话。同时，在小说中同一文体内部也可以形成对话。比如，小说中无论是"莫言"的书信还是李一斗的书信，都可被视为一种特殊的"微型对话"。因为书信表面上来看是由写信者一个人写的，是在表达写信者本人的思想意愿；但实际上书信本身的一个特点便是写信者能够感到读信人的存在，于是在写信的过程中总要考虑到读信人可能的种种反应和可能的回答，这也就意味着存在一种潜在的对话。

至于通过戏拟、调侃以及运用"杂语"从而形成"双声语"而构成的复调现象，在《酒国》中就更为普遍和突出。譬如下面的例子：

> 从今后，老师你大胆往前走，酒不离口，钢笔别离手，写出的文章九千九百九十九！让那群蠢东西们向隅而泣去吧，人民大众开心之日，就是阶级敌人受难之时，胜利必定是属于我们的。[①]

这样的语言是非常明显的戏拟、调侃性的语言，它的目的在于表达一种与这些文字本来旨意不同或者相反的意思，从而造成讽刺、戏谑、滑稽的艺术效果。这样的语言自然也是一种"双声语"。

从以上分析我们可以看出，《酒国》这一文本当中不但存在着"大型对话"，也存在着"微型对话"，这两种对话交织在一起构成了小说的复调特征，使得小说成了一个"众声喧哗"的艺术世界。和《酒国》一样，《天堂蒜薹之歌》也是这样一部由各种声音组合而成的复调小说。这部小说除了在小说情节结构上呈现出了对话关系外，在人物设置上也有一定的对话性。正如有论者说："《天堂蒜薹之歌》构造了一个多声部的世界，每个人都有自己的个性和声音：无奈的顺民高羊劝勉四叔认命想开，说服自己自我满足的声音；四叔对待女儿和邻人凶狠冷漠的声音；大哥二哥贪婪而奴性的声音；高马和金菊炽烈而挺拔的声音；村干部高金角和杨助理员官官相护、为虎作伥、恫吓百姓的声

① 莫言：《酒国》，第75页。

音;瞎子张扣贯穿全书的不平则鸣的声音……法庭上,青年军官为百姓的无辜和公民的权利高声辩护的声音……”[1]毫无疑问,这些声音混杂在一起,同样共同构成了一个“众声喧哗”的艺术世界。

无论是人物之间的对话,还是小说情节结构、内容之间形成的对话;无论是对人物内心矛盾冲突的展示,还是“双声语”之间的无休止的争论:都表明了莫言小说含纳着一种自足的对话性力量。它们不同程度地具有巴赫金所说的“长篇小说是用艺术方法组织起来的社会性的杂语现象,偶尔还是多语种现象,又是个人独特的多声现象”[2]这样一种特征。莫言正是通过对个性化多声部的奏响,为我们呈现了一个复杂多变而又精彩纷呈的“众声喧哗”的艺术世界。我们在认识、体验莫言小说中由各种声音构成的对话与交流的同时,也相应地获得了一种可以近距离观察人性、体认心灵、感悟生命的多重视镜。

第三节　莫言小说复调形成的诸因素

正像巴赫金认为造成陀思妥耶夫斯基小说出现复调的原因是复杂的、多样的一样,造成莫言小说复调特征的因素也是复杂的、多样的。具体来说,以下几个原因是形成莫言小说复调特征的比较重要的因素。

一、社会存在的多元性

巴赫金在论述陀思妥耶夫斯基复调小说产生的原因时多次强调了社会的、历史的因素。他认为陀思妥耶夫斯基所处的时代对其创作产生了巨大的甚至是决定性的影响:

> 确实,复调小说只有在资本主义时代才能出现。不仅如此,对复调小说最适宜的土壤,恰恰就在俄国。这里资本主义的兴起几乎成了一场灾难,它遇到了未曾触动过的众多的社会阶层,众多的世界。这些阶层和世界在资本主义兴起的渐进过程中,没有像西方那样减弱自己独特的封闭性。这样一种处于形成过程中的社会生活,其矛盾的本质是无法囊括在某一自信而冷静的审视者的独白意识之中的。社会生活的矛盾本质在这里应该表现得特别突出;与此同时,相互邂逅而失

---

① 李静:《不驯的疆土——论莫言》,《当代作家评论》2006 年第 6 期。

② [前苏联]巴赫金:《小说理论》,第 40～41 页。

> 去思想平衡的多种世界，也应该特别充分鲜明地表现出自己的独特面貌。这样便创造了客观前提，使复调小说在极大程度上获得了多元化和多声部性质。①

巴赫金的这段论述存在着值得商榷的地方。比如他认为“复调小说只有在资本主义时代才会出现”这一说法就有点绝对了，因为事实证明复调小说的出现尽管与某种社会形态有着巨大的关系，但与社会性质却没有必然的联系，更不存在决定与被决定的关系，用“只有”一词显然不够妥帖、周详。尽管如此，他后面的论述还是很有见地地说明了复调产生的一个重要原因，那就是社会的、历史的因素从外部深刻地影响着作家的小说创作，部分地影响、决定了作家在创作中对自己观念、思想的表达方式。一言而蔽之，矛盾的、多元化的社会存在，在一定程度上促成了复调小说的产生。按照这一思路，我们可以发现，莫言小说创作的现实环境也是一个矛盾的、多元化的社会、历史、文化环境，这种客观现实环境自然会影响莫言的文学创作。

莫言是在20世纪80年代初期走上文学创作道路的，那时中国社会的各个领域已经慢慢地走向多元化。经济领域的改革、开放，相应地促进了文化、思想领域中各种潮流的风起云涌。尽管我们不能说那就是一个真正意义上的开放的、多元的、各种思潮都可以自由地言说的时代，但相对于它之前的时代而言，的确又是一个“百家争鸣”的多元时代。文学总是处在思想阵地的前沿，各种文学潮流的涌现，给作家们的自由表达带来了前所未有的机遇，而社会思想的纷乱繁杂又使得作家们在选择表达的方式和内容时无法趋于统一。20世纪80年代中期以后，创作上的这种趋势更为明显，莫言正是在这个时候一举登上中国文坛的焦点，而引起轰动的正是他的至今都让人们津津乐道的《透明的红萝卜》和《红高粱家族》。此后的《食草家族》、《天堂蒜薹之歌》、《十三步》、《酒国》、《丰乳肥臀》等极具“狂欢化”特色的小说都写就于这一时期，其中《十三步》、《酒国》中的复调特色已经非常明显。毫无疑问，此时的社会多元化的存在状态和文学多元的发展趋势对他的创作是产生过一定的影响的。进入20世纪90年代，文化、思想和文学创作的多元化倾向已经越来越明显，在文学界，陈思和先生把这种多元化的状态称作“无名”时代。他说：“当时代进入比较稳定、开放、多元的社会时期，人们的精神生活日益丰富，那种重大而统一的时代主题往往就拢不住民族的精神走向，于是价值多元、共生共存的状态就会出现。文化工作和文学创造都反映了时代的一部分主题，却不能达到一种共名状态，我们把这样的状态称作‘无名’。无名不是没有主题，而是有多种主题并存。”②这种“无名”状态一方面为莫言的自由写作提供了优良的环

① ［前苏联］巴赫金：《陀思妥耶夫斯基诗学问题》，第47～48页。

② 陈思和：《论90年代文学的无名特征及其当代性》，《复旦学报》2001年第1期。

境，另一方面也会深刻地影响到莫言的小说创作。这种影响体现在创作思维中就是作家创作思维的矛盾性和多元性；体现在作品中就是作家不是用一种单一的目光看待、审视自己的表现对象，而是尽可能地从多个角度、多个层次去观察它们，描绘它们，反映它们，展现它们所具有的丰富性、复杂性。莫言在其小说《红高粱家族》中对“我”的故乡高密东北乡有过这样的评价，这个评价可以帮助我们理解莫言创作思维的矛盾性和多元化，也可以启发我们应该以一种什么样的方式去阅读莫言的小说：

> 我曾对高密东北乡极端热爱，曾经对高密东北乡极端仇恨，长大后努力学习马克思主义，我终于悟到：高密东北乡无疑是地球上最美丽最丑陋、最超脱最世俗、最圣洁最龌龊、最英雄好汉最王八蛋、最能喝酒最能爱的地方。①

这种看法毫无疑问反映了莫言在创作中坚决摒弃过去单一化的思维惯例，努力最大限度地去追求一种多角度、多层次的创作思维，在实际的创作中尽可能地使被反映的对象呈现出它们的“圆形”面目的这样一种创作理想和追求。这样一种创作理想与追求，在新时期以前的当代文学中是很难出现的，莫言能大胆地亮出这样的创作旗帜，所受社会思想潮流、文化潮流的变更而产生的影响是显而易见的。因此，当我们在寻找莫言小说产生复调特色的外部原因时，我们可以在他所处的广阔的社会文化环境中找到一些线索。当然，我们不能过分强调这种外部因素，毕竟它只是一个外部条件，况且对莫言来说，越到后来，这个外部因素对他的影响越显得不那么重要了。

二、主体意识的复杂性

莫言的小说创作之所以能够呈现出“众声喧哗”的复调特征，与他个人对社会生活，对人生、人性以及整个人类世界的认识也有着很大的关系。莫言在曾经引起很大争议的小说《食草家族·红蝗》中借叙述人之口表达过这样的创作理想：

> 总有一天，我要编导一部真正的戏剧，在这部戏剧里，梦幻与现实、科学与童话、上帝与魔鬼、爱情与卖淫、高贵与卑贱、美女与大便、过去与现在、金奖牌与避孕套……互相掺和、紧密团结、环环相连，构成一个完整的世界。②

在莫言的心目中，生活就是这样，是由美好与丑恶、善良与邪恶、进步与落后相互

① 莫言：《红高粱家族》，第1～2页。

② 莫言：《食草家族·红蝗》，当代世界出版社2004年版，第93页。

交织、共同构成的，作家的使命就是以艺术的手法把这种混杂的生活反映出来。因此，莫言的创作理想就是创造这样的艺术世界。这样的创作理想落实到具体的创作中，就会使小说的主题呈现出极大的不确定性。在同一部（篇）小说中就可能会出现相互对立的主题基调，甚至出现多个互不统一的基调，因为在作者的思想意识中，本来就没有一个统一的主题可以统摄、涵盖多样复杂的被反映的对象，最好的处理方式就是留给它们各自言说或展现自己的自由。这样的不同"声音"混合在一起，"众声喧哗"的复调特征也就会自然地产生。

三、创作方法的多样性

为了表现比较复杂的思想观念，为了很好地把一个平常的题材转化为具有新意的艺术世界，莫言在创作中运用了多种创作方法，或者说多种表现手法。只要是能够帮助自己构思行文的，不管是传统的还是现代的，不管是西方的还是国内的，他都兼收并蓄，拿来、借鉴、使用。可以毫不夸张地说，在莫言的小说中，我们可以找到我们所熟悉的一切创作方法或表现手法。现实主义的、象征主义的、表现主义的、魔幻荒诞的、戏剧化等，这些我们常见的手法，在莫言的小说中都出现过。我们不能断然判定这些手法的混杂出现就一定能使作品产生复调特征，但它们的出现却能够给小说产生复调特征提供一定的可能性。在莫言的小说中就存在这样的实际情况。

例如，长篇小说《酒国》中各种手法的运用就是小说复调产生的一个很重要的因素。《酒国》这部小说从结构上来看由三部分组成：一是著名侦察员丁钩儿奉命去酒国市调查"食婴"案件；二是文学爱好者李一斗与作家"莫言"的通信；三是李一斗创作的小说。这三者之间彼此独立，但又互相交叉、关涉，一起构成了《酒国》这部长篇小说。在具体的表现手法上，作者采用的是不同的方法，前两部分主要运用现实主义，第三部分则大量运用具有魔幻、怪诞色彩的手法。这种虚实相间的手法使得文本的主题显得很不确定，让人无法作出最后的定论。比如，有关丁钩儿对案件的调查运用现实主义的手法，使人觉得省委领导委派高级侦探丁钩儿肩负庄严的使命前去破案，就一定意味着酒国市确实存在着"食婴"的事实，这在读者的情感上引起的必然是对酒国市"食婴"者的这种残忍行为的反感和愤恨。但由于李一斗所创作的"小说"部分运用了荒诞、魔幻的手法，给整个事件又笼罩上了一层虚幻的色彩，这就不得不使人对整个调查案件的真实性产生疑惑：到底是确有其事呢，还是传说中的一则荒诞的故事呢？抑或二者兼而有之？亦实亦虚、亦真亦幻，真与幻、实与虚在同一文本中相互撞击，相互质疑，形成了一种对话关系，结果就使得小说呈现出一种复调特征。显然，这一复调特征的出现与作者把现实主义和具有魔幻、荒诞色彩的表现手法杂糅混用是分不开的。

类似的情况在《生死疲劳》中也同样存在。在整部小说中，主人公之一的西门闹通过自己六世轮回讲述了他曲折传奇的个人经历，这部分内容基本上采用的是魔幻、荒诞的表现手法，也有人称之为中国式的“民间想象”[①]，而作为另一个主人公的蓝脸的生活经历则采用的是现实主义的笔法。就这样，在整个统一的文本中，一方面是奇幻、怪诞的场景，另一方面却是历史真实的画面。奇幻、怪诞的场景让人感觉到作者是在讲述一个奇妙、虚幻的故事，目的只不过想通过这种方式让大家娱乐、开心而已；逼真的历史画面却又使人感觉到作者是在一本正经地揭示历史的本相，想把被人们已经淡忘的历史重新展示在读者眼前。整个文本就是在这样的虚与实、实与虚中不断向前推进，并在虚实之间构成巨大的张力，在确定与不确定之间形成奇妙的对话，使一个似乎已经完成、但又似乎无法完成的艺术世界成了嘈杂不已、“众声喧哗”的复调世界。

上面的简单分析不足以涵盖莫言运用多种手法进行小说创作的全部，当然全面分析其艺术创作手法不是我们的重点，我们的目的只是想借此指出众多创作手法的运用也是形成莫言小说复调特征的一个重要原因。

四、语言选择的杂语性

前面我们已经指出，“杂语化”写作是莫言小说的一大特色，在丰富莫言小说的语言、增强小说的文化内涵方面具有巨大的作用。其实，除了这些比较容易觉察到的功能之外，“杂语”还具有形成“双声语”的强大功能。由于“杂语”就是指散布于社会各个阶层、领域、角落的各种语言，这些语言又都具有自己的运用领域和基本的指物述事的功能，以及自己独特的文化内涵。对于作家来说，这样的语言就是巴赫金所说的“他人话语”。当作者运用这些话语写人状物时，就是在借用这些“他人话语”为自己服务。如果这些话语的语境发生改变，那么它们本来的含义和文化色彩就有可能随之改变，在发生改变的过程中，这些话语旧有的含义和文化蕴涵就会与它们在新的语境中产生的新的内涵发生冲撞，产生对话，这可以说是第一层对话。而当读者在接受的过程中发现，原来在其他语境中出现过的“他人话语”，在作者设置的新的语境中被扭曲、变更时，就会产生阅读上的困惑。这些困惑必然促使读者对这些话语作出新的解释，而读者的解释未必会与作者的运用意图完全吻合，这时就会产生作者与读者、读者理解的话语的含义与此话语本来意义之间的对话关系，这可以说是第二层对话。这是由“杂语”写作形成“双声语”而后引起的对话，它不可避免地会使小说产生“众声喧哗”的复调特色。

---

① 参见王光东：《复苏民间想象的传统和力量》，《当代作家评论》2006 年第 6 期。

在巴赫金看来，所有引进小说的"杂语"都会形成"双声语"。他说："引进小说（不论用什么形式引进）的杂语，是用他人语言讲出的他人话语，服务于折射地表现作者的意向。这种讲话的语言，是一种特别的双声语。它立刻为两个说话人服务，同时表现两种不同的意向，一是说话的主人公的直接意向，二是折射出来的作者的意向。在这类话语中有两个声音、两个意思、两个情态。"①按照这样的理论来透视莫言的小说，我们会发现他的小说世界是一个名副其实的"众声喧哗"的世界。在前面论述形成复调的"微型对话"时，我们指出过几种"双声语"，即讽拟体、仿格体等，从更大的范围来说，它们其实也是一种"杂语"，也属于"他人话语"，只是由于它们在某一方面的特点特别突出，比如具有鲜明的讽刺、模拟性质，我们才用"讽拟体"、"仿格体"来称谓它们，这样做的目的也是为了突出它们与其他类型的"杂语"的区别。为了说明问题，我们不妨在此分析一个其他类型的"杂语"案例，看看它是如何形成复调的：

> 王十千，诨名：红耳朵、王疯汉、王神仙。他生着两只像小蒲扇一样的招风大耳，这是他最有名的生理特征。我认为这对耳朵决定了他一生的命运。他的一切不被常人理解的行为都与这两扇大耳朵有关，这是我在王十千研究中的独到见解。我的观点在"王十千讨论会"上引起了很大的反响，赞同者少，反对者多，但无论赞同者还是反对者都被我的观点新鲜了一下子。②

这是莫言小说《红耳朵》中的一段文字。独立地来看这段文字，我们一眼就能辨别出这是学术化的语言。我们知道，学术语言的特点是严谨、庄重，讲究真实性、可靠性。它最合适的用处应该是在严谨的学术文章中，如果出现在其他类型的文本中，那它就是典型的"他人话语"，可能就会产生新的意味。作者（叙述人）把它引入小说，其实就是借"他人话语"来表达自己的意向。这个时候这种语言就会在新旧两种意向之中产生对话，形成"双声语"。一方面，作者（叙述人）用这种学术化的语言来煞有介事地向人们讲述人物的生平和他的一些鲜明的特征，似乎是在告诉人们这样一个信息：我所说的都是事实，你们一定要相信我的一切言说，因为这是我"研究"所得的成果。另一方面，这段话语是出现在虚构的小说中的，它所生存的环境又决定了它的不可靠性，它披着真实的外衣蒙蔽了人们的眼睛。就这样，可靠与不可靠、真实与不真实之间产生了对话。叙述人总想让周围的听众相信自己的讲述，但他的可疑的"身份"又使人们对他所说的一切持有怀疑态度。就读者的接受过程来看，这样的语言也同样可以激起读

---

① ［前苏联］巴赫金：《小说理论》，第110页。

② 莫言：《红耳朵》，《透明的红萝卜》（小说集），第151页。

者与作者的对话。既然是一篇小说，既然是在虚构一个故事，作者为什么会运用具有如此可靠性的文字呢？难道是真有其事，还是作者在这样的文字中另藏深意？比如说，作者是在讽刺某种现象？抑或作者只是想通过这种方式跟读者玩文字游戏？等等。这些问题的提出就是读者对作者的发问，这种发问是希望得到回应的发问；当然作者的回应只能去小说中寻找，因为文本就是作者敞开给读者的一个巨大的对话网。这就是引进"杂语"所可能引起的对话。当然，一个文本中存在的对话可能远远没有如此简单，我们在此只是为了说明问题而略作分析，其目的是指出莫言小说中由于"杂语"的运用而导致复调产生这一事实。

五、叙述视角的不定性

"莫言是一个不愿意重复别人，更不愿重复自己的作家。"① 莫言的这种强烈的创新冲动在小说叙述手法的选择上体现得最为突出。他的多部长篇小说在叙述手法的选择和叙述结构的安排上都具有明显的创新意向，看得出他在创作每一部长篇小说时都在努力超越自己。他的许多小说在叙述上大多采取的是多视角的叙述手法。有论者就认为："莫言抛弃了通篇采用全知全能叙事的单一视角，也抛弃了整体化、中心化的二元对立思维，拒绝以'我们'的名义发言，不管是什么样的声音都不能凌驾于一切声音之上，不能以道德优越感排斥异己。"②

用上面的论述来概括莫言的部分小说在叙述视角的选择上所呈现出的特征是相当准确的。莫言在其众多的长篇小说中总是会安排不同的人物或叙述者从不同的角度讲述同一个故事或不同的故事，像《红高粱家族》、《酒国》、《天堂蒜薹之歌》、《檀香刑》、《十三步》等小说就是这方面的代表。有关这些小说的论述我们在前面已经详略不同地提到过，在此不再赘述。值得一提的是，莫言在叙述上的这种特征并不仅仅存在于长篇小说中，在其中篇小说中也是很常见的，如我们比较熟悉的《球状闪电》、《金发婴儿》、《战友重逢》等都用了不同的叙述视角，最具代表性的是《球状闪电》。在这篇小说中，作者分别运用了三个不同的人物和两个动物作为叙述者，从不同视角来讲述一个彼此关涉的故事。作者把小说的题目定为《球状闪电》，一方面与小说中有一个火球一样的闪电不断地出现有关；另一方面则可能另有寓意，那就是小说所采用的多种视角的叙述方式就是像"球状闪电"一样，是一种"球状叙述"。作者试图从不同的方向来呈现所讲的故事，让叙述在不断的滚动中最大可能地展现故事的全部面目。

---

① 黄发有：《莫言的"变形记"》，《当代作家评论》2006 年第 6 期。

② 黄发有：《莫言的"变形记"》，《当代作家评论》2006 年第 6 期。

与运用不同的创作方法、表现手法一样，作者在小说中采用不同的叙述视角也不一定必然造成小说复调特征的出现，但这种有意识地运用多种视角的叙述方式则会为小说复调的形成提供可能。从实际的情况来看，莫言的许多小说能够具有复调艺术特色，的确与他在叙述上不断采用多种视角有着极为重要的因果关系。

除了这种多重视角的叙述外，在莫言的小说中还存在着一种被有些论者称之为"不负责任的叙述者"[①]的叙述特征。"这种不负责任的叙述使得很多铁一般的事实被动摇了，或者说它强烈地干扰了人们习以为常的另一种叙述，甚至颠覆了它。从根本上讲，这种不负责任的叙述目的就是为了反对单一声音的统治。"[②]这样的叙述实际上暗示我们，所有的事情都可能还有另外一种叙述，此时摆在我们面前的叙述并不是至高无上的权威叙述。莫言小说中存在的这种"不负责任的叙述"，很显然也会给小说文本带来巨大的歧义，而这种歧义的存在则可能会形成多种声音交织、喧哗的复调特色。

① 周立民：《叙述就是一切》，《当代作家评论》2006 年第 6 期。

② 周立民：《叙述就是一切》，《当代作家评论》2006 年第 6 期。

第二章
杂语——“狂欢化”的话语策略

引　言

毫无疑问,语言问题是文学创作首要的、也是核心的问题。因为任何一部文学作品要想最终形成物质化的形态并在读者中间传阅,就必须首先通过语言这一符号把作家头脑中的各种故事、观念固定下来。我们不能想象离开了语言的文学作品会是什么样子。鉴于此,许多文论家、作家从不同的角度强调过语言对文学作品的重要性。

高尔基就曾说过:“文学的第一要素是语言。语言是文学的主要工具,它和各种事实、生活现象一起构成了文学的材料。”①我国文艺理论家童庆炳先生则认为:“文学语言是文学赖以栖身的家园”②;“文学与语言的关系是撕扯不开的:一方面文学用语言写成,没有语言就没有文学,没有好的语言,就没有好的文学;另一方面,读者对文学作品的欣赏也首先从语言开始的。如果一部文学作品的语言不‘抓’人,读者很可能会放弃阅读,抽身而去。而对于从事文学理论研究的学者来说,抓住了语言问题,就等于抓住了文学的一个关键问题。这样,无论从哪个方面谈论文学,都无法脱离语言”③。当代著名作家汪曾祺也非常重视语言对文学作品的重要性,他甚至把语言提升到创作本体的高度来加以认识。他说:“语言不只是一种形式,一种手段,应该提到内容的高度来认识……语言是小说的本体……写小说就是写语言。小说使读者受到感染,小说的

---

① [前苏联]高尔基:《高尔基文集·文学论文选》,人民文学出版社 1958 年版,第 294 页。

② 童庆炳:《文学审美特征论》,华中师范大学出版社 2000 年版,第 94 页。

③ 童庆炳:《序言》,李荣启:《文学语言学》,人民出版社 2005 年版,第 1 页。

魅力之所在，首先是小说的语言。小说的语言是浸透了内容的，浸透了作者思想的。"[①]看得出，在汪曾祺那里，语言已经和内容相提并论了。而当代著名评论家王晓明就语言对作家创作的重要性的论述则更为细致、详尽，他在讨论莫言作品的语言特点时说："文学首先是一种语言现象。这不但是指作家必须依靠文字来表达自己的审美感受，一切所谓的文学形式首先都是一种语言形式；更是作家酝酿自己审美感受的整个过程，它本身就是一个语言过程。当作家沉浸于创作构思的遐想时，他实际上就是在运用语言提供的各种概念，按照既成的语法关系去清理自己的情绪记忆，使种种朦胧模糊的感性印象明晰化，把那些飘忽不定的瞬间意念固定住。如果没有这种初步的清理，一切所谓思想的深化、审美的洞察就都无从发生。所以，语言看上去只是作品的一层表皮，实际上却渗透了作品的整个内核，当我们谈论一部小说——更不要说一首诗了——的语言时，我们实际上也就是在谈论它的文体，它的意蕴，谈论作者的叙述态度，谈论他的创作心境。正好像离开色彩和线条，就无所谓绘画一样，离开了语言，文学也就没有了。一个作家尽可以骄傲于自己的多情和敏感，但他同时却应该知道，文学创作并没有仅仅听从作家个人情感的命令，它同时还受到作家所置身的那个语言系统的有力制约。在某种意义上完全可以说，作家的创作能否成功，首先就看他能不能改造现有的语言模式，创造出最合适自己的新的语言表述方式来。"[②]身为作家的莫言也很重视语言的作用，他曾说："小说最重要的，我想实际上有两点：一个就是要有好的语言，然后还要有好的故事，这跟衡量一个作家是不是好作家也是一样的。一个好的作家，他肯定有好的语言，他有一种强烈的、非常自觉的文体意识。"[③]

从上面的这些引言中我们可以看出，语言与文学的重要关系，不仅在于文学创作过程中文学作品对语言的依赖，更在于语言作为文学思维的基本材料和基本范畴深刻地制约着文学作品的最终形成。不同的语言风格必然产生不同风格、不同形式的作品，由此也必然影响文学作品的审美品质和文化意蕴。可以这样认为，离开了语言，文学将无法存在；如果它还存在的话，最多不过是思考主体内心深处无法表达出来的观念形态的东西，别人无法感受，无法欣赏，以这种形式存在的"文学"，自然也就失去了存在的资格和价值。同样的道理，离开了特定的语言风格，所谓的作品的风格也是不可能存在的。正是在这个意义上，语言被认为是文学的生命，是文学存在的最基本的方式。因此要全面研究、评价一个作家，对其作品语言的关注和研究也就是非常必要的工作了。对于莫言的研究，我们也应该重视其语言运用方面体现出来的审美取向。

---

① 汪曾祺：《汪曾祺文集》，江苏文艺出版社1993年版，第1～2页。

② 王晓明：《在语言的挑战面前》，《当代作家评论》1986年第4期。

③ 莫言：《故乡·梦幻·传说·现实》，《莫言对话新录》，文化艺术出版社2010年版，第168页。

阅读莫言的小说,我们会感觉到他的语言的丰富多彩和光怪陆离。在他的小说语言中,既有春风拂面、小桥流水般的浅吟低唱,也有疾风骤雨、一泻千里般的猛歌狂啸;既有充满诗情画意、富丽优美的诗性歌咏,也有狂放不羁、粗俗污秽的大胆宣泄……在语言的运用上,莫言似乎有多套笔墨,多种情致。特别是《透明的红萝卜》发表之后的小说,语言的运用越来越呈现出"杂语化"、"狂欢化"的鲜明特征。那种大量运用口语、民间俚语和粗俗鄙陋之语,以及有意识地追求语言修辞的多样化的倾向,使得他的小说呈现出了一种泥沙俱下、鱼目混珠、一泻千里、狂放不羁的语言气势。面对这样一个翻腾驳杂的"语言的海洋",我们在此借用巴赫金的"狂欢化"理论从以下几个方面展开论述,以求尽可能地揭示莫言小说语言的美学特色、叙事功能和文化意蕴。

第一节 戏拟与调侃:荒诞中的真实

巴赫金在论述小说语言的"杂语化"和"双声性"这两个特点时,特别强调戏拟——即讽刺性模拟在小说中的重要性。他认为戏拟是小说"杂语化"的一个重要手段,也是形成"双声语"的一种常见的语言模式。可以说,戏拟是巴赫金的文艺理论中一个十分重要的概念,他在《陀思妥耶夫斯基诗学问题》和《拉伯雷研究》这两部论著中,都反复使用这个术语来阐述陀思妥耶夫斯基和拉伯雷小说的语言特色。特别是在论述陀思妥耶夫斯基作品的语言体裁特征时,他更是十分看重戏拟在其中扮演的极为重要的角色。

所谓戏拟,就是指一种带着"游戏"意味的讽刺性模仿。这种讽刺性模仿并不是指西方自亚里士多德以来的模仿理论所认定的文学家有意识地模仿自然或人类社会,而是小说家"别有用心"地对"语言形象"进行模仿或再现。由于语言是社会意识形态的产物,因而模仿或再现"语言形象"也是对社会语言(社会各种声音)的再度模仿或表现。

由于戏拟是对他者话语的模仿,因此巴赫金把小说作者看成是"学舌者"。但是他认为聪明的作家是一个高明的"学舌者",因此戏拟并不是胡乱地拼凑语言。从对话的角度出发,巴赫金强调在戏拟别人的话语时,作者必须把这些不同的声音调度起来,让它们对话、交流、互相批评、互相议论,从而再现语言杂多的"众声喧哗"这一特征。除此之外,巴赫金还认为,言论是揭示彼此意识形态和价值观的战场,语言所折射、蕴含、再现的是社会意识形态和历史,所以戏拟虽然具有荒诞不经的嬉笑、调侃、戏谑、插科打诨的意味,但是在戏拟的背后,其实有着非常严肃、深刻的社会文化内涵。

与戏拟相似且紧密相连的话语策略是调侃和反讽。调侃是一种用语言去嘲弄对方或讥笑对方的行为,有时候戏拟与调侃有明显的区别,但有时候调侃又是在戏拟中完成的。反讽是用相反的意思来反驳所引用的话语。这种话语策略是"话中有话"、"一语双关",也就是说反话,从字里行间捕捉相反的意思。在小说创作中,戏拟、调侃、反讽等作为一种高明的"学舌"手段，最大的贡献是在于赋予那些被戏拟、调侃的语言对象与其本来意旨完全不同的主题，表现出与某个语言对象原本具有的主题和蕴含的文化意蕴截然相反的"面目"，从而与被戏拟、调侃的对象构成相互质询、否定、解构的对立关系。

莫言小说创作在语言选择和安排上的一大特色是大量运用戏拟、调侃与反讽的修辞手段，这使得他的小说文本充满了张力，具有一定的艺术感染力。他的小说语言的戏拟、调侃和反讽策略具体表现在以下几个方面：

一、对权威语言（语言模式）的模仿、戏拟

讽刺性、否定性地模拟、戏仿权威话语或语言模式，进而达到一种嘲讽、蔑视、解构的目的，是莫言小说中很常见的一种运用语言的方式，尤其是对那些在新时期以前的荒唐岁月中占绝对统治地位的话语模式或权威、僵化语言的模拟与戏仿最为普遍。比如下面的例子：

> 我带着千疮百孔的多半个屁股来到温泉疗养院疗养，我可怜巴巴地问一个很漂亮又很严肃因此十分可怕的小护士——当然是女的——医生，我问（我总结了一条经验，见了医疗单位的人一律称呼医生保准没人不高兴）我的屁股能长出来吗？那个护士把漂亮的眼睛从晚报上摘下来，看了我一眼，说：世界上什么奇迹都可能发生，你听着，晚报上说，台湾阿里山区一个老年妇女一夜之间头上生出两只金光闪闪的角。沈阳市一个姓王的青年妇女两只大辫子长达二米八十六公分，梳头时要站在一个特制的高凳上，一节一节梳理。苏联吉尔吉斯有一位妇女，肚脐眼里经常分泌出小颗粒的金刚石。你好好洗我们的温泉，我们的温泉里包含着多种人体发育必需的矿物质，没事你就到池子里泡着去，泡在池子里你什么都别想，练太极拳要意收丹田，你洗温泉要意收屁股，你一定要坚信，我能生出屁股，我一定能生出屁股。[①]

《革命浪漫主义》这篇小说是写一名小战士在一次战斗中不小心一屁股坐在地雷上，被炸去了半个屁股之后，在一家医院治疗时的一些所见所感。整篇小说从题目到内容都显示出了荒诞、讽刺的意味。上面所引的内容是"我"这个被炸去半个屁股的小战士忧心忡忡地向漂亮的护士询问屁股能否重新生长的问题，而护士的回答则充满了

① 莫言：《革命浪漫主义》，《白狗秋千架》（小说集），上海文艺出版社2005年版，第345页。

对"革命浪漫主义"语言模式的戏仿和模拟意味。战士出于对自己的健康的担忧而询问护士是很正常的事情,自然没有什么深刻的内蕴值得我们去作过多的阐释,但护士颇具"革命浪漫主义"色彩的回答则不能不让人感到有些滑稽可笑。联系历史和社会现实,我们能够感觉到,作者揶揄、反讽的情调是显而易见的。我们的历史,尤其是共和国建立后的一段历史,不就是充满了这种具有"革命浪漫主义"气息的历史吗?"人有多大胆,地有多大产"、"没有想不到的,只有做不到的",不就是这种精神氛围的真实写照吗?在历史前进的道路上,我们曾经就是这样无视客观真实,想当然地、一厢情愿地做着自欺欺人的事,还美其名曰"革命浪漫主义"。护士之所以用这种"革命浪漫主义"式的语言来回答"我"的问题,其实就是那个时代"革命浪漫主义"语言暴力渗透的结果。显然莫言在这里戏拟了历史上曾经存在过的那种被火热的非理性所激起、又被视为不可动摇的权威性话语及其思维方式。这样的戏拟不用说是包含着深刻的讽刺意味的,而它显示出来的滑稽本质也是不言而喻的。因为我们知道,即便是客观条件允许,"相信奇迹会出现"这一信念,也不会必然导致奇迹会真的出现这一结果;而不顾客观条件,只凭坚定信念就幻想奇迹出现,那就更是荒唐透顶的事了。回到本文中护士对"我"的回答,我们会发现,她所说的小战士能够长出新的屁股的理由根本就不成其为理由。老妇人头上会生金角,苏联妇女的肚脐眼里经常分泌出小颗粒的金刚石等,纯粹是传奇性的无稽之谈,根本不能作为长出新屁股的根据和理由。但在"革命浪漫主义"精神的指引下,它们却成了根据和理由。这样的推理怎么能够不使人感到荒唐、滑稽呢?其实,如果不把这样的话语放在"革命浪漫主义"这一题目所统辖的文本语境之中,而是在其他语境中,比如在我们的日常生活中,偶尔开开类似的玩笑,也许能安慰安慰病人,也未尝不是一种很好的方式,尽管这种方式具有明显的"自欺欺人"的性质。但放在"革命浪漫主义"这一特定的语境之中,联系历史情景,这样的话语就显示出了它滑稽、可笑的一面,让人感到它不仅仅是在鼓励、安慰病人,而是蕴含着强大的讽刺与解构力量。

让我们再看看下面的例子:

> 奶奶死后面如美玉,微启的唇缝里、皎洁的牙齿上、托着雪白的鸽子用翠绿的嘴巴啄下来的珍珠般的高粱米粒。奶奶被子弹洞穿过的乳房挺拔傲岸、蔑视着人间的道德和堂皇的说教,表现着人的力量和人的自由、生的伟大爱的光荣,奶奶永垂不朽![1]

① 莫言:《红高粱家族》,第105页。

这段文字用一系列优美、典雅、饱含情感的语言来描写"我奶奶"死后的神态。其中后面一句是对她的一生经历的"高度评价"。在这里，作者戏拟了我们耳熟能详的名言"生的伟大，死的光荣"，其中的意蕴也很耐人寻味。一方面，我们自然能够体会到叙述人"我"对"我奶奶"的那种敢爱敢恨、勇于承担起家庭重担、甘愿操持家业的牺牲精神的高度肯定和赞扬，当然这里面也包含着作者对强悍生命力的一种赞扬与讴歌。另一方面，我们都知道这些话语是在特定的革命年代用来赞扬那些为国家的伟大事业和民族的崇高利益献出自己宝贵生命的革命烈士的，是对他们英勇事迹的肯定，是对他们生命价值的最高褒奖，一般的普通生命个体是"不配"享用这些词语的。"我奶奶"只不过是一个仅仅为了个人的爱欲、幸福和自由进行自觉抗争的人，一个仅仅为了给自己的长工报仇而死在日本人枪口下的历史的边缘人。按正统的历史逻辑，像她这样的普通人是不可能得到如此崇高的评价的，因为她还算不上"烈士"。但作者通过叙述人之口，通过这么一种"不经意"的戏拟、模仿，毫不犹豫把这种崇高的评价给予这位为了个人幸福与自由而表现出强烈的叛逆精神的普通女性。这是一次对词语"降格"、"贬低化"的处理，它把那些被限定在某些狭小范围内的、已经被凝固化了的、具有了神圣色彩的词语从天上拉到了地下。它既是对处于历史边缘的那些被忽略的生命的一次认可，也是对僵化了的、已经具有了强大意识形态功能的话语的冲击与解构，更是对以往被凝固化了的语言的一次解放。它潜在的意蕴是：语言不是某些人、某些集团的私有物，它应该属于所有存在的生命个体。这就是戏拟、模仿所带来的修辞效果，这其中所蕴含的深刻内涵不是我们一眼就可以看穿的，它需要我们联系历史，在比较中分析、体味。

对权威话语的讽刺、戏仿，对政治话语的戏拟、模仿在莫言的作品中是经常可以见到的，因为它已经成了莫言小说语言的一种很重要的话语方式。比如下面的例子：

> 十千站起来，双眼如兽，盯着那些兵。
>
> "滚出去，大耳朵，这里要驻国军！"
>
> 十千突然发出叫嚣："这是我的屋，是我和姚先生的屋，是我们布尔什维克的屋！"
>
> "把他拉出去，毙了！"上尉连长命令道。
>
> 几个士兵用枪托子把十千顶出去，十千挣扎着往回跑，嘴里还喊着："布尔什维克布尔什维克，将来的世界，必是赤旗的天下！"
>
> 几个士兵竟拦不住他，上尉连长拔出手枪，说："你们闪开！"
>
> 士兵急忙闪开，连长举起枪来，对准十千开了火。
>
> 他挥舞着两根胳膊，招展着两只大耳朵，一头栽在地上。两只耳朵垂死地抖

了几下，然后软沓沓地顺下去，几乎盖住了他的全部面颊。

“他妈的，这么大的耳朵！”上尉连长把手枪插进套子，不无遗憾地骂着。[①]

上面的这段文字中的“布尔什维克”、“将来的世界，必是赤旗的天下”等都是在革命年代响彻神州大地的政治性话语，它们记录和传达了一个时代的风云历程和精神气候。在过去的那个年代，它在劳苦大众尤其是在参加革命的人们的心目当中无疑是神圣的，不可亵渎的。但就是这样的神圣话语，从王十千这个人物口中喊出无疑显得有些滑稽可笑。王十千是《红耳朵》这篇虚构性极强且颇具传奇色彩的小说中的主人公。他是地主王百万的儿子，因为出生时王百万做梦他是乞丐投胎，于是视其为奴隶，弃之不管。但一次偶然的机会，相面先生说王十千两耳阔大，有富贵相，将来必成大器。王百万随即改变了以往的看法，不惜花费大量金钱把王十千送到镇上的学校读书，希望他学有所成，将来子承父业，发展、延续王家的家业。王十千无心读书，但他的大耳却颇得教员们的“赏识”，加上王百万常给学校捐资，王十千受到了教员们的额外照顾。其中女教员姚先生因为经常摸王十千的耳朵，使得王十千非常感激，并对她产生了好感。由于姚先生是个布尔什维克，王十千于是也认为自己是个“布尔什维克”；而事实上在他年幼的心灵里，根本就不知道何谓“布尔什维克”，何谓“革命”，何谓“赤旗世界”，即使是后来临死时也不知它们意味着什么。他只是觉得它们与姚先生这位自己难以忘却的漂亮女人有关，才把它们记在了心头。就是这样一个“白痴”一样的败家子，在卖掉家产后变为乞丐流落在破败的学校里，结果被国民党的军队抓住后开枪打死，临死前他仍然忘不了呼喊这些“神圣”的革命壮语。这种语言与语境的严重错位，话语形式与话语所包含的内涵的严重疏离现象，极具反讽地揭示了历史存在的虚妄的一面。这种语言方式，本身也许并不一定是在否定革命年代的那些神圣话语存在的合理性，更多的是在揭示人们在理解这些革命话语时所呈现出的多种可能性。它告诉我们历史是复杂而滑稽的，任何力量都不会强大到把万花筒似的存在现实统一成一个坚固的实体的程度。

二、对神圣事物或现象的戏谑、调侃

在谈到当代文学中的戏谑、调侃这种话语腔调的时候，我们自然就会想到王朔，认为王朔式的油滑、俏皮的调侃腔调是当代文学中戏谑、调侃文学的代表。这种说法也许是有道理的，因为王朔在创作中刻意追求的那种无处不在的调侃、戏谑的确给人们

① 莫言：《红耳朵》，《透明的红萝卜》（小说集），第185～186页。

的阅读带来了强烈的震撼。但是如果就此认为王朔是当代文坛运用调侃、戏谑手法的唯一作家就显得有些狭隘，有点不公平了。在当代文坛，除王朔外，在创作中常常有意无意地运用调侃、戏谑语言的作家其实不少，莫言就是其中的一位。当然，同是调侃、戏谑，王朔与莫言的调侃、戏谑是有着不同的风格特征和价值意向的。王朔式的调侃、戏谑是"痞性"十足，而针对的对象多为知识分子；在调侃、戏谑时，王朔常常以一种局外人的身份出现，显得轻松快意，给人一种过把嘴瘾就完事的印象。莫言的调侃、戏谑更多的是针对过去荒诞的历史存在或现象，时而也触及当下的人事，有时叙述人自我也会成为被调侃的对象。因此，他的调侃、戏谑常常具有更加强烈厚实的消解、反思的意味。比较王朔和莫言小说语言的调侃、戏谑之异同不是本书的重点，在此需要指出的是，莫言不但是当代文坛运用调侃、戏谑性语言的重要作家，更主要的是这种调侃、戏谑式语言其实已经是他小说写作中的一种非常重要的话语方式。在他的小说中，无论是长篇还是短篇、中篇，这样的语言是屡见不鲜的。特别是在他1985年之后的小说中，这样的语言尤其常见。

莫言的调侃、戏谑有时是通过戏仿历史或现实中经常存在的人们很熟悉的各种事相来实现的。比如下面所引用的一段文字：

> 父亲听到蛋黄色小母驴说："我生为你生，死为你死，死而无憾，你开枪吧！"
>
> 当然在不通晓驴语的民夫们耳朵里，听到的只是"昂儿昂儿"的驴叫声，不过凄凉点罢了。
>
> 父亲说："不是我要杀你，是革命要你的肉吃。"
>
> 驴说："我的肉只给你吃，不给革命吃。"
>
> 父亲说："你这伙计，整个一个文盲，革命不是人，是革命。"
>
> 驴说："是人不是人我不管，反正不许你把我的肉喂革命。"
>
> 父亲说："好好好，听你的。"
>
> 驴说："让我再看你一眼。"
>
> 父亲说："看两眼也行。"
>
> 驴说："其实我不想死，熬过了冬天就有嫩草儿吃。"
>
> 父亲说："实在没办法了，要不我怎么忍心杀你。"
>
> 驴说："我理解你，为了保卫老百姓的庄稼地，开枪吧！"
>
> 父亲眼泪模糊，掏出匣枪，顶上火儿。
>
> 驴说："要我喊句口号吗？"
>
> 父亲说："喊吧。"
>
> 蛋黄色小毛驴高声鸣叫着，声音洪亮婉转，响彻天空和大地，父亲举起枪口，

瞄准了驴的宽平的额头，咬牙一勾枪机儿，噼啪一声微响，子弹并没出膛。父亲发了一分钟愣，才悟过来，原来碰上了一粒臭火。[1]

仔细阅读、体味这段话，我们就会感觉到调侃、戏谑充溢于其中。“我生为你生，死为你死，死而无憾”、“让我再看你一眼”、“看两眼也行”等话语本是我们熟悉的语言，本没有什么新鲜味儿，但放在驴与人的对话之中，就立刻显得有些不伦不类、滑稽可笑。至于后面的“要我喊句口号吗？”等一系列的描写则更是对历史现象与现实存在的滑稽戏仿与调侃。曾经中国是一个口号大国，无论大事小事，不管在实际中完成得怎么样，先喊出响亮而宏伟的口号成了生活的逻辑。浮夸风劲吹的年代是如此，“文化大革命”的动荡年代更是如此；革命年代是如此，和平年代也是如此。口号成了我们这个国家民众日常生活的一部分，成了一种全民无意识。联想到我们国家的这种历史真实与现实真实，回到文本当中，就能感到其背后的滑稽、荒诞的深刻意蕴，这其中戏谑、调侃中所包含的嘲讽与消解是不言而喻的。

请再看下面的例子：

皮发红用四个图钉，把毛主席的宝像钉在了墙上。然后，他和我一起，从炕头上，把娘做好了的八个供碗，摆放在桌子上。摆筷子时，我说：“爹，只有毛主席一个人，摆那么多筷子干什么？”

“毛主席一家为了革命牺牲了六个亲人，他们都要来吃呢。”皮发红说。

“烧家堂轴子时，你不是说人死了没有灵魂吗？没有灵魂，他们怎么能来吃？”

“毛主席家的人不一样。”

“毛主席家的人不是人吗？”

皮发红被我问愣了。张口结舌了一会儿，他突然发火，声色俱厉地吼我：“你给我闭嘴！问那么多事干什么？”

“我看皮钱问得很好。”我娘在里屋不冷不热地说，“连一个孩子的问题都无法回答，你们这个革命，我看也是狗操猪，稀里糊涂。”

“小孩的话，小孩的话最难回答，”皮发红说，“连孔夫子都被三岁小儿项橐给问短了嘛，何况我。”

“唉唉唉，”我娘说，“皮大主任，你可要注意了，孔夫子可是被你们批判过了的。”

“嗨，我还把这话茬给忘了，可见封建流毒是那么难以清除！”皮发红说，“我说

[1] 莫言：《野种》，《白棉花》（小说集），当代世界出版社，第142～143页。

夫人，我知道你是高小毕业，认识一千多字，知道小米里含有维生素，鸡蛋里含有蛋白质，你就别跟我叫劲了。革命，不是挺好吗？"皮发红指指院子里那圈明瓦亮的大金鹿，说："不革命，能有大金鹿吗？"又指指娘腿上的条绒裤子，"不革命，你能穿上条绒裤子吗？"然后问我，"皮钱，你说，革命好不好？"

"很好，好极了，"我说，"革命很热闹，革命很流氓，不革命，你哪里能捞到摸翠竹姑姑的屁股？"

"好啊！皮发红，你这个流氓！革命革命，革到女人的腚上去了！"我娘手持着擀面棍冲了出来，对准皮发红的脑袋就是一棍——嘭——皮发红慌忙用手去遮拦——嘭——这一棍打在了皮发红的手骨——你他娘的还真打——"我打死你这个色鬼！"

皮发红主任捂着头窜到院子里，大声说："王桂花，我要和你离婚！"

"你要是不离，就不是人做的！"我娘怒吼着。

"革命啦！革命啦！"我得意地嚷叫着。[①]

读这些文字，会让人感到忍俊不禁。这种调侃、戏谑性的"生活喜剧"，让人在笑声中真切地感受到了神圣"革命"的荒诞与可笑。多少年来，我们一直把"革命"奉为除旧创新、促进社会前进的动力和手段，相信"革命"的力量是无穷的，认为只有"革命"才能让人民过上幸福生活。因此，多少年来，"革命"一直是游走在神州大地上的幽灵，支配着人们的思维模式和生活行为。大到国家的政治生活，小到人民的吃喝拉撒，都与"革命"紧密相关。重新审视一下新中国成立以来的历史，从根除"四害"、"大跃进"、"大炼钢"、"反右"、"上山下乡"运动，到史无前例的"文化大革命"，无不是"革命"化的全民运动。然而，历史证明，这些革命运动绝大多数是违背历史规律、违背人道的荒诞行为。而小说《挂像》中的这一片断正是通过一家人调侃式的话语交流，揭示、暴露了"革命"过程中的存在的荒谬与可笑。在父亲眼里，"革命"是"破四旧"，是过好日子；但在母亲与儿子眼里，"革命"却是"狗操猪，稀里糊涂"和"热闹"、"耍流氓"。通过母子俩这种充满"民间"意味的调侃、戏谑，"革命"的"神圣"性也就被消解得一干二净、烟消云散了。

莫言小说中的戏谑与调侃有时是通过夸张性的比喻来实现的，比如下面的例子中有关红卫兵造反的描写：

"大叫驴"左手拃着腰，右手在空中挥舞，做着变化多端的动作，时而像马刀劈下，时而如尖刀前刺，时而如拳打猛虎，时而如掌开巨石。动作配合着话语，腔调

① 莫言：《挂像》，《与大师约会》（小说集），上海文艺出版社2005年版，第463～464页。

> 抑扬顿挫,嘴角溢出白沫,语言杀气腾腾、空空洞洞,犹如一只只被吹足了气、涂上了红颜色、形状如冬瓜、顶端一乳头的避孕套,在空中飞舞,碰撞,发出嘭嘭的声响,然后一只只爆裂,发出啪啪的声响……"大叫驴"是天才的演说家,他演讲时极力模仿列宁、毛泽东。尤其是伸出右臂,成45°角,头微向后仰,下巴略翘,目光望向高远处,嘴巴里喊出"向阶级敌人发起进攻进攻再进攻"时,简直就是列宁复生,列宁从《列宁在1918》里来到了高密东北乡,群众静默片刻,仿佛被钳子捏住了咽喉,然后便一片欢呼,几个有文化的小青年乱喊"乌拉",没有文化的喊"万岁",万岁和乌拉虽然都不是献给"大叫驴"的,但"大叫驴"犹如一只被吹胀的避孕套飘飘然而不知其所以然。[①]

阅读这段文字,我们会发现这段描写内部充满着极不和谐的音调,其原因就在于作者运用了不同格调的比喻和夸张,在同一时刻、同一地点、同一事件之中描绘同一个人物。演讲者是一位革命性极强的造反司令,他是一个天才的演讲者,他演讲时具有世界著名的政治领袖的"气质和风度"。在行文中,作者不惜用最华丽的语言来"吹捧"、提升这个造反司令的形象。但就在这种华丽的语言之后,作者却毫不迟疑且"不怀好意"地用极为鄙俗的语言"犹如一只只被吹足了气、涂上了红颜色、形状如冬瓜、顶端一乳头的避孕套,在空中飞舞,碰撞,发出嘭嘭的声响,然后一只只爆裂,发出啪啪的声响",给这个形象当头一棒,使他从高高的空中迅速跌落下来,让人们看清了他鄙俗、可恶的一面。至此我们就会感觉到,这种在表面上看起来华丽的语言背后,其实隐藏着浓厚的戏谑、调侃意味,而作者也正是通过这种极度不和谐的滑稽语言来追求一种讽刺、否定的修辞效果。

类似这样的调侃、戏谑性的语言,在莫言的小说中是随处可见的,它们和其他形式的语言构成了莫言小说语言的"狂欢化"特色。它们在使小说的行文显得活泼、随意、不拘一格的同时,也充满了强烈的反讽意味。可以说,这样的语言在一种轻松、无所谓的姿态中悄悄地解构着人们熟悉的历史逻辑和生活逻辑,因为它在根本上具有一种否定性意味。

每一种语言都是一种置身于具体语境的存在,并且与这一语境保持着特定的逻辑关系和指物叙事的语义关系。但是,当把一种语言从一种特定语境转移到另一种陌生的语境中时,不仅语言形式可能会发生改变,而且语言背后的"客体"和"意义"也有可能发生变异。比如让一个生活在现代社会的知识分子在平日里讲"之乎者也"式的古人语言,就会给人带来一种滑稽可笑之感,如果在小说中这种语言方式是作者有意为

① 莫言:《生死疲劳》,作家出版社2006年版,第146页。

之的，那么它里面一定会含有其他的意味。在莫言的小说语言中，这样的语言操作方式也是很常见的，往往也能收到意想不到的艺术效果。例如：

> 父亲是非党的群众，但清楚地知道民夫连的共产党员是谁。他是从持枪与会议上判断出来的。民夫连有十二条枪，两只盒子炮。原任连长和指导员是理所当然的共产党，十二个持有武装的民兵自然也是共产党，枪杆子永远握在党的手中。这十几个经常凑堆儿开会，神神秘秘的，"共产党开会，国民党抽税"。真是不假。[①]

"枪杆子永远握在党的手中"显然是从"枪杆子里面出政权"这句在革命年代里凝聚着一定历史"真理"的话语中衍生出来的。这样的话语是那些在历史的转折关头为了争取革命胜利而能够掌握历史发展方向的风云人物及其组织在制定斗争策略时经常运用的，是具有极大的指导意义的战略性语言。显然它产生和被运用的场合都是比较严肃的、庄重的。在那些掌握着历史命运的历史风云人物的眼里，这句话自然包含着重要的历史经验和重大的战略意义；而历史风云人物在借鉴这句话语中的历史经验时肯定是怀着一种严肃、庄重的认真态度的，而绝不会把它当作一句儿戏或玩笑。但是，当这句话被余豆官这个根本不服从任何党派的管教，也不把共产党民夫连的连长和指导员放在眼里的土匪种用来判断某一个人是否是党员这件事上时，其原有的一切庄重性和严肃性顿时就被消解了。在这里，这句蕴含着某种历史"真理"的经验性话语被这个粗野的、流氓式的小人物当作了一句生活经验。他把一句本来比较抽象化的语言彻底具体化了，把拥有武装力量和手中拿着枪支等同起来，其逻辑推理简单无比，甚至有些强词夺理。这种不顾具体语境强行置换词语的使用场合的方式，使得词语原先具有的历史含义和庄重、严肃的面目一下子荡然无存；相反，还造成一种滑稽、古怪的艺术效果。这种效果拉大了读者与词语本来内涵之间的距离，同时也更加让人了解了余豆官这个土匪种的本色。

语言戏拟、调侃的种类是纷繁多样的。不仅仅一段完整的话语可以作为戏拟、调侃的对象，甚至某一个词语，也可以作为戏拟、调侃的对象；同时，不同语体、不同阶层的语言之间都可以进行相互的戏拟和调侃。当然，这样的戏拟与调侃相对来说是较浅层次的，也是容易操作的。有些时候，为了达到一种更为有效的滑稽、讽刺、嘲弄的艺术效果，作者往往会在作品中对某一种语言风格进行讽刺性模仿，从而达到自己所要追求的艺术目的。在这样的戏拟、调侃中，被戏拟、调侃的对象往往是过去存在过的已

① 莫言：《野种》，《白棉花》（小说集），第139～140页。

经被人们熟知的话语风格，当然，这种类型的戏拟、调侃，在涉及话语风格的同时，其实也已经把要表达的内容包括进去了，是一种一举两得的写作修辞。由于被戏拟、调侃的对象是广为认知的。因此，这种类型的语言操作就格外醒目，也颇具艺术冲击力。在此我们不妨看看下面的例子：

五乱子停住花马，待爷爷的黑马上来，他把身体侧向爷爷一边，诡秘地说：“余司令，我自幼熟读‘三国’、‘水浒’，深谙谋略，胆大如鸡卵，苦无明主报效。原以为黑眼是条英雄好汉，便抛家弃舍，投奔他门下，原欲乘长风破万里浪，建功立业，封妻荫子，谁知这黑眼蠢如猪，笨如牛，无勇无谋，一心一意想保全他在盐水口子那一亩三分地。古人云：珍禽择木而栖，良马见伯乐而鸣。我想来想去，偌大个高密东北乡，只有余司令您是个大英雄。因此我串通了数十个弟兄，一起发难，要黑眼请你入会，这叫做引虎入室之计。你在会里效越王勾践，卧薪尝胆，争取同情和声望。尔后，小弟伺机除掉黑眼，然后扶您为主，改换门庭，严饬纲纪，扩大队伍，先占住高密东北乡，尔后向北发展，占领平度东南乡，再占胶县北乡，三片连成一气。这时，就可以在盐水口子设都，亮出铁板国旗号，您就是铁板王。再以后，就派三路兵马，一路攻胶县，一路攻高密，一路攻平度，共产党、国民党、日本鬼子，统统翦灭，力拔三城之后，天下就算粗定了！”①

熟悉中国古代文学的读者都能感觉到，上面这段文字是对古代白话小说语言风格的模仿。确切地说，这段文字是对古代白话小说中的历史长篇小说诸如《水浒传》、《三国演义》等的戏拟、模仿。考虑到文字中传达的内容，我们可以说，这段文字是对《三国演义》第三十八回中刘备三顾茅庐见到南阳卧龙诸葛亮之后，诸葛亮在隆中替刘备分析天下大势，描画未来三足鼎立的政治走向和最终统一天下的政治蓝图这一细节的戏拟、模仿。由于诸葛亮、刘备的这次对话被称为“隆中对”，我们不妨把莫言的这次讽刺性模拟称作“拟隆中对”。我们知道，诸葛亮与刘备的对话，是为了突出表现诸葛亮这位人间奇才“运筹帷幄之中，决胜千里之外”的雄才大略和过人智慧的，展现的是他对辅佐刘备这个汉室子孙恢复汉家大业，借此建功立业的充分自信。在《三国演义》中，那些刻画人物的语言，即便是带有夸张的成分，也是具有积极意义的，它们的价值功能是正面的，是顺着塑造人物的正面性格特征来运用的，因此把它们放在《三国演义》这个巨大的文本之中，读者一般不会对此产生疑问，也不觉得其滑稽、可笑。因为它们在小说中的意义指向是非常明确的，也与人物的整体形象特征相吻合。但是，当莫言把

① 莫言：《红高粱家族》，第238页。

类似风格的语言让一个在民间黑帮中充当"狗头军师"的小头目说出，并且这些言语所面对的对象是一个既无远大抱负，亦无"王者"风范，仅凭自己一身的横气、胆气和戾气盲目行事的土匪头子时，一种滑稽、调侃、嘲讽的意味就不可阻挡地产生了。

莫言小说中戏拟、调侃性语言的类型是多种多样的，以上我们仅仅是为了分析、研究的方便而对这些繁多的类型作了比较粗略的区分。事实上，在其众多的小说文本中，这些不同类型的戏拟、调侃性语言常常是相互结合、交叉、重叠的，有些戏拟、调侃甚至同时就是几种类型的交汇融合，并不能分而化之。当然，无论这些戏拟、调侃的语言以怎样的方式存在于文本之中，它们共同的作用都是使作品语言灵活多样、风格独特。

莫言小说中的戏拟、调侃式的语言不但使得他的语言风格独特、显著，而且也使得他的小说文本在这种语言的影响下产生了更多的"非文学性"的功能。首先，他制造了一种无视"语言规范"的语言狂欢景象，使人们在领略小说其他方面的魅力的同时，体验到了语言带给自己的精神享受和思维的解放。其次，戏拟、调侃所具有的强烈的反讽意味，使得历史和现实中存在的许多貌似合理的东西得到了无情的解构和消解，从而使人们看到了它们滑稽、可笑甚至丑陋、反动的真实面目。当然，所有这一切的背后，都深藏着作者对历史与现实的审视和思考。

第二节　拟辞赋体：语言的舞蹈

莫言是一位有着强烈的文体意识的探索性作家，他对小说语言的探索从来没有停止过。可以说，几乎各种体式的语言在他的小说文本中似乎都被尝试过。中国古代文学中经常出现的"辞赋体"式的语言，在他的小说中也屡见不鲜。由于这种语言具有古代"辞赋体"作品语言的基本特点，但又不是真正意义上的"辞赋体"语言，所以我们不妨权且把它叫作"拟辞赋体"。

西晋时期的诗人陆机，曾写下过彪炳文学史的《文赋》。在这篇据研究是中国文学理论批评史上第一篇完整而系统的文学理论作品中，陆机曾讨论过当时比较流行的各种文体的特征，他这样写道："诗缘情而绮靡，赋体物而浏亮。碑披文以相质，诔缠绵而凄怆。铭博约而温润，箴顿挫而清壮。颂优游以彬蔚，论精微而朗畅。奏平彻以闲雅，说炜晔而谲狂。"[①]在这里，陆机用"体物而浏亮"来概括辞赋的文体特征。在陆机之后，南北朝梁朝的文学理论家刘勰在他的《文心雕龙》一书的《辨骚》和《诠赋》等篇章里，对从楚骚到辞赋的文体特征又作了更进一步的描述。他指出：

① 陆机：《文赋》，《陆机集》，中华书局1982年版，第2页。

固知《楚辞》者，体慢于三代，而风雅于战国，乃《雅》、《颂》之博徒，而辞赋之英杰也。观其骨鲠所树，肌肤所附，虽取熔经意，亦自铸伟辞。故《骚经》、《九章》，朗丽以哀志；《九歌》、《九辨》，绮靡以伤情；《远游》、《天向》，瑰诡而惠巧；《招魂》、《招隐》，耀艳而深华；《卜居》标放言之致，《渔文》寄独往之才，故能气往轩古，辞来切今，惊采绝艳，难与并能矣。[①]

刘勰在这段论述里，把楚骚的来历流变及其文体特征描述得相当详尽而准确。而在《诠赋》这一篇里，刘勰开篇即明确指出：“赋者，铺也。铺采持文，体物写志也。”[②]

根据中国古代文学中辞赋这种文学样式的典型文本所呈现出的艺术特征和陆机、刘勰在《文赋》、《文心雕龙》中关于楚骚、辞赋文体特征的经典性论述，我们可以看出，古代文学中“辞赋体”诗歌与文章的语言所具有的鲜明特点主要是：四字格词语较多；无论短句或者长句，形式比较工整，常常能形成对偶或排比句式；往往具有富丽繁缛、铺排杂沓、汪洋恣意、重唱叠叹的气势与风格。莫言“拟辞赋体”的语言与这种语言相仿，也呈现出了显著的“辞赋体”语言的特征：作品的叙述词、句、段往往较长，大量地或交替地运用排比句、叠词、反复、并列等多种修辞方式，甚至讲究押韵，显得形式自由而灵活，洋溢着浪漫气息，有时不惜笔墨对所描绘的事物进行大肆甚至“疯狂”地渲染。我们不妨看几个例子：

你们使用狼狗、使用伞兵刀、使用手榴弹、使用火焰喷射器、使用催泪弹、使用粉红色炸弹、使用敌敌畏、使用“速灭杀丁”，使用驱蛔宝塔糖、使用无线电侦听、使用莫尔斯电报机、使用诱奸法、使用结扎术、使用催眠术、使用恫吓、使用香酥鸡、使用沂蒙山啤酒、使用金丝边眼镜、使用你那个患相思病的老婆、使用你那个进妓院捞毛扛叉杆的破爹、使用金枪不倒丸迷魂药、使用搜查和警察、电棒子和铁手镯、阴谋和诡计、花言和巧语、赌咒和发誓、收买和拉拢、妓女和嫖客、海参和燕窝、驼蹄和熊掌、黄瓜和茄子……也难动摇我的钢铁意志！君子报仇十年不晚！我来无影去无踪光棍一条，杀一个够本杀两个赚一个！你还说不怕？瞧瞧瞧，你的屎汤子都流出来了！像你这种专门偷鸡摸狗的腺狐狸都把狗命看得重如泰山，我高大同这种粗人莽汉把命看得轻如鸡毛。东风吹，战鼓擂，当前世界上究竟谁怕谁？你装孙子啦？他向前抢一步，对准假想中的仇敌，狠狠地扇了一个巴掌。仇敌一定仰面跌翻，他自己也闪了一个踉跄。[③]

---

① 刘勰：《文心雕龙·辨骚》，岳麓书社 2004 年版，第 36 页。

② 刘勰：《文心雕龙·诠赋》，第 65 页。

③ 莫言：《欢乐》，《透明的红萝卜》（小说集），第 270～271 页。

这是小说中那个复员军人高大同在面对周围的冷眼和嘲讽时所产生的一种心理幻觉。他似乎感觉到自己就处于一种被他人鄙视和吞噬的环境之中,心中郁积了无限的愤怒和仇恨,于是假想了自己的"敌人",然后在他们面前毫无遮拦地把自己心头的愤怒与仇恨以极端化的语言发泄了出来。从一连串稀奇古怪、夸张荒诞、铺排杂沓的语言中,我们能够真切地感觉到这个复员军人几乎濒临疯狂的精神状态,也能体会到压抑的周围环境会对一个人造成什么样的巨大影响,以至让他发癫而变得疯狂起来。而所有这些体会都是由于语言上的大量铺陈和极端夸张而产生的。

> 她气急败坏地拉上窗户,声嘶力竭地训斥学生。老态龙钟的校党总支书记从办公室里跑出来,六神无主地站在院子里,丈二和尚摸不着头脑,盲人摸象般地走到教室门口,声色俱厉色厉内荏外强中干嘴尖皮厚腹中空地吼叫一声:不许高声喧哗!然后头重脚轻根底浅地走着,急急如丧家之犬,惶惶如漏网之鱼。①

这段文字在语言选择上也是极尽夸张和渲染之势。从刻画人物形象的角度来说,它给我们展现了一个滑稽可笑的、有些虚张声势的人物;从语言所形成的美学效果上来说,它给人一种重叠、复沓、陌生化的感觉。它既以一种夸饰且略带滑稽的铺陈方式强化了人物的形象特征,又使小说的语言文字显示出了独特的韵味。

类似这样通过夸张、铺陈的语言来营造某种行文气势的例子还有很多,比如:

> 我奶奶摔碗之后,放声大哭起来,哭声婉转,感情饱满,水分充沛,屋里盛不下,溢到屋外边,飞散到田野里去,与夏末的已经受精的高粱的綷縩声响融洽在一起。在悠长明亮的痛哭声中,奶奶思绪万千,她一遍又一遍地回忆着从乘上花轿离开家到骑着毛驴回到家这三天的经历。三天中的每一个画面、每一个音响、每一种味道都在她的脑子里重现……喇叭唢呐……曲儿小腔儿大……滴滴嗒嗒……哞哞哈哈……呜哩哇啦……咿咿呀呀……叽哩欻啦……直吹得绿高粱变成了红高粱,响晴的天上雨帘儿挂,两个霹雷一个闪,乱纷纷雨如麻,闹嚷嚷心如麻,拥拥挤挤雨脚横斜,一忽儿又直上直下……奶奶想起在蛤蟆坑路遇劫路人时,那个年轻轿夫的英武举动,他是众轿夫里的渠魁,宛若狗群里的领袖……②
>
> ……因为我们的肉比牛肉嫩,比羊肉鲜,比猪肉香,比狗肉肥,比骡子肉软,比兔子肉硬,比鸡肉滑,比鸭肉滋,比鸽子肉正派,比驴肉生动,比骆驼肉娇贵,比马驹肉有弹性,比刺猬肉善良,比麻雀肉端庄,比燕子肉白净,比雁肉少青苗气,比鹅

---

① 莫言:《欢乐》,《透明的红萝卜》(小说集),第245页。

② 莫言:《红高粱家族》,第67页。

肉少糟糠味，比猫肉严肃，比老鼠肉有营养，比黄鼬肉少鬼气，比猞猁肉通俗。①

那时河边的芦苇如轻浪一浪一浪追逐着，那时河中的流水像一匹明晃晃的绸缎，那时在狂奔结束时汪小梅按照书上的程序把后背靠在王三的胸膛上，那时王三突破了书上的程序发展了保尔·柯察金胆怯地用手按住了汪小梅的小青苹果一样的坚硬乳房，那时汪小梅回头捅了王三一拳又踢了王三一脚，红着脸骂王三流氓说王三不照着《钢铁是怎样炼成的》这本青年教科书去做。那时王三还想狡辩那时汪小梅说保尔根本没摸过冬妮娅。那时王三说肯定摸了只不过是作者怕羞把这些细节省略了。那时两个人为……②

第一个例子是《红高粱家族》中描写"我奶奶"不愿意回婆家时受到"我"外曾祖父的打骂之后的生理反应和心理反应。作者不惜用极其夸张的语言描绘了"我奶奶"的大胆举动和欢快、自由的想象性回忆。阅读这样的文字，我们其实已经被带入了一个超越现实真实的艺术境地。我们绝不能煞有介事地去追问"我奶奶"所想象的这些是否真的如此，我们只能去感受用这样的一种极度夸饰和铺陈的文字所营造的艺术氛围。当然，我们也得展开我们自己的艺术想象的翅膀，才能感受到其中的韵味。

第二个例子也是一种有意的文字安排。很显然，这段文字并不是想告诉读者它所描绘的内容是真实可信的，它的功能仅仅在于通过夸张、铺陈的描写烘托出小孩子肉体的鲜嫩，从而指明酒国市的人们要吃"小孩"的原因。

第三个例子则是典型的多重排比句。作者不厌其烦地用相同的句式回忆了主人公美好的往事，这种美好的回忆与主人公尴尬、无奈、荒诞的现实处境形成了鲜明的对比，流露出了主人公对虽然不能说是无比美好，但也自由并充满朝气的过去生活的深深眷恋之情，从而表现出了他对目前"非人"生活的恐惧和逃避。

句式整齐、结构同一是"辞赋体"语言的一个鲜明特点，在莫言的小说中，这样的语言可以说是比比皆是，而最具有代表性的则是小说《司令的女人》中四字句的大量出现。例如下面的一段文字：

傍晚时分，大雪飘飘，送葬队伍，终于来到。棺材在前，孝子在后。喇叭悲鸣，锣声破裂。吴巴这兄，披麻戴孝，手持柳棍，大声哭嚎。看那样子，的确难过，不知他心里，想得什么。他的前妻，披头散发，鼻涕眼泪，一把一把，胸前孝衣，湿一大片。送葬队伍，拖泥带雪，观葬乡亲，交头接耳，听不清楚，说些什么。棺材入土，

① 莫言：《酒国》，第 80～81 页。

② 莫言：《幽默与趣味》，《透明的红萝卜》（小说集），第 382 页。

堆起坟包。吴巴前妻，跪地哭叫，白色孝衣，滚满黄泥，两只老手，拍打雪地。几个娘们，上前拉她，刚刚拉起，她又趴下。弄得吴巴，很是心烦，走上前去，冷冷开言：行了行了，差不多了，演出结束，该谢幕了！他的话儿，很是管用，女人爬起，擦擦眼睛。大雪不止，真好冷天，空中乌鸦，乱叫乱蹿，还有黑狗，变成白狗，还有黑树，变成白树。狗追野兔，连滚带爬；人走雪上，吱吱嘎嘎。①

这样的四字句本身对刻画人物形象似乎没有多大作用，但它们能够形成一种独特的语言气势，尤其是在阅读的过程中带给人一种很强的节奏感，似乎是有鲜明的旋律在不断地、有节奏地在为读者的阅读伴奏一样。在众多的由各种长短不一的散句构成的小说中，这种具有辞赋特点的小说语言无疑是一种很好的创新，尽管它们并不是严格意义上的对偶句，但从中我们不难看到古代文学传统中“辞赋体”的影子，也能体会到作者在小说语言上不断努力创新的良苦用心。

除了以上几种类型的拟“辞赋体”语言外，在莫言的小说中还常常出现不加标点的、繁复、冗长的句子。这样的句子在表达效果上同样也给人一种铺陈、夸张的感觉和一泻千里、不可阻挡的气势。如：

班长说它奶奶的又酸又涩小管你这个小子别睡着啊再有半个月“秋花皮”就熟了有点甜味也酸得厉害还是“金帅”甜再有一个月就熟了“国光”分大小“青香蕉”“红香蕉”“大红袍”“印度青”熟得晚甜得像蜂蜜黏糊嘴唇我一头撞到一棵干粗叶茂的苹果树上。②

正说着呢，就见一个女人饿鹰般从家属小院那边飞过来。扯住我们主任又撕又掳又叫唤：“老头子老头子你不给我作主谁给我作主杜家那个卖腚的臭婆娘又指鸡骂狗骂我光吃食不下蛋我不下蛋关她屁事她下了两个斜眼歪歪蛋老娘连腚都不愿意噢哟哟亲娘啊叫人欺负……老头子不是我的毛病一定是你的毛病你去医院检查检查咱养几个孩子争争气……”③

上面所举例子中的这些语言文字确实与我国古代辞赋中的语言形式和它们所产生的修辞效果非常相似。这种语言文体表现出了莫言对小说语言多样化、多体式的自觉追求。它们一方面说明了莫言作为一个颇有成就的作家在创作的过程中对中国传统文学中的优秀成果的自觉继承；另一方面，我们也可以看到，莫言的这种自觉的语言

① 莫言：《司令的女人》，《透明的红萝卜》(小说集)，第190～191页。
② 莫言：《苍蝇·门牙》，《白狗秋千架》(小说集)，第263页。
③ 莫言：《苍蝇·门牙》，《白狗秋千架》(小说集)，第271页。

追求对中国当代文学所作出的贡献，那就是，这种语言体式与其他形式的语言体式融合在一起，共同形成了一种“杂语化”的显著特征。

第三节　谩骂与脏话：发泄的“自由”

巴赫金认为，文学“狂欢化”源自民间“狂欢节”的庆典，“狂欢节”的根本特征是取消等级、插科打诨、俯就、亲昵、鄙俗，表现在语言上就是语言的广场化。在“狂欢化”的广场上，支配一切的是人与人之间不拘形迹地自由接触的特殊形式。“狂欢化”语言就是建立在各种“狂欢化”的世界感受的基础上的一种不拘形迹的语言。其中就包括骂人话、各种粗话与脏话等。这几类语言是典型的不拘形迹、脱口而出的语言，是语言摆脱束缚后自由而放纵的狂欢形式。在莫言的小说语言中，这类语言并不少见，一连串的骂人话、脏话脱口而出，形成了一种别样的语言氛围。在莫言的小说中，我们常常可以见到极端鄙俗的词语，这些粗俗词语多数是骂“别人”的。

莫言小说中的骂人话、脏话有一个鲜明的特色，那就是尽量把被骂的对象引向“物质—肉体”下部。比如上面我们所举的例子。这与巴赫金所说的“狂欢化”的语言具有“物质—肉体”下部的特征是相符合的。评论家张柠在分析莫言小说中的这种语言特色时指出：

> 首先，他尽量将被骂者贬为低等动物蛤蟆、臭虫、害人虫等容易对付的小东西，一旦出现高等哺乳动物（牛、马、驴），被骂者就只能（或者只配）是它们的生殖器或身体上的某个器官。第二，将自己同被骂的对象一起贬低，意思好像是：咱们都别活了，没有什么意思，都变成畜生算了。第三，不顾脸面，就是将平常视为秘密和禁忌的东西公开化，尤其是将生殖器官、性生活、下部的秽物公开化。所有这一切，都是他们在日常生活中经常接触的、十分熟悉的东西。[①]

需要指出的是，莫言的脏话、骂人话虽然在外在特征上与巴赫金所说的“狂欢化”的不拘形迹的语言相一致，但在文化内涵上还是有一定的区别的。对此我们不能简单、机械地认为它们具有相同的文化内涵。

莫言小说中出现的众多的脏话、骂人话，用巴赫金的“狂欢化”理论来看，自然可以视为一种“狂欢化”的语言。但从其创作资源的选择和所处的文化环境来看，笔者认为以下几个方面深刻地影响了莫言小说中语言选择的这种趋向。

---

① 张柠：《文学与民间性——莫言小说里的中国经验》，《南方文坛》2001年第6期。

第一，莫言习惯于通过近乎原生态的方式来展现乡村的民间生活，这种倾向使得他描写的内容，包括人物的日常生活，自然而然地具有了粗俗、下流甚至色情的成分。也就是说，莫言所描写的对象的性质，在一定程度上影响甚至决定了他语言选择上的特殊性。不少论者都从民间文化或民间写作的角度来解读莫言的创作，但莫言对民间有着自己的理解。他说：

> 民间文化在我的理解也不是这么狭隘，也就是说有如民歌、民谣被整理成文字的民间文化；再者，像汪洋大海般的老百姓日常口语，口口相传的关于历史、人、鬼神的，这也是一种民间文化；民间戏曲也是民间文化。①

在具体的创作中，莫言在语言选择上恰恰注重的就是"汪洋大海般的老百姓日常口语"，而在内容上则特别注重"口口相传的关于历史、人、鬼神的"民间世界。如果从真实性的角度来看，莫言的这种语言选择的确有广泛的真实性。在乡村民间的生活中，许多故事都带有诙谐逗笑、不拘形迹的特点，而其诙谐与不拘形迹就往往体现在语言的粗俗上。关于这种生活经验，有过二十年农村生活经历的莫言，是深有体会的。他曾说：

> 我在乡下务农时，最喜欢看邻居的老娘们打架。所谓打架，并不是真的动手。基本上是文打，也就是对骂。那时我们那儿家家都有几间晒粮食的平房，就跟高高的舞台一样。打架的老娘们在傍晚的夕阳照耀下，站在自家的平台上，开始对骂。骂的内容当然是围绕着生殖器。她们的天才就在于连续骂上一个小时，不会重复一句话。如果谁重复了，谁就等于失败了。那时候我才明白，原来汉语中有那么多词汇可以用来修饰生殖器。②

在写作中，莫言把目光集中于乡村生活，如果把过分典雅、正统的语言来作为那些没有受过教育、成天把方言土语当作交流工具的乡村夫子们的口语，让他们在小说中的谈吐说笑显得温文尔雅，难免失真。为了活灵活现地表现出生活于乡间的各色人物的情态风貌，粗鄙化的语言选择是无法避免的，因此可以说，莫言的这种语言倾向与他写作时所面对的描写对象有直接的关系。

第二，莫言写作中强烈的民间立场也是决定他在语言选择上倾向于粗鄙化的一个重要原因。选择乡村民间生活为写作的对象，有时并不必然导致语言的粗鄙化，如沈

① 陈骏涛主编：《精神之旅——当代作家访谈录》，第108页。

② 莫言：《杂感十二题》，《小说的气味》(散文演讲集)，当代世界出版社2004年版，第241页。

从文、汪曾祺的乡村小说，它们描写的也多为民间生活，但在语言上就显得典雅、朴素，甚至有些超凡脱俗。出现这种截然不同的情况，显然与作者的写作立场、写作观有密切的关系。沈从文、汪曾祺虽然也看到了乡村的破败、混乱与藏污纳垢的阴暗面，但他们却用一种超然的态度，使自己的文学世界披上了一层理想的彩纱，给读者制造了一份宁静和谐的田园氛围。而莫言却更多地看到了乡村藏污纳垢的一面，他认为那就是真实的乡村，应该不加粉饰地描绘出来，于是他就毫无保留地展现了出来。更为重要的是，莫言的“作为老百姓的写作”的创作理念，使他把自己看作一个与高密东北乡的村民们一样具有民间原生态品性的写作者。他混入其中，认为写那些村民的生活就是在写自己，就是写自己亲身经历过的生活，即便掺杂了想象的成分，也无法摆脱原有的底色。因此，完全可以说，是写作理念最终决定了莫言小说中的审美倾向，而这种审美倾向又影响了他的语言选择。张清华认为莫言的创作是一种人类学意义上的创作，从莫言小说所展示的具有原生态性质的民间生活这一角度来看，张清华的说法还是很有道理的。

第三，莫言小说中大量出现脏话、骂人话等粗鄙化的语言也与中国文坛整体上存在的语言脱雅趋俗的审美倾向有关。自20世纪80年代中期以来，无论是诗歌领域还是小说领域，脱雅趋俗的倾向越来越明显。第三代诗歌、新写实主义小说可以说既是始作俑者，又是其中的主要代表。为了反对朦胧诗语言上的典雅、意象上的含蓄，第三代诗歌大量地使用市井俚语，使原本在人们心目中神圣、优美、典雅的诗歌变得“俗不可耐”。而新写实小说为了反映小市民们“一地鸡毛”似的琐碎生活，也摒弃了语言选择上的典雅与优美，以更加生活化的语言来描述小市民的“生活本身”。王朔的“痞子文学”的大行其道，更是把这种求俗脱雅的写作倾向不断向前推进，从而壮大了它们在文坛上的存在力量。脱雅求俗的写作倾向有其自身的严重缺陷和弊端，但也有一定的积极意义。它给中国当代文坛带来了一种全新的审美景象，扩展了人们的审美视野，使人们从原先单一的审美空间里走了出来，感受到了一种新的审美体验。这股脱雅求俗的写作风潮在社会变革、文化转型潮流的推动下，一直延续到了20世纪90年代，至今仍然没有衰退的迹象。莫言就是在这样的文学转变过程中开辟出自己的文学道路的。他的小说创作尽管风格奇异，在当代文坛上独树一帜，并创建了自己的文学王国，但受这股创作风潮的影响应该是在所难免的，因为任何一位作家都不可能脱离自己所处的文学环境和时代文化氛围去写作。

第四节 杂语共生：开放的世界

文学是一种语言现象，但语言现象本质上又是一种社会现象，是社会共同体在不同社会活动领域中现实生成的产物。这一事实决定了文学的语言必然是杂语共存、多语混成的。这就是文学语言的"杂语性",巴赫金又称之为"多语体性"。"杂语"是巴赫金对话理论的一个核心概念,它首先被用来描述文化的基本特征,即社会语言的多样化、多元化现象。

巴赫金认为,语言是人类共享的媒介,它遍布于人类活动的所有领域,从而形成了各种各样、各具特色的言语形式和言说方式。在此基础上,不同的领域也就形成了各自相对稳定的言语类型,丰富着人类的语言库存,使语言在各个领域获得现实化,从而实现语言的各种功能。他指出:"语言在自己历史存在中的每一具体时刻,都是杂样言语同在的,因为这是现今与过去之间,以往不同时代之间,今天的不同意识集团之间,流派组织等等之间各种社会意识相互矛盾又同时共存的体现。"①

在此基础上,巴赫金认为小说话语的杂多再现的是社会话语的杂多,小说话语是对社会话语的模仿;而且在所有文学样式中,小说——尤其是长篇小说是这种社会"杂语"现象的最高体现和最完美的模仿。他说:

> 长篇小说是用艺术方法组织起来的社会性的杂语现象,偶尔还是多语种现象,又是个人独特的多声现象。统一的民族语内部,分解成各种各样社会方言、各类集团表达习惯、职业行话、各种文体的语言、各代人各种年龄的语言、各种流派的语言、权威人物的语言、各种团体的语言和一时摩登的语言、一日甚至一时的社会政治语言(每日都有自己的口号,自己的语汇,自己的侧重)。每种语言在其历史存在中此时此刻的这种内在分野,就是小说这一体裁必不可少的前提条件;因为小说正是通过社会性杂语现象以及以此为基础的个人独特的多声现象,来驾驭自己所有的题材、自己所描绘和表现的整个实物和文意世界。作者语言、叙述人语言、穿插的文体、人物语言——这都只不过是杂语藉以进入小说的一些基本的布局结构统一体。其中每一个统一体都允许有多种社会的声音,而不同社会声音之间会有多种联系和关系(总是在某种程度上构成对话的联系和关系)、不同话语和不同语言之间存在这类特殊的联系和关系,主题通过不同语言得以展开,主题可分解为社会杂语的涓涓细流,主题的对话化——这些便是小说修辞的基本特点。②

既然小说所面对的描写对象是一个"杂语"世界,那么小说作者的任务就是再现语言杂多。当然,这种再现不是把各种语言拼贴在一起,烧成一锅大杂烩就完事。作家

---

① [前苏联]巴赫金:《小说理论》,第71页。

② [前苏联]巴赫金:《小说理论》,第40~41页。

必须能够高明地指挥各种不同的声音,在模仿它们的同时,让它们在其指挥棒的调度下活动起来,互相对话,互相交流。在谈到怎样使小说成为一个"众声喧哗"的"杂语"世界的具体方式时,巴赫金认为小说组织"杂语"的一个最基本、最重要的形式是镶嵌体裁。"长篇小说允许插进来各种不同的体裁,无论是文学体裁(插入的故事、抒情诗、长诗、短戏等),还是非文学体裁(日常生活体裁、演说、科学体裁、宗教体裁等)。从原则上说,任何一个体裁都能够镶嵌到小说的结构中去;从实际看,很难找到一种体裁是没有被任何人在任何时候插到小说中去。""其中每一种体裁都有自己把握现实各个方面、造语传意的形式。长篇小说之利用这些体裁,正是把它们当作以语言把握现实的久经锤炼的形式。"①

对于莫言来说,为了书写自己无比丰富的童年体验和乡村经验,以及表达个人对生命的思索与认识,他需要找到一种合适的语言以便穿越时空演变和错综复杂的人事沧桑,从而把其间蕴藏的有机联系和深长余味整合出来,为此他表现出了相当开放和自觉的语言变革意识,并形成了一套新奇、奇异、混杂的语言组织方式。

莫言在他的小说中引入了诗歌、散文、杂文、戏剧、相声的语言、文言文、科技语言、学术语言,还引入格式化的公文和政论的语言等。因此,在莫言的小说中分布着不同类型的语言和不同体裁的语言形式。各自不同的文体语言被"错接"和"镶嵌"在一起,丧失了它原本的言说语境,因此我们可以称它为"跨体杂语"。就这样我们看到,莫言小说的语言世界呈现出了一种不拘一格、各体纷呈的风格特征。仔细阅读莫言的小说,我们就会发现,他所创造的艺术世界是一个典型的"杂语"世界,是一个典型的"众声喧哗"的世界。具体来说,构成这个"杂语"世界的语言体式主要有以下几种:

一、"诗歌"或歌谣

在小说中引入诗歌或歌谣是莫言语言选择的一个比较显著的特色。引入的诗歌中既有现代的自由体诗,也有古代的格律诗,还也有类似诗歌形式的儿歌或顺口溜等。如:《战友重逢》中的现代诗、《酒国》中的古代诗、《飞艇》中的儿歌、《野种》中的顺口溜。小说中插入的这些诗歌或歌谣,在不相同的地方有着不同的功能。有的是为了造成一种有趣的场面。如《飞艇》中的那首显示孩童活泼可爱的儿歌:

冷冷冷,操你的亲娘,
飞艇扎在河堤上!

① [前苏联]巴赫金:《小说理论》,第106页。

热热热，操你的亲爹，
飞艇扎在河堤上！
飞艇扎在河堤上，
烧死了一片白皮桑。
飞艇扎在河堤上，
方家七老妈好心伤，
一块瓦灰铁，
打死了怀中的小儿郎，
流了半斤红血，
淌了半斤白脑浆，
七妈好心伤！
飞艇飞艇，操你的亲娘！[①]

这首歌谣是外出讨饭的儿童们由于经受不住严寒的冷冻，在哆嗦与无奈中胡编乱造出来的"诗歌"。这样的"诗歌"虽然语言略显粗俗，但出自那些被寒冷所"蹂躏"的小孩子之口倒不觉得有失大雅。从他们天真无邪的童趣出发，这样的儿歌正好和他们的天性与处境相映成趣，也使得文本语言显得活泼多姿；同时，还使读者看到了一群虽然吃不饱、穿不暖，但又不失小孩子特有的那种顽皮、捣蛋，喜欢搞恶作剧等这样一些特点的乡村孩童。就笔者本人的阅读感受而言，"插入"这样的儿歌，也增加了作品本身的真实性。阅读这样的语言文字，感受小说中描写的一些情景，笔者感觉到它们很是亲切，它们总会把人的思绪带回到遥远的童年，给人一种昨日重现的幻觉。因此，读这样的文字能给人一种强烈的真实感。由此看来，这段被"镶嵌"到小说中的儿歌在增加小说语言丰富性的同时，也增加了小说的生活性，使其具有了很强的真实性，至少让有过这种生活经验的读者能体味到它浓郁的生活气息。

有些顺口溜似的"诗歌"一方面是用来突出人物形象特点的，另一方面也具有其他方面的功能。如小说《野种》中的那首由"我父亲"所编的"口头诗"：

解放军在前边打大仗
等着吃咱车上的粮
睡觉是为了送军粮
谁不睡觉操他娘

---

① 莫言：《飞艇》，《白狗秋千架》（小说集），第331页。

榴弹大炮隆隆响
天明咱去送军粮
睡不醒觉走不动
谁不睡觉操他娘
老余俺口才天生强
驴尾谄到马腚上
一千里咱了走九百九
谁敢装熊操他娘①

这是“我父亲”这个土匪种在夺了民夫连的领导权以后，为了让战士们早点睡觉为第二天的赶路送粮作好准备，随口胡乱编的“睡觉歌”。从这首催眠歌中，我们不难感受到“父亲”这个土匪种身上所具有的那种粗野、狂放的流氓习气。除了让读者从歌词中看到“父亲”的性格特征外，这首随口胡乱编凑的“诗歌”还暗含着一种颠覆性的意蕴，它的颠覆对象当然是正统的史书中所记载的“历史真相”。解放军在前线打仗，后方的农民大军全力支持，这种支持都是在一种欢快、自愿、有秩有序的方式下进行的，这是我们对解放战争中军民并肩战斗的总体认识。但这样的情况并不是唯一的事实，土匪种余豆官所描述的就是与上述事实并不一致的另一种事实，它对我们所了解的事实作出了一种具有否定意味的回应，自然也就蕴含着一种颠覆性的力量。

莫言小说中还经常出现古体诗歌，这些古诗的功用也是多种多样的，有些是为了丰富小说语言，有些则在此基础上另有别的修辞功用，常见的情况是通过一些并不正规的古诗来达到一种讽刺与嘲弄的修辞目的与效果。如《酒国》中的几首诗：

不平常的志向，不平常的技艺，不平常的清泉，当然带来了不平常的开端。“云雨大曲”刚一问世，即大获成功。“福娇堂”门庭若市，短衣帮、长衫客、老油条、小流氓络绎不绝。一位名叫李三斗的骚客写了两首诗赞美“云雨酒”，诗曰：

娘娘庙里久藏春，井水留香化为云。
到底美人颜色好，造成佳酿迷煞人。

水为衣裳云做客，一丝不挂醉刘伶。
饮罢云雨何须梦，胜过巫山一段情。

诗写得固然有些流氓，但也确实道出了这云雨酒的妙处。

① 莫言：《野种》，《白棉花》(小说集)，第127页。

……

"云雨大曲"不仅醇甜净美，而且香艳无匹。一年暮春，烧坊的小伙计开篓舀酒，不慎倒笼流酒，浸至街坊，瞬息间浓香飘散，游街的青年男女，都眼泪汪汪，面颊酡红，活活地痴了。天上正巧有群鸟飞过，竟盘旋迷失方向，沉甸甸地跌在街上。沉鱼落雁。勾魂摄魄。千种柔情。万样风流。有诗曰：

一杯云雨穿喉过，万般风景现世来。
此酒只应天上有，人间哪得几次尝？①

酒国市以酿酒业而闻名，各种美酒层出不穷，而且历史悠久。酒国市人民则嗜酒如命，靠酒生存。酒国市的第一名酒是"云雨大曲"，它不但历史悠久，而且味道极佳，有关它的神奇传说在江湖上流传已久，于是三教九流之徒都想一尝为快。这几首诗都是盛赞"云雨大曲"的，从表面上看，它们恨不得写尽"云雨大曲"迷人醉人的所有风采。但联系整部小说内容，仔细品味作者的叙述语调，我们不难发现，这种极度夸张的写法，其实暗含着强烈的讽刺意味。像酒国市这样一个酒海肉山似的地方，其实就是一个肮脏罪恶的渊薮，任何正常的人进入其中都会变其本性，迷失自我。因此，对于盛产于此地的美酒的毫无掩饰的礼赞，其实就是对它的一种辛辣的讽刺。对象越被描绘得美妙动人、神奇无比，其中的滑稽相与荒诞味就越明显、越浓厚，讽刺的力度也就越加厚实、强劲。

二、书信和文言文

以书信和文言的形式出现的语言体式在莫言的小说中并不多见，但在其很有代表性的长篇小说《酒国》中，莫言还是很大胆地运用了这种体裁。在这部小说中，书信起了很大的作用，它既是一种小说语言体式的试验，又是小说叙述结构不可缺少的部分。整部小说共有十章，十章之中共有 19 封书信，这些书信既像一根线，把其他各部分穿在了一起，同时它们又是一个叙述视角，因为它们或详或略地展示着小说中被叙述对象的一些情况，从而与小说中的其他叙述视角一起构成了一种复调。与书信相比而言，《酒国》中的文言文片断则显得比较单纯一点，它不具有叙述结构上的功能，但对刻画人物形象，增加语言文字的灵动、变化、趣味却大有裨益。现录两小段：

民国初年，酒香村来一杂技艺人，女，容貌姣好，恍若月宫仙子。村民围观。中有余氏少年，名一尺、小字巴狗儿。此子系村中大户余氏夫妇四十岁时所得，视

① 莫言：《酒国》，第 244～246 页。

若掌上明珠。是时此子年方十三,天资聪颖,美若冠玉。见女对己莞尔,不觉心驰神荡。女始玩呼风唤雨,又演喷云吐雾,观者喝彩不迭。后又出一盈指小瓶,举而示众曰:此瓶中系神仙洞府,谁敢伴我进瓶一游? 众环顾,目光交错,皆以为狼亢身躯,盈指小瓶,何能两人携手共进? 是为妖言惑众也。一尺为女姿色所迷,踊跃出列,曰:某愿随卿进瓶。观者皆笑其痴。女曰:君骨格清奇,体有异香,卓然于凡夫俗子之群,与君入瓶,可谓三生有缘矣……①

酒国孙翁,性喜饮,量颇巨,每饮必数斗。其家良田十顷,瓦屋数十间,皆随酒去。妻刘氏携子别嫁。翁浪迹街头,蓬首垢面,破衣褴衫,形同乞丐。见人沽酒,即跪前乞讨,磕头见血,状甚凄惨。忽一日,有童首白须老者,飘然而至,语翁云:“此去东南百里,有岭名白猿,岭上广有林木,林中猿猴,酿酒盈池,何不疾去畅饮,胜似在此乞饮耶?”翁闻言,稽首不言谢,如飞而去。三日后,抵岭下,仰见林木蓄茂,无径可通。即攀藤附葛而上。渐入林深处,见古木参天,遮阳蔽日,藤萝纠葛,鸟声如潮。一巨兽出,其大如牛,目光如电,吼声如雷,草木觳悚。翁大骇,急避,跌入深涧,悬于树梢,自思必死。忽闻涧中酒香扑鼻,精神大震,缘木下,循香去……②

这两段文言“杂语”都出自小说中提到的一部叫《酒奇事录》的传奇之作中。所叙之事皆为无据可靠的奇闻轶事,这些奇闻怪事貌似胡说八道,但放在文中却具有刻画人物形象的功能。第一段是针对小说中一个奇特的侏儒余一尺而言的。在酒国市,余一尺虽然身为侏儒,但却名重一方,颇有来头,身上笼罩着一层神秘的光环。这篇短文中也提到了一个名叫余一尺的男孩,叙述了他与美丽女子之间的奇遇,显示了余一尺的命运之不凡。传奇中的余一尺未必是小说中的侏儒余一尺,但作者在写到侏儒余一尺的时候引入了这么一段奇闻,显然是为了增加侏儒余一尺的神秘色彩,让人感觉到酒国市中的余一尺就是从传奇中的余一尺幻化而来的。

第二段文字是在描写酒国市酿造大学教授袁双鱼时引入的。袁双鱼性好喜酒,在生活中以研制和品评美酒为最爱,为此连自己的老婆都忘得一干二净,把酒当成自己的情人。看得出这是一个称得上“酒仙”的大学教授。这段文字,就写了一个类似袁双鱼教授的人物,这个人物比不上袁教授那么有风度、有教养,但他嗜酒如命的特点却与袁教授极为相似,所以这段文言奇闻对刻画教授这一人物具有很重要的作用,而通过对比,读者无疑会加深对这一人物的印象。

① 莫言:《酒国》,第 147 页。

② 莫言:《酒国》,第 218 页。

除了具备刻画人物形象的功能外，这些文言片断与其他插入小说的"杂语"体式一起，形成了小说语言多样化的特点，这就使得整部小说在语言运用方面显得变化多姿，引人入胜，从而与小说本身神奇幻化的风格特点相辅相成。

三、戏文、唱词

戏文、唱词是戏剧中常用的表情达意的手段，是戏剧艺术的优长之处。小说作为一种开放式的文体，任何形式的语言都可被纳入其中，而恰当地纳入其他多种形式的语言自然会增添小说的魅力。莫言小说中也常常会纳入一些戏文来增强小说语言的丰富性与表现力。其中对戏文和唱词最直接、最自觉地借用的是他的两部很有代表性的长篇小说《天堂蒜薹之歌》和《檀香刑》。在《檀香刑》中，猫腔戏文唱词贯穿、散布于整部小说的各个章节之中。这些戏文唱词根据所处的位置的不同，在小说中扮演着不同的角色，发挥着不同的功能。具体来说，它们的位置和功能有以下两种：

第一，给某一特定的章节定下一个叙述基调，或简单概括本章所叙述的大致内容，或介绍人物形象的一些特点，或者上述三者混合一起。具有这种功能的戏文唱词多出现在每章的开头处，即在每章的正文开始之前，先安排一段戏文唱词。《檀香刑》在整体结构上有凤头、猪肚、豹尾三个部分，其中凤头与豹尾部的开篇处基本上都是这样安排的。请看第二章《赵甲狂言》正文前的戏文唱词：

> 常言道，南斗主死北斗司生，人随王法草随风。人心似铁那个官法如炉，石头再硬也怕铁锤崩。（到了家的大实话！）俺本是大清第一刽子手，刑部大堂有威名。（去打听打听吧！）刑部天官年年换，好似一台走马灯。只有俺老赵坐得稳，为国杀人立大功。（砍头好似刀切菜，剥皮好似剥大葱）棉花里边包不住火，雪地里难埋死人形。捅开窗户说亮话，小的们竖起耳朵听分明。[①]

结合本章的具体内容来分析可以发现，这段戏文至少有三个功能：一是指明赵甲是刽子手，并提示本章的内容主要是讲述赵甲为什么会成为"大清第一刽子手"，也就是要讲述赵甲成为刽子手的成长经历。二是为本章的叙述语调定下基调，从"赵甲狂言"、"捅开窗户说亮话，小的们竖起耳朵听分明"这几句我们可以知道，整个叙述将会在赵甲高傲、自夸、洋洋得意这样一种心态中展开，因此这一部分的叙述在整体上就会具有一种高傲、欢快的基调。三是这些戏文唱词也从一个侧面让我们在"未见其人，先

① 莫言：《檀香刑》，第 31 页。

闻其声"的艺术展示中初步揣测出了赵甲这个刽子手的性格特点和心理世界。对此我们可以作一简单的分析。

"人心似铁那个官法如炉,石头再硬也怕铁锤崩。"这是赵甲在转述别人的话语,他的言外之意是:"我"(赵甲)以前听别人说:人心似铁,官法如炉。在森严的、恐怖的律法的规训下,人的心会变得像铁石一样冷漠无情,因此,面对犯人,刽子手也就会挥刀自如,似杀鸡宰羊、切菜砍瓜一样轻松、快活。到底是不是这样呢?赵甲在未成为技艺高超的刽子手之前并不一定相信这句话所阐述的事实,但经过多年的刽子手生涯之后,他终于感悟到了这句话中所包含的"生活真谛"。于是他在接下来的道白中补充说这是"到了家的大实话"。其实,这句唱词与其中的道白形成了一个巧妙的对话,它表明经过多年的行刑生涯,他不但练就了炉火纯青的杀人技法,而且具有了过硬的心理素质。接下来的"俺本是大清第一刽子手,刑部大堂有威名。(去打听打听吧!)"这句唱词是对前面唱词的补充说明,这充分说明他的杀人技术已经到了无人能比的境界,要不然不会成为大清第一刽子手。更为重要的是,他把杀人(执刑)看作一种"为国立功"的荣誉。既然杀人是"为国立功",杀人越多就意味着越有功勋,也就意味着自己的身价越高,而被杀的那些人则只能以他们"卑贱"的生命反衬出刽子手的荣耀和功勋。于是在刽子手眼中,那些被杀的生命与自己的荣耀和功勋相比就显得非常渺小,因此像赵甲这样的刽子手才会得意洋洋、心安理得地认为"砍头好似刀切菜,剥皮好似剥大葱",进而产生以杀人为乐、视刑场为戏台的怪诞心理。

第二,《檀香刑》中的戏文唱词除了出现在每个章节的开头之处外,更多的是出现在小说文本的叙述过程当中。在这种位置上出现的戏文唱词具有强化人物的身份特点的功能,如孙丙是猫腔戏班的班主,在有关他的叙述中戏文唱词就远远多于其他人物的戏文唱词,这显然是为了突出孙丙的职业特色和身份特征。这一点在文中非常明显,无须细说。此外,位于叙述当中的戏文唱词主要是用来烘托、渲染气氛的,如表现人物处于某种境地时的情绪、心情,或凄哀,或激昂,或无奈,或喜悦等,不一而足。如表现人物悲愤、痛恨、伤心欲绝的:

> 苦哇——!有孙丙俺举目北望家园,半空里火熊熊滚滚黑烟。我的妻她她她遭了毒手葬身鱼腹。我的儿啊——惨惨惨哪!一双小儿女也命丧黄泉——可恨这洋鬼子白毛绿眼,心如蛇蝎、丧尽天良、枉杀无辜,害得俺家破人亡、形只影单,俺俺俺——惨惨惨啊——
>
> 德国鬼子啊!你你你杀妻灭子好凶残——这血海深仇一定要报——咣咣咣咣咣——里格咙格里格咙——此仇不报非儿男——
>
> 闯入那龙潭虎穴,杀它个血流成河,俺俺俺就是那催命的判官,索命的无

常——他手脚并用，爬上了河堤，跪倒在地，抚着河堤上尚未完全干涸的血迹——俺的娇儿哪，见娇儿命赴黄泉，俺的肝肠寸断——俺头晕眼花，俺天旋地转，俺俺俺怒发冲冠——

我的妻啊！怎承想雹碎了春红，更那堪风刀霜剑，俺俺俺血泪涟涟……眼见着红日西沉，早又有银钩高悬——牧羊童悲歌，老乌鸦唱晚——铜锣声哐哐，轿杆儿颤颤，那边厢来了高密知县……①

这是戏班班主孙丙为躲避德军的抓捕在逃跑的过程中，藏在离镇子不远的柳树林中，看到妻子被扔进河里，儿女被刺刀挑起抛入河中，看到德军屠杀其他无辜村民的血腥场面后唱出的戏文。这些唱词戏文充满了悲痛、愤怒、绝望与仇恨之情。它既烘托出了德军为了报复而采取的杀人行径的残暴与血腥，也很好地表现了孙丙看到那种骇人场面时的激愤与悲痛、绝望与仇恨的心情；同时，它也给整个叙述制造了一种凄凉惨淡的气氛，使读者在不知不觉间被感染与打动，进而融入到文本所创造的艺术世界当中，似乎亲身感受到了那血腥的场面，仿佛亲身体验到了小说人物所遭遇到的惨痛经历和所面对的无助、凄凉、悲哀与愤怒的境地。有了这样的体验，我们就会很自然地理解，为什么孙丙后来会有参加义和拳，而后装神弄鬼地聚众起义为亲人报仇这一略显滑稽的行为。

在众多的戏文唱词中，还有表现人物喜悦、得意之情的，如：

听俺爹爹讲历史，小甲心中很欢喜。爹爹爹爹了不起，见过太后和皇帝。小甲也要当刽子，跟俺爹爹学手艺……②

这段戏文唱词是赵甲在给儿子讲述自己的辉煌历史时，儿子赵小甲所唱的。由于赵甲杀人的活儿干得漂亮，因此得到了皇太后与皇上的赏识并赐予了佛珠与檀木椅子，如此高规格的礼遇并不是一般人能得到的。赵甲眉飞色舞、不无自豪的讲述令赵小甲听得心花怒放，遂产生了学习其父成为一个优秀刽子手的念头，于是就唱了这段戏文。从这段戏文中，我们能够又一次看到赵甲身为刽子手的那种自豪与满足，也能发现赵小甲这个傻不拉叽的屠户所具有的一种天真、憨厚之气。

插入文本的戏文唱词也有既用来表现人物在特殊境遇下的情感与心理活动的，又用来渲染、烘托气氛的。譬如下面的戏文唱词就具有这样的功用：

---

① 莫言：《檀香刑》，第149～150页。

② 莫言：《檀香刑》，第274页。

前呼后拥威风浩——俺穿一件蟒龙袍，戴一顶金花帽——俺可也摆摆摇摇，玉带围腰——且看那猪狗群小，有谁敢来踹俺孙爷的根脚——

望天空金风浩荡，看大地树木葱茂……俺本是英灵转世，举义旗替天行道……要保我中华江山，不让洋鬼子修成铁道……刚吃罢龙肝凤脑，才饮干玉液香醪……①

这是孙丙赴刑场时所唱的戏文。这段戏文唱词从功能上看，一方面表现了“罪犯”孙丙在被押赴刑场时的那种大无畏的英雄气概和绝无悔意的坚定信念。这与前面他敢于与官吏争斗，不畏强暴，率众揭竿而起打击强大的德军的英勇行为相呼应。通过这种呼应，小说以一种互补的形式强化了人物形象的性格特征。另一方面，这段戏文唱词又烘托、渲染了一种热闹、喧哗的气氛。它衬托出在孙丙即将被执行“檀香刑”时的悲壮场面。这里既有悲壮慷慨、视死如归的英雄的呐喊，又有乡党亲人们的哭泣与欢呼；既有前来告别的人们的惜别之情，也有赶场赴会式的观赏心态；既有刽子手的摩拳擦掌，也有统治者们的提心吊胆……总之，这些戏文唱词给当时的执刑场面制造了一种悲壮、欢快而又紧张的气氛，它使人感觉到一场真正的大戏就要上演了。

在行文中大量插入戏文唱词的小说还有《天堂蒜薹之歌》。在这部小说中，瞎子张扣的唱词贯穿整部小说，在功能上，这些唱词除了在叙述上形成一个独特的叙述视角之外，其余功能大都与上面分析的《檀香刑》中的戏文唱词基本相同。由于叙述视角问题与复调有关，这在第一章中已有所论述，故在此不作细谈。

莫言小说中杂糅的各种文体，除了上面几种比较典型的之外，散见于其小说文本中的其他形式的语言体式还有很多，比如科技体裁类，报刊新闻类，官话、套话类，民间快板类，演讲辩论体等。

科技体裁类的如：

金丝燕(Collocaliarestita)，鸟纲，雨燕科。体长约十八厘米，上体羽毛黑或褐色，带蓝色光泽。下体灰白色。翼尖而长，足短，淡红色，四趾均前，群栖，食虫。在洞穴中造巢，雄燕喉部唾液腺分泌出唾液，凝固后便是燕窝。②

报刊新闻类的如：

本报讯　中共苍天市委对天堂“蒜薹事件”已作了全面调查，最近作出处理决

① 莫言:《檀香刑》,318 页。

② 莫言:《酒国》,第 197 页。

定:撤销对天堂"蒜薹事件"负有主要责任的仲为民天堂县委副书记职务,并建议撤销其县长职务;县委书记纪南城停职检查,视检查情况另行处理。对借机煽动搞打砸抢的少数违法分子,天堂县司法部门依法进行了严惩。①

官话、套话类型的如:

在战无不胜的毛泽东思想的光辉照耀下,在人民解放军的无私帮助下,在省、地、县、公社各级革委的正确领导下,在全体医务人员的共同努力下,三百零八个中毒者,只死了一个人(死于心脏病),这是无产阶级文化大革命的伟大胜利。这事要是发生在万恶的旧社会,三百零八个人,只怕一个也活不了。②

民间快板体的语言:

叮的个当,叮的个当,叮叮当浪开了腔,今天咱不把别的表,表一表山东好汉武二郎。说武松碰上了孙二娘,装醉倒在十字坡……说武松高,二娘矬,背不起来拖罗着。武松的裤子开了口,二娘的裤子自来破……③

莫言的小说就是这样,在有限的文本范围内,各种语言会不失时机地出现在它们应该出现的地方。除了曲折地表现各种不易直接表达或无法直接表达的文本意蕴之外,这种多样化的语言体式在阅读上给人的感觉就是一种典型的语言杂化。这种杂化的语言各自发挥着自己的功用,各自显示着自己的特色,并给小说带来了"众声喧哗"的"狂欢化"韵味。

需要指出的是,在莫言的小说中,各种体式的语言的出现并不是孤立的、单一的,有的时候各种体式的语言会混合在同一个段落中同时出现,从而使得文本语言显得更为多姿多彩、令人炫目。如下面的段落:

以美女喻美酒是我们品酒时对酒的风格的形象化表述,您的感觉基本对头。改善"绿蚁重叠"使之更臻完美的方案我跟我岳父袁双鱼教授思考了很久,已经接近成熟,可惜现在我醉心文学,顾不上其他了。

老师,偌大个世界,芸芸着众生,酒如海,醪如江,但真正会喝酒者,真正达到"饮美酒如悦美人"程度的,则寥若晨星,凤其毛,麟其角,老虎鸡巴恐龙蛋。老师

① 莫言:《天堂蒜薹之歌》,当代世界出版社 2004 年版,第 263~264 页。

② 莫言:《牛》,《透明的红萝卜》(小说集),第 371 页。

③ 莫言:《十三步》,当代世界出版社 2004 年版,第 46 页。

您算一个,学生我算一个,我岳父袁双鱼算一个,金刚钻副部长算半个。李白也算一个……“举杯邀明月,对影成三人”,何谓三人?李一人,月一人,酒一人。月即嫦娥,天上美人;酒即青莲,人间美人。李白与酒合二为一,所谓李青莲是也。李白所以生出那么多天上人间来去自由的奇思妙想,概源于此。杜甫算半个,他喝的多是村醪酸醴,穷愁潦倒,粗皮糙肉,都是枯瘦如柴的老寡妇一个样,所以他难写出神采飞扬的好诗。曹孟德算一个,对酒当歌就是对着美人唱歌,人生短暂,美人如朝露。美是流动的、易逝的,及时行乐可也。从古到今,上下五千年,数来数去,达到了饮美酒如悦美人的至高艺术境界的,不过数十人耳。余下的都是些装酒的臭皮囊。灌这种臭皮囊,随便搅和一桶辣水即可,何必“绿蚁重叠”?何必“十八里红”?①

在这一段不算太长的段落中,作者运用了多种体式的语言。既有低俗的街头巷语,如“您的感觉基本对头”、“老虎鸡巴恐龙蛋”等;也有很正规的“文学化”语言,如“以美女喻美酒是我们品酒时对酒的风格的形象化表述”、“可惜现在我醉心文学,顾不上其他了”等;既有文言句式,如“凤其毛,麟其角”、“李白与酒合二为一,所谓李青莲是也”、“不过数十人耳”等,也有古代诗歌语言,如“举杯邀明月,对影成三人”。这种不同体式语言的混杂运用,显然是作者有意为之的语言策略。而这种大量随手引用他人语言,戏拟性地改写古诗语句,以及口语化语言与典雅、庄重的书面语言的交替使用,在让读者感到语言眩晕的同时,也感受到了一种杂语喧哗的狂欢气氛。莫言的这种“狂欢化”式的语言操作在他的长篇小说中体现得最为明显。《丰乳肥臀》、《檀香刑》、《生死疲劳》则把这种“狂欢化”的语言形式发挥到了淋漓尽致的境地,它们打破了各种语言体式间存在的壁垒,消除了任何的封闭性,把距离遥远的语言拉近,把相互分离的语言聚合。在这些小说中,典雅、规范的文学语言与日常用语、脏话、隐语、政治术语、商业用语、流行歌曲、谚语、民谣等杂糅相交、熔为一炉。我们能够感觉到,它们以一种似乎不可能的组合方式,“强行”把众多光怪陆离的语言组合在一起,既像是为读者精心组织了一场语言的盛宴,又像是为读者特意编织了一个巨大的语言网络,把人网在其中,让你在其中挣扎,让你去体味其中的各种可言说和不可言说的韵味。

巴赫金认为:

任何一部小说作为一个整体,从其中体现的语言和语言意识来看,都是一个混合体。但我们再强调一次:这里是有意而自觉为之的用艺术手法组织起来的混

① 莫言:《酒国》,第73~74页。

> 合体，并不是糊里糊涂的机械的语言混杂（说得确切些，不是语言各种因素的混杂）。塑造语言的艺术形象，是小说中有意混合的目标所在。①

正如巴赫金所说的那样，莫言小说中语言的"混合体"并不是"糊里糊涂的机械的语言混杂"，而是一种自觉的语言追求。虽然其中也有令人不满意的地方，但我们还是不能否认莫言在努力地塑造一种属于自己的"语言艺术形象"。就目前的情况来看，莫言已经基本上达到了自己的这样一个创作目标。因为，在众多的当代作家之中，他的小说语言可以说是很有特色的，已经具有了自己鲜明的旗帜性的标志，读者可以在繁花似锦的当代小说中比较容易地辨认出他的小说。当然，莫言小说出现"混合体"式的语言也与当代社会文化和文学发展有着紧密的关系，更与语言这种社会现象自身的多元化、复杂化的客观存在有着密切的关系。巴赫金曾说：

> 语言在自己历史存在的每一具体时刻，都是杂样言语同在的；因为这是现今和过去之间、以往不同时代之间、今天的不同社会意识集团之间、流派组织等等之间各种社会意识相互矛盾又同时共存的体现。杂语中的这些"语言"以多种方式交错结合，便形成了不同社会典型的新"语言"。②

这说明，"杂语"的存在本身就是语言存在的一种常态，因为我们所赖以栖身的社会就是一个各种意识混杂的巨大场所，小说中出现"杂语"现象只不过是对这种社会常态的反映罢了。

语言杂化的存在状态在社会不同的历史时期会有不同的表现。在思想、意识形态相对统一的时期，"杂语"现象不太明显；而在一个社会各个方面处于转型的时期，随着意识形态的多元化，"杂语"的存在就会显得比较明显，也更会被人们注意到，尤其是那些操持语言文字的作家，更是不会对此视而不见，充耳不闻。事实上，新时期以来的当代小说在语言上的自觉追求已经证明了这一点，几乎每一个稍有成绩的作家都加入了语言"革新"的行列，先锋小说就是最典型的例子。莫言也是这个"革新"行列中的一员，只是他没有轻易地随大流，也没有浅尝辄止、半途而废，而是坚持不懈、不断求新求变，开辟了属于自己的与众不同的语言天地。

莫言小说中各类文体语言的混合，使其小说在语言上呈现出了丰富多彩、灵活多变的特征；同时也在表意功能、叙事功能、文化功能等方面，使其小说显示出了多维性、多义性的特点，从而给人们提供了解读、阐释的多种可能。更值得一提的是，这种杂语

① [前苏联]巴赫金：《小说理论》，第71页。
② [前苏联]巴赫金：《小说理论》，第71页。

化的语言策略，往往能够形成对话。正如巴赫金所说的：“这一切就是内在对话化了的双声语，它们内部包含着潜在的对话，是两个声音，两种世界观，两种语言间凝聚而扩展的对话。”①这种对话情势的生成，无疑能够给小说文本带来巨大的张力。

第五节 语言“狂欢化”的意义与缺陷

一、语言“狂欢化”的意义

(一)语言狂欢可以产生陌生化的审美效果

语言狂欢某种程度上是一种打破语言常规的话语操作，因此许多时候它会使得文学语言不完全符合既定的语法规范，往往会突破正常的语言规范秩序。这个时候，人们接触到的语言就会显现出陌生的面孔。

在一般的情况下，人们接触、运用的大多是符合语法规范或者说是比较熟悉的语言，因为只有这样才能保证人们之间正确与合理的交流。即便是阅读文学作品，人们也倾向于喜欢自己熟悉的语言文字。而“狂欢化”的语言与这种熟悉的、规范化的语言往往相去甚远。它常常并不符合人们正常的交往与交流习惯，也不符合读者长期养成的阅读习惯，它甚至有意为人们已经习惯了的阅读模式和审美模式设置障碍，企图阻断旧有的审美“通道”，重新建立新的阅读模式和审美模式。于是当人们遇到这样的语言时，就会对它们产生一种陌生的感觉。因为它们有点不合我们已经习惯了的语言逻辑，给人的感觉是“破坏了物品之间、现象之间和价值之间的一切习惯距离，它们把人的想法习惯与严格分开甚至截然对立起来的东西合成了一个”②，这些特点就表现在词语搭配的错位、语言意义的失衡等这些现象上。如莫言小说中把苹果比喻成马粪蛋等这种超常规的语言搭配，对大便的赞美性描写这种怪诞的处理方式等；再比如无标点的超长语言、无主句的罗列等。这样的语言显然与我们平时看到的一般文学作品差异很大，借用巴赫金的话说，这些语言都是“未公之于世的语言”，“在这些尚未公之于世的语言领域中物体之间、现象之间所有界线的划定都和占优势的世界图景所要求和准许的不同；这些界线似乎力求既占据毗邻的物体又占据下一个发展阶段”③。莫言

① [前苏联]巴赫金：《小说理论》，第110页。
② [前苏联]巴赫金：《拉伯雷研究》，第490页。
③ [前苏联]巴赫金：《拉伯雷研究》，第490页。

的"狂欢化"语言正是在很大程度上破坏了正常的语言规范的"未公之于世的语言"，是一种比较典型的陌生化语言。

从读者接受的角度来看，适当陌生化的语言会打破读者旧有的审美阅读习惯和审美定式，从而使作品产生一种差异性美感。读者欣赏文学作品如同做其他事情一样，都会有自己的感受存在其中。但这里有一个习惯的问题。如果经常做同样的事情，并成为一种习惯的话，人们就会逐渐地抹掉原初的感受，而对生活中微妙的事情视而不见，听而不闻，产生不出更多的激情来。俄国形式主义文学理论家什克洛夫斯基就曾经谈到过，日常生活中人的行为动作一旦成为习惯，便带有机械化、自动化的性质。比如行走，因为每天都是走来走去，人们也就不再意识到它，也不再去感受它，于是行走就变成了机械性的动作了。更严重的后果是，由于每天走啊走，失去了对行走本身的感受，不仅不注意走的动作本身，对周围的世界也缺乏应有的感受了。若换一种方式，比如去跳舞，那舞蹈就成为一种可以被人感受的"行走"了，它不仅使人们注意舞蹈动作本身，也会唤起人们对自己和周围世界的新鲜感。

文学作品的语言也具有同样的效应。如果每个作家都按照固定的语言规则选择词语的措置搭配，读者就会逐渐对这样的语言习惯失去兴趣而很难关注语言本身，进而可能失去对作品的更深层次的审美感受。因此，很多作家都在自觉或不自觉地创造新颖的、陌生的语言，其目的之一就在于能够让读者从机械的、被束缚的状态中解放出来，唤起读者对作品的强烈的新的审美感受，充分发挥读者诗意的丰富的感觉；而且，通过陌生化的语言还能够让读者于平凡中发现文学作品奇特的不平凡之处，从而唤起读者强烈的内心情感，进而获得意想不到的审美愉悦。

莫言的"狂欢化"的语言在一定程度上就给我们带来了这样的阅读感受。莫言的语言有时像大河之水一样一泻而下，奔腾不息，往往令人惊颤不已，久久不能忘怀；有时又像狂蝶飞舞，纷繁杂乱，令人目眩神迷，同样难以使人忘记。在阅读他的作品时，我们首先是被其独特的"狂欢式"语言吸引，然后产生新奇的感受，进而会产生进一步探究的心理，并引发更加丰富的思考。也就是说，是"狂欢化"的陌生化语言，激起了我们探究语言狂欢背后作者写作的真正意图的愿望，同时在探究的过程中一方面体会作者的意图，一方面尽情享受陌生化语言给我们带来的新奇的审美愉悦。

（二）全面、深刻地反映社会存在的真实性

语言"狂欢化"的一个主要特征是作家在小说中对各种体式、各种类型语言的大量运用，也就是在小说中大量运用"杂语"。但是，小说家在创作中运用的大量"杂语"并不是作家没有根据地以异想天开的方式自我创造出来的，这些"杂语"的出现是有着深刻的社会的、文化的原因的。巴赫金在论述小说的杂语性时指出，小说的杂语性归根

到底源于社会语言的杂语性状况。也就是说，是社会存在的多元性决定了社会文化的多元性，而文化的多元性又决定了人们思想意识的多元性，思想意识的多元性又决定了用来表达这些思想的语言的多元性，从而使得小说的语言呈现出了杂化的存在状态。更确切地说，作家所描写的对象本身就处在"杂语"的汹涌波涛之中，它们是被不同的语言以各种方式解释和理解过的。正如巴赫金所说："小说家面前的对象，被他人评论的话语笼罩着，数落过多次，争论过多次，有过各种各样的理解，也得到过不同的评价；它脱离不开各种社会杂语对它的理解。小说家讲这个'数落过多次'的世界，正是用内在的对话化的杂语。这样一来，语言也好，对象也好，全是以自己的历史层面，以自己在社会和杂语中的发展过程，展现在小说家的眼前。对小说家来说，世界离开了社会的和杂语的理解，本身便不复存在；而语言离开了促其分化的各种杂语的意向，本身也不会存在。"[①]由此看来，小说语言的"杂语化"并不是一个孤立的现象，它其实反映了社会存在的真实境况和深刻内涵。小说只是"用艺术方法组织起来的社会性的杂语现象，偶尔还是多语种现象，又是个人独特的多声现象"[②]。小说之所以是"杂语化"的，其背后的深刻性和真实性在于它源自于被"杂语"包围的被描写对象，源自于多元化的社会存在。既然这样，那么小说的这种"杂语化"写作反过来就毫无疑问又非常形象地反映了多元化社会存在的真实性。

就莫言的小说创作而言，这种情形在他的部分作品中也表现得很是突出，如被视为具有强烈现实批判色彩的《天堂蒜薹之歌》就是这样一部代表性作品。这部小说在行文中运用了多种形式的语言表达方式，既有民间说唱语言，又有官方报刊新闻式的语言，也有乡村农民自我申诉的语言，还有军人为乡民辩护的"知识分子话语"。多种话语的混杂使用，不仅仅形成了语言艺术上的丰富多彩，同时也是对多面复杂的社会现实生活的映照。民间说唱语言昭示着游离于事件之外的人群对"蒜薹事件"的看法，反映的是局外人的心理意识和情感态度；官方报刊新闻表现的则是权力阶层对事件的认识与处理方式；乡村农民自我申诉的语言表现的是他们的冤屈、不满与愤懑；军人的辩护话语体现的则是拥有某些话语权的知识阶层的社会正义与良知。多种形态的语言表达方式交织在一起，形成的不仅仅是观念形态上的矛盾冲突，同时也是对冲突着的复杂多元的社会现实的深刻反映。

小说语言的"杂语化"不但可以从整体上显示社会多元化存在的真实性和深刻性，就是具体到某一个特定的人群或个人那里，它也同样能够而且更为深刻地反映某个群体或个体存在的真实情况。对此，巴赫金举了一个极具说服力的例子，它可以帮助我

① [前苏联]巴赫金:《小说理论》，第116页。
② [前苏联]巴赫金:《小说理论》，第40页。

们理解"杂语"的这种魅力。他说：

> 譬如一个没有文化的农夫，住得离任何中心城镇都路远迢迢，天真地沉浸在凝滞不动的日常生活中，这生活对他来说依然是不可动摇的。但他却处于几个语言体系之中：对上帝祈祷用一种语言（教堂斯拉夫语），唱歌用另一种语言，在家里平时说第三种语言；等求读书人写送到乡里去的呈子，又努力想讲第四种语言了（正式公文语，"文牍"语）。所有这些，即使从抽象的社会方言学的特征来看，也是不同的语言……祈祷的语言和世界，歌唱的语言和世界，劳动和生活的语言及其世界，乡镇管理的语言和世界，来乡度假的城市工人的新鲜语言和新鲜世界——所有这些语言和世界，迟早都要脱离安静凝滞的平衡状态，从而揭示出自己的杂语性质。①

诚如巴赫金所言，我们每个人的生活都不是单一、封闭的，由此决定了我们的语言也不可能是清一色的。我们每一天都处在不同层次与风格的语言的洪流之中。如果我们认可"文学作品是对现实社会存在的反映"这样一种认识的话，那么文学作品中的人物当然会有与现实生活中的人们相类似的生活处境，他们应该拥有多套话语，在不同的环境下使用不同风格的语言。以往我们都习惯于要求作家在塑造人物形象时，要特别注意人物语言的统一性，认为什么样性格的人物一定会拥有什么样特征的语言，作品只有让人物说出符合自己身份和性格特征的语言，才能达到塑造完美人物形象的目的，如果人物语言前后不一致，那这个人物就是一个失败的形象。由此，我们在传统的小说中往往会看到一个性格鲜明的人物总是会拥有自己的一套语言，自始至终都不会有大的改变。这样的语言选择固然也能够完成对人物性格的刻画和形象的塑造，而且会在读者的心目中留下深刻的印象——我们之所以能记住许多优秀的作品就是因为记住了它们所塑造的人物形象，但通过这种单一的语言选择所塑造出来的人物形象是不是符合实际的现实存在状况呢？现实存在的复杂性让我们在深入思考的时候对此产生了怀疑。一个扁平人物与一个圆形人物相比较，哪一个更具有真实性，其中的结论在目前的艺术认识下是不言而喻的。而一个圆形人物的成功塑造，无论通过什么方法，总是离不开语言的，这个时候巴赫金所说的"杂语"就具有了其鲜明而重要的价值，因为它更能使读者认识到世界的复杂性、真实性，认识到个体存在的复杂性、真实性。

莫言小说中的许多人物形象都呈现出圆形特征，这种圆形特征不仅仅体现在人物的行为中，也体现在他们的语言上。《檀香刑》中的县令钱丁就是这样一位使用多套语

① ［前苏联］巴赫金：《小说理论》，第76～77页。

言的典型人物。作为县令，在大庭广众之下，他的语言是颇具书生气的话语，典雅而富有文采，显示的是他的高贵身份、地位和过人的才气。当他与干女儿兼情人的孙眉娘在一起时，使用的却是另一种说话方式，话语充满了柔情蜜意和挑逗意味，表现出来的是“英雄难过美人关”的儿女情长。当他面对叛乱的“刁民”时，又是另外一副嘴脸，斥责与谩骂之浑浊语言脱口而出。钱丁的这种随着生活情形、对话对象的转变而使用不同话语的语言行为，既是对复杂社会现实的一种反映，也是人物个性复杂多变的一种体现。

（三）开阔读者认识世界的视角

巴赫金在批评抽象客观主义语言理论时指出，这一理论只关注语言符号体系本身的内部逻辑，忽视充斥在符号中的意识形态。他认为，语言作为一种交际工具是具有强大的意识形态功能的，是对社会存在的反映，它里面蕴藏着人们的情感、观念等这些我们感受世界、认识世界的复杂的内容。他说：“实际上，我们任何时候都不是在说话和听话，而是在听真实或虚假，善良或丑恶，重要或不重要，接受或不接受等等。话语永远都充满着意识形态或生活的内容和意义。”①

由此我们可以知道，“杂语化”写作可以给人们提供认识世界、理解世界的不同视角，使人们能够对自己所面对的世界进行尽可能全面的认识与理解。其实，实际的情况也正是如此。我们所面对的世界不是一个纯粹、单一的世界，而是一个五光十色、色彩斑斓的繁杂社会。当人们用语言来表述和反映这个纷繁复杂的社会时，就会出现各种类型、各种样式、各种层次的语言，而当这些语言在相当长的时期内流行、沉淀后，人们就会利用这些语言来认识社会、理解社会。在这种情况下，各种不同的语言就为人们提供了观察世界、认识社会、理解社会的不同视角。巴赫金在讨论千差万别的“杂语”的“共同方面”时指出，不同类型的语言混杂在一起，看似没有可供比较的共同的方面，其实并不是如此。他说：“杂语中一切语言，不论根据什么原则区分出来的，都是观察世界的独特的视点，是通过语言理解世界的不同形式，是反映事物涵义和价值的特殊视野。以这样的身份出现，它们全能相互比较，能够相互补充，相互对立，相互形成对话式的对应关系。它们以这样的身份相遇和共存于人们的意识之中，而首先是在小说艺术家的创作意识之中。”②在后来讨论小说的语言形象时，他再次阐明了同样的意思：“这种语言的形象，在小说中便是社会视野的形象，是与自己的话语、语言连成一体的某一社会思想的形象。所以，这样的形象极少可能沦为形式主义的东西；而艺术地

① ［前苏联］巴赫金：《周边集》，李辉凡、张捷等译，河北教育出版社1998年版，第416页。

② ［前苏联］巴赫金：《小说理论》，第72页。

驾驭这些语言，也极少可能沦为形式主义的花腔。不同语言、不同派头、不同风格的形式标志，在小说中便是社会视野的象征。在这里，外表的语言特点常常用作语言社会分野的补充特征，有时甚至直接成为作者对人物语言的注解。"①

看得出，"杂语"出现在小说中，并不仅仅是一种纯粹的修辞手段和语言组合的排列方法，它实际上既体现着小说的作者观察世界、认识世界、理解世界、评价世界的某种角度和意向，当然也为读者提供了观察世界、认识世界、理解世界、评价世界的多种角度和意向，引导或影响读者从不同的方向去体察、理解自己面对的对象，甚至整个人类社会、宇宙世界。在巴赫金看来，这种情况是不可避免的客观存在，只要用这样的语言，肯定就会提供或展示某种观察问题或世界的视角，因为："对于生活在语言之中的人的意识来说，语言并不是用规范的形式组织起来的抽象的系统，而是用杂语表现的关于世界的具体见解。所有的词语，无不散发着职业、体裁、流派、党派、特定作品、特定人物、某一代人、某种年龄、某日某时等等的气味。每一个词都散发着它那紧张的社会生活所处的语境的气味；所有词语和形式，全充满了各种意向。"②

在莫言的小说中，具有这种意味的语言比比皆是，造成的艺术效果也往往可以使读者感觉到作者认识世界、理解世界、评判人物的不同视角。在《红高粱家族》中，莫言通过戏拟、模仿的方式运用了不少我们熟知的语言，其中对"我奶奶"的描写与评价可谓语出惊人。在"我奶奶"被日本人的枪弹射中身亡后，小说借助叙述人之口颂扬"我奶奶""生的伟大，爱的光荣，奶奶永垂不朽"。很显然，"生的伟大，爱的光荣，奶奶永垂不朽"是对"生的伟大，死的光荣"这句话的模仿与戏仿。"生的伟大，死的光荣"是我们非常熟悉的一种带有强烈的历史意识形态的表达方式。它所指认的对象往往是那些对革命或历史作出巨大贡献的英雄人物。小说中用它来评价"我奶奶"这样一个生存于民间荒野之中的无名之辈，除了表达作为孙子的"我"的一份尊崇之情外，其实也暗含着创作者个人对历史，对普通民众的生命意义和价值的认识、理解与评判，更包含着创作者对凝固化了历史意识形态观念的否定意向。对于读者而言，小说中的这种表达方式，除了带给他们出人意料的惊奇效果外，还促使、启迪他们对纷繁复杂的历史景象作进一步的思考与重新认识。

(四)增强小说的审美魅力，丰富文学的语言类型

巴赫金在阐述"杂语"对小说创作的重要性时指出：

---

① [前苏联]巴赫金：《小说理论》，第 144 页。

② [前苏联]巴赫金：《小说理论》，第 74 页。

> 不过，正因为小说创作同只能有唯一一种语言（无可争议的无所保留的语言）的想法格格不入，所以小说家的意识必须把自己的思想意向（尽管是无条件真实的意向）改编成合奏曲。小说家的意识要只囿于众多杂语中的某一种语言里，是回旋不开的；仅仅有一种语言的音色，对他来说是不够的。①

这里，巴赫金指出的是“杂语”对小说创作的重要性，其实对任何一种样式的文学创作来说，语言的多样化都是非常重要的，甚至是必要的。任何一位优秀的语言大师，他所运用的语言绝不是单一的、封闭的；任何优秀的文学作品，构成它的语言也绝不可能是单一的、封闭的。换句话说，优秀的文学家的语言意识是积极活跃的，语言视界是开阔无界的；而优秀的文学作品所包含的语言也是尽可能丰富的，多姿多彩的。因为只有这样，才能真正展示出它们超拔的艺术魅力来。很难想象用一种单一的、千篇一律的语言能够创作出具有独特艺术魅力的艺术作品。尽管有些短小的诗歌的确能达到用语精练而魅力犹在的程度，但对一个优秀的作家来说，这样的创作是远远不够的，因为他不可能总是用一种始终不变的语言方式创作出许多首在艺术上毫无差别的短小诗歌；如果真是这样，那他的创作也只能是一种简单的重复。所以，即使是诗歌，也是需要不同色调的语言的。诗歌如此，需要大量语言的小说就更不用说了。阅读的经验告诉我们，那些语言变化多端、色彩斑斓的作品，往往就是艺术魅力比较出色的作品，自然也就是能够吸引读者的作品；而那些让读者感到索然无味的作品，往往就是语言上毫不讲究的作品，自然也就得不到读者的青睐。

“杂语”写作不但是审美表达的需求，也是作者对各类主体情感表达的需要，通过“杂语”写作，作家可以运用不同“色彩”的语言来表达复杂多变的情感经验。人类的情感生活生生不息、瞬息万变、朦朦胧胧，作为其表现形式的文学语言自然有着“言有尽而意无穷”的尴尬。为了言能尽意，就需要文学家打破陈规，创造性地使用语言，对各种语言进行加工，按照主体的情感流向和想象的逻辑来组织语言、利用语言。这个时候，社会上存在的大量“杂语”无疑为作家们提供了丰富的语言资源，为了表达各种情感和主题，作家们当然可以按自己的所需去选择需要的“杂语”，从而尽可能地完成自己的创作目标。

“杂语”对小说创作至关重要，它丰富了小说的内容，增强了小说的审美魅力，能够帮助小说尽可能完美地反映丰富多彩、纷繁复杂的社会真实，能够尽可能形象地给人们提供认识世界、理解世界的视角。这也许就是许多优秀的作家在创作时积极寻找多种多样的语言的缘故。反过来，作家在小说创作中运用大量的“杂语”又可以使语言走

① [前苏联]巴赫金：《小说理论》，第109页。

向更为丰富的"杂语化"。"所有这些嵌进小说的体裁,都给小说带来了自己的语言,因之就分解了小说的语言统一,重新深化了小说的杂语性。嵌入小说的非文学性体裁,其语言可能获得极为重要的意义:某种体裁(如书信体)的插入,不仅在小说发展史上,而且在标准语发展史上,标志着一个新时期的开始。"①杂语写作的这种双向作用无疑对文学语言的发展和丰富具有极大的积极作用。一个优秀的、经验丰富的作家,他在运用现成的"杂语"的同时,肯定会积极地去发现、运用一些"新词",也会有意地去挖掘一些在民间流传的语言,把它们纳入自己的作品,赋予它们新的生命。

具体到莫言的创作中,这样的情况是很常见的,他的很多小说中总会有不少新鲜的语言,总会有许多来自不同区域的语言的组合与嫁接,最典型的就是在《檀香刑》中对猫腔这种地方小戏的巧妙运用。小说中大量的唱词、道白不但起到了应有的修辞作用,而且让不识猫腔的读者以一种独特的方式领略了它的艺术魅力,更为重要的是,莫言通过自己的创作又重新组合了一种新的杂语。可以说,莫言在追求小说语言杂语化的过程中,反过来又促进了不同语言的相互混合,制造了更多的杂化语言。

由以上的分析可以看出,杂语化创作是一种具有双向作用力的创作,小说的"杂语化"能够增强小说的艺术魅力,而"杂语化"的小说又推动了各种语言的进一步杂化,从而为以后的创作提供更多可以选择的语言。

二、狂欢失控的负面效果

(一)狂欢失控会导致读者审美障碍

前面已经论述过语言的"狂欢化"由于突破固有的既定的语言规范而能够使人产生陌生化的感觉,这种陌生化又会导致新的审美的愉悦产生。然而万事皆有度,过犹不及。任何理论与实践都有可能在把握不周的情况下,会或多或少地导引出负面效果。比如巴赫金的狂欢理论由于时代局限性及他本人认识的局限性,也存在着明显的负面效果:即过分地强调肉体的狂欢,容易使人沉溺于肉体的狂欢盛宴中不能自拔。看来一旦事物过分地超出了它的正常范围,即过分越过了合适的度,就会不可避免地造成负面的后果。世间万物概莫能外,文学语言当然不会例外。适当的语言狂欢还可在人们的接受范围内,而超过了这个接受范围,则会造成阅读上的障碍,使读者不知作者所云,一头雾水,迷迷蒙蒙。在这种情况下,作者—文本—读者的正常交流就在文本那儿出现障碍。毫无疑问,这样的文本也就失去了存在的价值和意义。

---

① [前苏联]巴赫金:《小说理论》,第106~107页。

在莫言的小说中，由“杂语”带来的语言狂欢的确在很多时候给人一种耳目一新的审美冲击感，但他的一些语言表达方式或语言习惯也携带着显而易见的负面效果和审美障碍。这种情况最为鲜明地体现在两个方面：第一，有些语言缺乏提炼，显得过于粗糙，甚至出现语病。关于这方面的弊病，评论家李建军在专门评述《檀香刑》的论文《是大象，还是甲虫?》中有过比较详细的分析、评判。李建军严厉地指出，《檀香刑》中的许多语言“缺乏意味的丰饶和耐人咀含的劲道”，“语言的粗糙和生涩，说明莫言在文体经营上，过于随意，用心不够”[①]。李建军同时列举了不少实例，并逐一剖析了莫言在语言使用上的严重失误，比如不恰当的修辞、非逻辑化的表达、拙劣的比喻、叠床架屋的冗词赘句太多等。类似李建军所指出的这种语言失误，在莫言的小说创作中并不少见。尽管瑕不掩瑜，但带给读者的“不适感”也是实际存在的。第二，莫言语言狂欢造成的审美障碍还体现在其对脏话使用的毫无节制，这是莫言小说语言中相当醒目的一个倾向和特征。对于这一语言倾向和特征，我们可以辩证地审视。从积极方面说，作为拥有自觉的民间意识的作家，莫言所描写、叙述的题材对象决定了他在选择使用语言时必须受生活本身“独特属性”的制约。乡村生活的散漫、粗鄙，要求作家在语言选择上不能过分典雅精细；如果过分典雅精细，就会显得做作失真。按莫言的话说就是“什么鸟唱什么调”。但另一方面我们却也感觉到，莫言在语言的粗鄙化这条道路上走得有些过于极端。过犹不及，这种极端化的语言倾向使其部分小说在局部地方显得面目可憎，往往让人难以接受。

(二)狂欢失控会导致作者忽略对作品深度的挖掘

文学作品审美效果的好坏、艺术价值的大小与构成它们的语言有着巨大的关系。优美的、恰当的语言会使作品成色大增，从而赢得读者的喜爱；相反，蹩脚的、干瘪的语言则会使作品面目可憎，拒人于千里之外。“言之无文，行而不远”说的就是这个道理。但文学作品艺术价值的大小又不仅仅体现在语言方面。一部优秀作品之所以优秀，好的语言固然是一个重要的因素，但其他方面的因素也是不可或缺的，比如作品的主题、结构、人物塑造、叙述视角等都是非常重要的因素，尤其对长篇小说来说，语言之外的其他因素即使不比语言重要，也与语言是同等重要的。这其中，作品的主题意蕴可以说是一个不容忽视的重要因素，因为归根结底，文学作品都要表达一些内涵，即便这些内涵是模糊不清的；而读者在阅读时也会抱着一种期待，希望能在作品中得到些什么，希望能在作品中找到一些能与自己的生活或灵魂产生共鸣的东西。这个时候，作品的语言更为明显地凸显出了它作为手段和工具的特征。它是作者表达某一个主题的手段和工具，也是读者借以寻找主题意蕴的工具。从这个角度来看，作品语言的重要性也体

---

① 李建军：《是大象，还是甲虫?》，《文学自由谈》2001年第6期。

现在它能否很好地履行它表达主题的职责上。如果一部作品的语言使得作品主题的表达无法很好地完成，那么这样的语言就可能不是非常成功的语言。语言"狂欢化"的倾向往往会出现这种不成功的例子。为了追求语言上的自由与洒脱，作者有时不顾主题表达的需要，不加约束地让语言狂突飞奔，犹如脱缰的野马；有时作者有意玩弄文字游戏，置作品的主题而不顾，让作品成了"无意义的混乱世界"。中国当代文坛在20世纪80年代中后期就有了这种倾向，许多作家把语言当作作品的本质所在，认为语言就是一切，除此之外，别无他物。这是一种极端的认识和实践，事实上不会具有长久的生命力。莫言的一些作品也有这样的倾向。为了在语言上追求新奇，不顾作品的主题表达，结果让作品变成了文字游戏的场所，严重影响了读者的阅读情绪，伤害了读者的阅读期待。

阅读的经验和文学史的发展规律告诉我们，形式上的创新、求奇是重要的，也是非常必要的，这有利于文学的发展。就拿语言来说，我们不能忍受用一成不变的语言去讲述千奇百怪、丰繁芜杂的生活现实，我们当然希望出现在我们面前的语言是能够不断激起我们审美冲动的陌生化语言，从而让我们能够体验到文学语言的巨大的审美魅力。但是在文学作品中，尤其是那些能够真正打动读者、从情感上和灵魂深处影响和震撼读者的优秀作品中，语言并不是绝对第一位的。文学作品的语言与其表达的主题内涵相比，主题内涵也许要显得更为重要。语言再华美，形式再新颖，也只不过能够吸引读者开始的注意力，读者最终还是要透过语言进入到作品中去的，因为内容才是读者最后的落脚点。所以，如果作者只是刻意地、片面地追求语言的创新和语言的陌生化，那么可能就会忽略对作品内容深度的挖掘。在这一点上，莫言有时也会迷失方向，沉浸在语言的"狂欢"中不能自拔，结果给作品带来了不必要的损害。

阅读莫言的小说，我们可以感觉到莫言几乎搜肠刮肚地使用了自己能够使用的所有语言表达方式。在纷繁芜杂的杂语使用中，有些相当精彩、成功，提升了作品的审美品格；有些却显露出过于雕琢的痕迹，成了一种语言游戏。在中篇小说《司令的女人》中，莫言尝试着运用四字句。这种模拟中国古体诗，带有"诗经"句式特色的小说语言表达确实令人为之一震，给人新鲜感和审美刺激。但整部小说从头到尾，通篇都使用相同形式的语言，难免给人恃才傲物的"炫耀"之感。一口气读下来，冗长重复的句式不但使人产生一种疲惫感，而且也严重影响了作品主题意旨的表达，因为它给人的感觉是：作者仅仅为了追求这种新颖的小说语言形式而写作。同样的问题也存在于《檀香刑》这部很有分量的作品中。《檀香刑》自问世以来，获得了众多的溢美之词。但从语言形式上看，其雕琢痕迹也异常明显。作品过分注重语言的"唱腔"形式，总是寻求词句上的整齐和音调上的押韵，缺乏灵活多变的语言层次感。尽管这种刻意雕琢的倾向并没有在根本上影响小说丰蕴厚实的主题表达，但作品如果能够在语言形式上更为自由灵活些，更贴近形式为内容服务的艺术目的，《檀香刑》也许能够更圆润精致些。

第六节 封闭到开放:变化的轨迹

前面几节,我们根据巴赫金的“狂欢化”诗学,重点研究、分析了莫言小说语言的几个“狂欢化”特征及其具体表现形式。为了全面认识莫言小说创作的语言特征,有两个问题需要作一交代:第一是莫言小说语言从单一到“杂语”、从封闭到开放的发展过程;第二个问题是莫言小说语言“狂欢化”特色的本土传统。下面我们对这两个问题作一简单的论述。

一、语言选择:从封闭到开放

我们说莫言小说语言具有“狂欢化”的特征,那是从整体出发并且主要是针对他1985年以后的小说而言的。其实,如果更为全面地考察莫言小说的创作过程,我们就会发现,他的小说语言并不是一开始就呈现出“狂欢化”的特征,而是经历了一个从单一到“杂语”、从封闭到开放的逐渐变化的过程。其明显的特征是,不变中有变,变中有不变,而变又占据着决定性的趋向。也就是说,莫言小说语言的“狂欢化”特征是在一种动态的过程中逐渐呈现出来的,并且与其他形式的语言相互映照,共存于他的小说文本之中。

与许多刚刚走上创作道路的作家一样,莫言在其创作的最初几年里所创作的作品,无论从主题上还是在语言风格上,都显得比较单一:

> 其早期作品《春夜雨霏霏》、《白鸥前导在春船》、《雨中的河》、《流水》、《岛上的风》等都笼罩着一种诗意化的想象,文字透明,感觉细腻,人物多为善与美的人格化身,在一种近乎矫揉造作的颂歌氛围中,弥散着淡淡的忧伤。①

就语言而言,清新、优美、典雅、文从字顺是其早期作品最为显著的特征。《春夜雨霏霏》、《白鸥前导在春船》、《大风》、《岛上的风》等小说都显示出了这样的特征。更进一步说,此时莫言小说语言的整体性特征是封闭性的。所谓封闭性,是指从语法上看,字字句句大多符合语法规范;从语气上看,大多充满肯定语气,给人不容置疑的气势;从色调上看,是单纯的、雅致的、明快的,是不掺杂半点“污秽”气息的;从语体上看,是崇高的、严肃的、庄重的,没有后来的小说语言所具有的戏谑、调侃、反讽的意味。这样的

① 黄发有:《莫言的“变形记”》,《当代作家评论》2006年第6期。

语言是完成了的语言、独白的语言，具有一定的专制性。它的特点是："它的语义结构稳定而呆滞，因为它是完整结束的话语，是没有歧解的话语；它的含义用它的字面已足以表达，这含义变得凝滞而无法发展。"①当然，莫言早期的小说语言出现这种特征的深层次的原因在于莫言此时的认识观与现实观的单一和纯粹。从他的小说里我们可以发现，在莫言的眼里，那时的世界是诗意的、浪漫的，是充满前景与希望的，即便现实有这样那样的缺点，也是可以忽略不计的。而莫言自己也承认那时认识的单纯："那时还认为'善'能改造人类，'善'是'美'的灵魂，所以就拼命地制造'美'的火花，想用它照耀我的小说中人物圣婴般纯洁的脸庞。"②在这样的现实认识的指导下，莫言的小说自然会呈现出封闭性特征，构成文本的语言也会在规范、单纯、雅致、明快的特色中呈现出单一性。例如下面的描写：

> 小路曲曲折折，路两边是一排排婀娜的杨柳，柳芽儿半开不开的，柳枝条上泛着鲜嫩的鹅黄色。咱们村有名的桃林庄，隔老远就看到了一片粉红色的彩霞溶在时疏时密的、如烟如雾的雨丝里。绿柳、红桃、细雨，还有我们俩，和谐而融洽地交织在一起，分也分不开，割也割不离……
>
> 你说，家乡美极了，美得像一幅艳丽的水粉画；你说，要画一幅《细雨桃花》送给我。你多才多艺，会吟诗能作画，我爱你爱得简直有点迷信。你送我的那幅画《小岛烟霞》，把我的心都陶醉了。那轻波荡漾的泛着玫瑰色光辉的大海，那水天相接处的几笔彩霞，那在小岛上盘旋着的翅膀上涂上紫红的白鸥，那笼罩在五彩烟霭里的神秘小岛……③

这样的语言看上去优美、典雅、富有情趣，是典型的规范化的语言。它们在某种程度上也能给人带来美的享受，使人感觉到生活是那么美好，爱情是那么甜蜜，未来充满希望……但这种充满了诗情画意的肯定性语言显然把生活过于简单化了，因此给人思索的空间也就很是狭小，并不能激起人们更进一步的思考与想象，而只能停留在小说所刻意营造的情深意切、诗情画意的氛围之中。大概从《售棉大路》(1983 年)开始，莫言的小说语言逐渐有了变化。他不再用单一的肯定性的、充满诗情画意的语言来组织、建构自己的小说文本了，在保持原有的一些特点的基础上，他尝试着走出封闭式语言的堡垒，使语言向开放的境界迈进。到后来的一系列小说，如《透明的红萝卜》、《红高粱家族》、《食草家族》、《天堂蒜薹之歌》、《十三步》等出现后，这种特点就越来越明显

① [前苏联]巴赫金：《小说理论》，第 130 页。

② 莫言：《什么气味最美好》，南海出版公司 2002 年版，第 115 页。

③ 莫言：《春夜雨霏霏》，《白狗秋千架》(小说集)，第 4 页。

了。可以说，越到后来，这种开放式的语言越成了莫言小说语言的自觉意识和突出特征。开放式语言与单一的肯定性语言不同，“它具有未完成性、不确定性、多种可能性、幽默戏谑性诸特点”[①]，多种体式的语言混合并存是它的基本存在方式。前面我们论述的几种情况就是这种杂化语言混合存在的比较典型的形态。

从以上简单的分析中我们可以知道，莫言的小说语言经历了一个从封闭到开放的过程。大致可以说，1985 年以前，莫言的小说语言呈现单一的、封闭性的特征；而此后，他的小说语言呈现出了开放的姿态。他不断自觉地整合杂糅各种类型的语言来塑造自己的“语言形象”。正是这种自觉的语言意识，使莫言的语言显得不够“纯净”，也不够“透明”，从而呈现出了庞杂繁芜、杂语喧哗的审美特征。

二、语言“狂欢化”的本土资源

我们用巴赫金的“狂欢化”理论来分析、论述莫言小说语言的“狂欢化”特征，但这并不意味着莫言是了解了巴赫金的“狂欢化”理论之后受其影响才去进行小说创作的；更不意味着，莫言小说中语言“狂欢化”特征出现的文化资源和体裁资源来自于西方“狂欢化”的各种民间资源。从文化和文学创作的资源上看，莫言小说语言的“狂欢化”形式在我国也有其悠远的历史渊源，只是在它的发展过程中没有哪位文学理论家把它用“狂欢化”这一概念加以概括罢了。巴赫金以为，小说体裁的根基深植于民间文化的土壤中，民间文化、民间创作中各种各样文学的和非文学的因素，为小说的出现作了充分的准备。由此我们可知，民间文化中丰富多彩、诙谐幽默的语言对小说的产生、发展起了很重要的作用。用这样的视角反观我国的文学历程可以发现，类似的诙谐语言、“杂语”形式其实在民间文化的影响下早已在各种文学体裁，尤其在小说中存在了。下面我们从三个方面对此作一简单的分析。

第一，“狂欢节型”的节庆活动并非欧洲独有，可以把它视为一种世界性的文化现象。巴赫金认为，“狂欢节”及狂欢精神存在于世界各地的不同民族中，随时代和地域的不同而有形式的变化。中国著名民俗学家钟敬文先生就认为，狂欢是人类生活中具有一定世界性的特殊文化现象。从历史上看，不同民族、不同国家都存在着不同形式的狂欢活动，通过社会成员的群体聚会和娱乐表演来表达内心的欢乐和生命的激情。中国文化中的狂欢现象，从历史和现实的情况看，都是存在的，但由于传统的文化积淀不同，中国的狂欢活动有一些特殊之处。与西方的狂欢有所不同的是，中国的一些民间社火、赛会和庙会中的狂欢现象所包含的文化内涵，要相对复杂些。但是，无论有怎样复杂的文化因素，

---

① 郭宝亮：《王蒙小说文体研究》，北京大学出版社 2006 年版，第 48 页。

那种与世界性的狂欢活动相似的精神内涵在中国的民俗中是同样存在的。比方说，两者都把社会现实里的一些事实颠倒了过来看，表现出了对某种固定的秩序、制度和规范的大胆冲击和反抗。它的突出意义是在一种公众欢迎的表演中，暂时缓解了日常生活中的阶级和阶层之间的社会对抗，取消了男女两性之间的正统防范，等等。这些都是中外狂欢活动中带有实质性的精神文化内容。在中国正统的典籍里鲜有"狂欢记忆"，然而在民间，中华民族的狂欢传统始终不曾断裂。北方的跳大神、逛庙会、赶集过节，南方的傩戏、对歌、赛龙舟，几乎在一切民间广场活动中，我们都能找到原始"狂欢节"的因素。

第二，狂欢作为一种具有人类共性的精神文化现象，必然反映在不同地域、不同民族、不同时代的文学艺术作品中。中国的文学源远流长，精深博大，诙谐狂欢的生活图景必将深深融入其中，为其注入无限的生机和活力。在中国古代文学的长河中，诗、词、曲、赋、小说、戏曲，还有各种民间文艺形式，如民歌、弹词、说唱文学等，在它们刚刚产生的时期无不是民间文化的结晶，狂欢的笑声随处可闻，它们都体现了广大民众朴素、健康、积极乐观的精神状态。在一些优秀文学艺术作品诸如元杂剧、皮黄等民间曲艺，甚至《三国演义》、《红楼梦》、《西游记》、《水浒传》等古代小说中，我们都能够看到狂欢品格、诙谐精神在中国古代文学中的发展、繁盛。如果我们在民间诙谐文化的广阔背景中剖析这些艺术作品，就能够发现许多过去没有发现的东西——"狂欢化"精神。

第三，由于我们的传统文学与民间文化有着密切的联系，并使得它们具有了一定的"狂欢化"因素，这种特色自然也就要体现在文学作品的语言运用上。在我国古代小说中，"狂欢式"的"杂语"写作也是很常见的。在这方面，许多优秀的小说都是很好的典范之作，像《红楼梦》、《西游记》、《水浒传》与《三国演义》等在语言的运用方面都具有一定的"狂欢化"特色。它们都打破了诗、词、文一统文坛的格局，敞开怀抱，把彼此相异的诸种文类、语言聚合、组织在一起，构成了一种"杂语"并存的实体。比如，《红楼梦》这部鸿篇巨制，诗起诗结，其间诗词歌赋等韵文与叙事并举，交错展开。诗包括五言、七言，古体、今体；词有长调、小令；歌包括山歌、小曲；还有赋、话本（说书）、童谣、对联、谶语、偈语、家信、公文等。它们夹杂于叙事白话之中，描摹环境，烘托气氛，展示人物心理，刻画人物性格，推进故事发展，相映成趣，平等对话，形成了"众声喧哗"的艺术特征。

从上面的分析可以看出，文学创作中的"狂欢化"，尤其是在语言运用上所体现出来的"杂语化"特征，在中国传统的文学中其实是早已存在的，尽管它与巴赫金所说的"狂欢化"有很多不相同的地方，但在一些具体的形式和内容上，它们也有共同点，比如它们的民间化倾向、语言策略上的各体杂用等。中国传统文学中的这种"狂欢化"色彩作为一种稳定的体裁特征和语言特征必然会被一代又一代的文学家们继承与发展，尽管当代文学的发展似乎更多的是借鉴西方文学的各种创作经验和文学观念，所受的影响也更多的来自西方文化思潮，但传统的文学资源还是对许多作家的创作产生着潜移默化的影响。莫言的小说创作能够具有今天这样的特色固然与西方现代主义文学的熏陶有关，但传统文化与文学对他的浸润也是不容忽视的。在他的作品中，我们可以发现传统文学的鲜明印记，而语言选择上的民间化和“杂语化”就是最为显著的印记。关于这一点，莫言在一次谈话中就提到过。他认为，他的语言风格受过四种因素的影响，其中一个因素就是古典文学。他说：“第四部分应该是古典文学对我的影响。在很长一段时间内，我对元曲十分入迷，迷恋那种一韵到底的语言气势。”[①]由此可以看出，我国古代传统文学对莫言的影响还是明显地存在的。

① 莫言、王尧：《从〈红高粱〉到〈檀香刑〉》，《当代作家评论》2002年第2期。

第三章
怪诞——“狂欢化”的生命形式

引　言

“怪诞现实主义”是巴赫金在对中世纪、文艺复兴时期的怪诞文学风格，尤其是对法国作家拉伯雷的小说《巨人传》进行具体分析以及对以往怪诞理论批判继承的基础上建立起来的理论。他总结了怪诞的审美本质、发展历史、形象体系、结构形式和功能作用等多方面的特点，形成了一个比较完善的怪诞理论体系。“怪诞现实主义”这一术语中包括的两个词语——“怪诞”和“现实主义”，是有特定的内涵的，它们共同构成了巴赫金的具有独特内涵的怪诞文学观念。其中“怪诞”指从现成性、完成性的古典美学角度来审视民间诙谐形象时，这些民间诙谐形象所具有的“畸形、怪异和丑陋”的特质，它所强调的是怪诞风格本质属性中的未完成性、变化性。“现实主义”指民间诙谐形象观念所反映的人民诙谐世界观中唯物、辩证的观念，强调了怪诞风格本质中世界、真理的相对性、双重性的转化和统一。“怪诞”与“现实主义”是民间诙谐形象和观念的两个维度与侧面。

巴赫金在阐述“怪诞现实主义”的时候，特别提到了“怪诞形象”这一概念。所谓的“怪诞形象”有两种情况。人民利用欢快、滑稽的“物质—肉体”因素，把“恐惧”的严肃性贬低为滑稽丑怪的东西，这种滑稽丑怪的东西就是狭义的“怪诞形象”。广义上说，“怪诞形象”就是指“以有关人体整体及这一整体之边界的特殊观念为基础”的，以“物质—肉体”因素为中心的一系列形象。在巴赫金的理论视野中，这些“怪诞形象”主要有以下几种：粪尿、排泄形象，殴打、辱骂、脱冕形象，死亡、诞生形象，魔鬼、地狱形象，怪诞肉体形象，筵席形象等七种系列。这些“怪诞形象”都是与人体的各种物质性的活动密切相关的，尤其是与性爱、吃喝、排泄等这些肉体的生理活动紧密相关。因此，从某种程度上来说,"怪诞形象"就等同于"怪诞人体"或"怪诞肉体"。

以"怪诞形象"为核心的"怪诞现实主义"的主要特点是降格,或者说是"贬低化"。关于这一点,巴赫金在不同的地方曾多次强调过。在分析、研究拉伯雷的小说创作与民间诙谐文化和文学的关系时,巴赫金就明确地指出了"怪诞现实主义"的这一特点。

所谓"降格"或"贬低化"就是把对人的关怀从"头脑和心脏"(精神与情感的主宰)降低到"肉体的低下部位"。依照巴赫金的原话来说,就是"把一切高级的、精神性的、理想的和抽象的东西转移到整个不可分割的物质—肉体层面、大地和身体的层面"①。对此,巴赫金还列举了一些例子来加以说明。例如,中世纪许多拉丁语戏仿体作品,在很大程度上就是从《圣经》、"福音书"以及其他书中摘录,并对所有"物质—肉体"的细节作了贬低化和世俗化的处理;在中世纪的小丑滑稽表演中,其主要内容就是把一切崇高的礼仪和仪式转移到"物质—肉体"层面;中世纪十分流行的所罗门与马尔科利夫的诙谐对话,也是用马尔科利夫的诙谐而欢快的贬低化的格言把所罗门严肃、崇高的训谕转移到强调粗野的"物质—肉体"(饮食男女)的领域。在论述的过程中,巴赫金还始终强调"贬低化"的一个重要特性,那就是"双重性",他认为"怪诞现实主义"中的"降格"或"贬低化"不是单纯的讽刺、否定形式。

当我们用巴赫金的这种"怪诞现实主义"理论来观照莫言的小说创作时,我们会发现,虽然莫言的小说所表现出来的"怪诞"现象并不完全与巴赫金所说的"怪诞现实主义"的特征和内涵相吻合,但在莫言的小说中,的确充满着一种具有"怪诞"气味的描写与叙述。以民间各种故事与传说为素材的内容,对生活在乡村的各色人物的"原生态"方式的描写,对他们的原始生命力的赤裸裸的歌颂,对他们的肉体感观欲望的毫无遮拦的展示,对怪诞肉体的有意识的夸大与描摹,对人体各种器官的精细描写,对屎尿粪便煞有介事的歌颂和绘声绘色的描述……这一切都使我们看到,在莫言的作品中,生活的"物质—肉体"因素,诸如身体本身、饮食、排泄、性生活等形象占有很大的比例,而且这些形象在许多地方还以极度夸张的方式出现。可以说,莫言的小说就在这种怪诞的面目下洋溢着狂欢的气氛。

第一节　肉体欲望的提升与高扬

人类的肉体欲望是人类赖以生存、发展的带有原始性的本能欲求和渴望,是人类具有生命活力的一种表征,是人类存在的一个基础活动。如果一个个体生命丧失了表征他的生命存在的肉体欲望,那也就意味着这个个体已经不存在了,至少可以说他的

① [前苏联]巴赫金:《拉伯雷研究》,第 24 页。

肉体作为一种有生命的物质已经消失了。由此看来，人的肉体欲望在某种程度上对人来说意味着生命的存在、发展和延续。人的肉体欲望是多种多样的，其中最主要的就是吃喝拉撒和情欲以及与之相关的活动。在现实生活中，人们的存在离不开这些基础性的活动，在文学作品中，这些基础性的活动也是经久不衰的话题。

对于这些纯粹的肉体欲望的描写，在不同的文化语境中会有不同的方式，而不同的作家也有不同的理解和书写方式。传统的表现方式，也是已经得到了许多作家、评论家、读者认可、赞赏的表现方式，就是把这些纯粹的肉体欲望与个人和群体乃至整个人类存在的形而上的思考统一起来，从而使它们脱离单纯的物质性的褊狭，让它们表现出崇高、神圣、深刻的文化意蕴和内涵。许多人都认为只有这样的描写才能体现出生命存在的价值和意义。总之，在一般民众的心目中，优秀的作品总是会把这种“物质—肉体”性的东西看作生活的副产品，让它们在作品中起辅助作用，作家不能也不应该把它们当作可以决定人的生活态度、生活质量乃至生活追求和生活道路的非常重要的因素或者说是事件，更不能让它们成为能够对历史发展产生或大或小影响的某种动力。当然，在中国当代文坛，这种情况随着社会转型期的到来，已经有了巨大的变化。曾经有一个时期，我们的写作被称作“欲望化写作”。进行“欲望化写作”的作家很多，而欲望的焦点多集中在情欲上。莫言算得上“欲望化写作”的一个代表，只不过他的“欲望化写作”并没有单纯地集中在情欲上，他把笔触延伸到了肉体欲望的各个层面，可以说他的“欲望化写作”是全方位的，包括吃喝拉撒、情欲等各个方面。在他的写作中，肉体欲望没有被形而上的思考先入为主地固定起来，他首先把它们当作了一种生活的必需，有时甚至看作生命个体存在的动力和追求的目标，赋予了它们很高的存在价值，甚至是决定性的意义。可以说，在莫言的小说中，这些曾经被我们看作辅助性的甚至是负面性的因素得到了全面的提升和高扬。这种提升和高扬把人的原生态存在通过艺术方式还原了出来，把人与自然中的其他生物联系了起来，把人与人之间由于各种观念、等级的存在而造成的区别在一定程度上拉平了、消弭了。莫言试图通过艺术创作制造一个“狂欢化”的民间世界。在这个世界里，人的各种肉体欲望得到了毫无保留、淋漓尽致的表现，它们被堂而皇之地设置成了文学的主题。

在莫言曾经受到众多评论者和普通读者一致好评的第一部小说《红高粱家族》里，人的肉体欲望这个曾经在中国当代文学中被视为禁忌的主题，被逆转成了能够决定个体生命生存意义和生命质量的重要因素。其实，在《红高粱家族》之前，这样的带有“怪诞现实主义”色彩的文学主题在其他一些作品。譬如《白狗秋千架》、《金发婴儿》、《球状闪电》等小说中就早已露出了苗头，只不过到了《红高粱家族》阶段，这种“怪诞现实主义”倾向更为明显罢了。到备受争议的《食草家族》系列小说发表时，这一主题已经转化为对“恶心、肮脏”的污秽排泄物的大肆渲染，以及对人的身体器官、肉体欲望的种种夸张式的描写。

而到了《丰乳肥臀》、《檀香刑》、《四十一炮》、《生死疲劳》等长篇小说问世的时候，这种"莫言式"的情欲迸发、屎尿横飞的创作特征得到了进一步的拓展和深化。

莫言对传统道德伦理的大胆质疑，对传统审美规范的大胆逾越，以及所采取的与正统文学叙事相背离的叙述方式，尽管让人们大为吃惊，但却与巴赫金一再强调的"狂欢化"的写作方式在某种程度上却不谋而合。他以怪诞和夸张的叙事方式来大肆书写肉体欲望和感官刺激，书写巴赫金所说的"物质—肉体"下部形象，包括情欲、饮食、生理排泄等各种生理本能，毫无忌讳地张扬人的各种肉体欲望，不断冲击着人们的审美阈限，并形成了自己的风格特色。具体来说，在莫言的小说中，对以"物质—肉体"形象为中心的肉体欲望的描写与张扬主要集中在以下几个方面：

一、对情欲的充分肯定与大肆张扬

在《红高粱家族》中，有一段后来在研究莫言时被人们不断提起的有关描写男女情欲冲动的文字，那是"我爷爷"和"我奶奶"在高粱地里"野合"的情形：

> 余占鳌把大蓑衣脱下来，用脚踩断了数十棵高粱，在高粱的尸体上铺上了蓑衣。他把我奶奶抱到蓑衣上。奶奶神魂出舍，望着他脱裸的胸膛，仿佛看到强劲慓悍的血液在他黝黑的皮肤下川流不息。高粱梢头，薄气袅袅，四面八方响着高粱生长的声音。风平，浪静，一道道炽目的潮湿阳光，在高粱缝隙里交叉扫射。奶奶心头撞鹿，潜藏了十六年的情欲，迸然炸裂。奶奶在蓑衣上扭动着。余占鳌一截截地矮，双膝啪哒落下，他跪在奶奶身边，奶奶浑身发抖，一团黄色的、浓香的火苗，在她面上哔哔剥剥地燃烧。余占鳌粗鲁地撕开我奶奶的胸衣，让直泻下来的光束照耀着奶奶寒冷紧张、密密麻麻起了一层小白疙瘩的双乳。在他的刚劲动作下，尖刻锐利的痛楚和幸福磨砺着奶奶的神经，奶奶低沉喑哑地叫了一声："天哪……"就晕了过去。
>
> 奶奶和爷爷在生机勃勃的高粱地里相亲相爱，两颗蔑视人间法规的不羁心灵，比他们彼此愉悦的肉体贴得还要紧。他们在高粱地里耕云播雨，为我们高密东北乡丰富多彩的历史上，抹了一道酥红。①

这段文字中并没有直接的性爱描写，但对男女情欲冲动的展示却是毫不遮掩的。莫言在《红高粱家族》中的这种对男女情欲冲动的大胆而肯定的描写对当时的中国文

① 莫言：《红高粱家族》，第55页。

坛的震撼作用应该是非同小可的，尽管那时描写男女情欲冲动的作家作品不仅仅只有莫言及其《红高粱家族》，但由于这部小说中的部分内容被拍成了电影《红高粱》，而这部电影又获得了国际大奖，因此其产生的影响之大在当时是可想而知的。当然，更引人注目的是莫言对"野合"这种不伦行为的明确肯定。小说中说"他们在高粱地里耕云播雨，为我们高密东北乡丰富多彩的历史上，抹了一道酥红"，这种表述所透露出来的冲破规范的率真与大胆之气概，是之前和当时其他作家的创作中还未曾出现过的。莫言在《红高粱家族》中对男女情欲的大胆肯定和超越传统边界的描写最重要的意义，也许还不仅仅在于给当时的中国文坛带来的巨大影响，这样的描写对他个人的写作来说，也许意义更为重大一些。这其中首要的意义大概在于它为莫言以后的小说创作定下了一个基调。在其以后的创作中，关于生命个体的感性欲望的叙述，几乎成了他的小说的一个不变的话题。我们在他以后的小说中总是能看到类似"我爷爷"、"我奶奶"的影子。可以说，在莫言的写作理念中，物质性的"身体"成了首先被关注的对象，成了一个个生命个体存在的表征，而男女之间的情欲冲动则是第一个被扬起的风向标。它成了生命存在的象征和摧毁伦理道德规范的利器。"情欲"这一主题在莫言的小说中可以说是生命力勃发和主体意识觉醒的一种象征，它几乎处处都表征着生命个体存在的动力和缘由，确证着生命存在的价值和意义，这种倾向在《透明的红萝卜》之后的诸多小说中有着不同程度的表现。

《白狗秋千架》里的暖（小说中的女主人公——笔者注）对自己生命愿望的诉求就是一个例证。暖是"我"童年时代的伙伴，在一次玩耍中不慎从秋千架上摔下来弄瞎了一只眼睛。正是这突如其来的灾难注定了她一生与不幸结伴的命运。由于眼睛失明，她只能和同村的聋子结婚，结果生下三个又聋又哑的儿子。原本有着美好憧憬的美丽少女，却和几个残缺不全的人生活在一起，完全失去了与他人交流的机会，这使暖的生活充满了无奈与凄凉。就是在这样的境遇中，她依然心怀强烈的愿望——那就是生一个能说话的孩子，以此来改变自己的命运。为此，她大胆向昔日的玩伴——如今"功成名就"后返乡探亲的"我"求欢，希望借此生一个会说话的孩子。这种想法虽然卑微、鄙俗，甚至有些无耻，但却是暖顽强的自我意识的最好表现。《白狗秋千架》所展示的是人性欲望的坚忍与顽强。在暖这位柔嫩纤弱的农村妇女的心中，其实从来就没有泯灭过青春年少时所怀有的对人生、对生活的美好憧憬，只是由于身体的残缺，她不能以正常的方式来实现罢了。在不幸的生活的旋涡里，她唯一能做的，就是以为世俗所不齿的行为——偷情，来挑战无法违逆的命运。对她来说，唯一能够使她脱离艰难境遇的办法，就是通过偷情的方式换来一个会说话的孩子，以此为自己寻找生的乐趣和依据，并完成对自己生命的确定：

> 这欲望过于卑微，卑微中显露出她生活的凄苦，被许多人视为大痛苦的爱情的失落，在于她已经是死灭的奢望，这欲望又那样神圣，一个普通的农村妇女竟然如此顽强地争取生活的权利，生命的天性远远地高于世俗观念和艰难时世。重要的也许不在于她做什么，而在于她怎么做，重要的不是追求什么，而是无论在怎样的艰难困苦之中也不曾失落的生命欲望；追求的目的是有限的，追求的过程却可以是悲壮而又辉煌的。①

毫无疑问，这是想通过肉体来逆转生命低下的处境，它在根本上是对不幸命运的控诉与抗争，只是这种抗争用传统伦理观念来看显得是那么“鄙俗”、“无耻”。但对暖这样一位柔弱且身有残疾的女人来说，能有别的什么好办法吗？肉体欲望或“生命天性”在暖的生命历程中似乎发挥着至关重要的决定性作用。

肉体欲望的强劲能量的释放在《金发婴儿》中是由一尊逼真丰润的裸女雕像和漂亮雄武的公鸡引起的，但它的根源在于人的欲望本能的能量之不可压抑。警备区七连指导员孙天球是个有着崇高意识的军人，他一向视肉体欲望为禁忌，他和妻子紫荆两地分居，所过的是一种“既无情也无欲”的婚姻生活，队里的战士都戏称他是禁欲主义者。但这不过是孙天球留给人们的表面印象，在他的心海深处，其实泛滥着欲望的波涛。而这一隐秘欲望冲动是他在面对充满了性格的女体塑像时暴露出来的。一开始，他总是竭力抗拒那座裸体女塑像的引诱，同时也以指导员的身份要求战士们不要被女体塑像所吸引，免得损害了军人的良好形象。但他自己却最终没有抵挡住性感女体塑像的诱惑，总是抑制不住地想去偷看女体塑像。小说对他的这种心理进行了多次的描写，很好地揭示了他内心汹涌奔流的情欲冲动。试举一例，如下：

> 在一个风和日丽的上午，只因为片刻的动摇，便使他心中的防线彻底崩溃；他原先以为牢不可破的东西，原来单薄得如同蛋壳……朦朦胧胧中他又把望远镜取下来，关起门，插上销，然后推开窗户，胳膊肘支在窗台上，望远镜扣到眼上。一片蓝幽幽的水在他眼前晃动，一个巨大的白影子在他眼前晃动，这白影子烫着他的瞳孔，烫着他的心，一种火一样的焦渴折磨着他。终于，他把望远镜定住了。洁白丰满的渔女或是村姑，一丝不挂的渔女或是村姑，走到了他面前。他的心怦怦猛跳两下，便再也不跳了。他听到血液在体内发疯般地循环着，遍体肌肤像被无数根通电的银针刺激着。渔女或是村姑侧面对着他，他看到了她的结实的小腿和粗壮的大腿，线条优美的臀部，优雅地弯曲的腰，耸立的乳房，举起的手臂。手中托

① 张志忠：《莫言论》，中国社会科学出版社1990年版，第79～80页。

> 着什么东西。一切都是这样近，他听到了她的呼吸，嗅到了她的青春气息，看到了血液在她洁白如雪的肌肤内流动着，看到了热情和欲念在她年轻的躯体内骚动着……①

于是他总是想方设法偷窥女塑像，并情不自持地产生许多奇怪的幻想。就是在这样的幻想中，女塑像不断地和妻子的身体重叠，女塑像因此成了妻子的替身。他因此也不断地怀念起家乡的妻子来。从孙天球的认识观念的转变来看，这明显是一种"降格"式的变化，即从形而上的高尚思想降落到了形而下的物质肉体欲望。看得出，这是对肉体美和情欲欲望的肯定，也是对传统伦理规范的颠覆。在传统的伦理道德中，人的肉体是隐秘的"禁忌"，一切与肉体相关的感官欲望都是"自然主义"的。但在莫言这里，却通过一个有着严明的纪律训练的军人的偷窥行动，把"情欲冲动"这种肉体欲望的负面特征作了一次反转，它不再是下流、无耻的行为，而是生命本能的合理体现，也是生命尊严的确定。同样的肉体情欲逻辑也存在于孙天球的媳妇紫荆身上。

孙天球当兵在外，妻子紫荆在农村种田守家，看护着丈夫年老有病的母亲。一开始两人还是有感情的，但长期的分居造成两人情感上的疏远和淡漠。生活上的变化使孙天球心理上发生了微妙的转变，渐渐地，他对妻子产生了不满情绪，长期不愿意回家，刻意压抑自己的生理欲望，借助偷窥来发泄自己压抑的欲望。紫荆勤劳孝顺，但她的内心也充满了苦楚与不满，这苦楚与不满就来自她无法满足的肉体冲动。她认为自己是在守活寡，为此她还当着丈夫妹妹的面诅咒丈夫，希望他被车撞断腿，这样他就可以守在自己的身边了。无法满足的肉体欲望使紫荆产生了一种奇怪的心理状态。当她看到帮自己干活的男子黄毛送来的大公鸡时，居然产生了隐秘的生理冲动：

> 公鸡在黄毛怀里动了一下，脖子一歪，瞪着黄金般的眼睛瞅了紫荆一眼。这一眼如同一道电光，在紫荆的心上烫了一下。她的目光一下子被公鸡吸引住了。这是一只少见的漂亮大公鸡，遍身火红色的羽毛，像一团燃烧的火苗子。脖子上的细毛像剪开的丝绸条条，柔软又顺溜地垂下来。尾巴是一簇高挑着的绿翎毛。公鸡望着她，使她的皮肤灼热起来。她简直不敢跟它对视，它金黄色的眼珠子中间有一个漆黑的亮点。公鸡傲慢地歪着脖子看她，金色眼睛里的神情既轻蔑又狡黠，意味深长，充满神秘色彩。
>
> ……
>
> 黄毛说的什么话她已听不到了。她被那只公鸡吸引住了。公鸡美丽的羽毛

① 莫言：《金发婴儿》，《白棉花》（小说集），第232～233页。

令她心里焦躁不安,她突然非常想抱一抱这只公鸡……她把上身探过去,把公鸡接过来抱在怀里,像抱着一个婴孩。她用手抚摸着公鸡羽毛,心跳得急一阵慢一阵。公鸡羽毛蓬松柔软,弹性丰富,充满着力量。她摸着摸着,呼吸越来越急促,胳膊使劲往里收。公鸡拼命挣扎起来,尖利的脚趾蹬着她的胸脯,她感到又痛又惬意。后来,"嗤啦"一声响,鸡爪把她的褂子撕裂了,露出了她双乳之间那道幽邃的暗影。①

这只火红的大公鸡引发了紫荆长期以来被压抑的情欲,难以遏制的肉体欲望使她"铤而走险",结果在与黄毛的交往中,她情不自持地与他发生了关系,并生下了一个金发婴儿,从而引发了一场家破人亡的变故。尽管紫荆为此而付出了代价,她刚出生不久的金发婴儿被丈夫孙天球窒息而死,但她却不为此而后悔。对于紫荆来说,由美丽雄武的大红公鸡引发的情欲迸发,并进而与黄毛偷情媾和的行为,既是满足自己欲望的一种表现——她想以此来补偿自己作为人妻而无法得到的情感体贴;同时也是对自己人格尊严和生命存在的维护与确证——因为正常的伦理生活中,作为妻子她有名无实,得不到尊重,完全就是一个活着的工具。

莫言的这种关于肉体欲望的正面的审美倾向到《红高粱家族》阶段得到了更为鲜明的深化和肯定。在《红高粱家族》这部小说中,人物情欲的勃发直接决定了人物命运的演绎,并成了生命强悍的一种重要表征。而这一切都是从人物的一个低下的部位,那就是"我奶奶"的"脚"开始的。正如莫言所说:

山东是孔孟之故乡,封建思想深厚博大、源远流长的地方;尤其是在爷爷奶奶的年代,封建礼教是所有下层人的、尤其是当时下层妇女的囚笼。小说中爷爷奶奶的"野合"在当时是弥天的罪孽,我之所以用不无赞赏的笔调渲染了这次"野合",并不是我在鼓吹这种方式,而是基于我对封建主义的痛恨,我觉得爷爷和奶奶在高粱地里的"白昼宣淫"是对封建制度的反抗和报复。②

莫言似乎深知,在传统伦理道德的束缚下,人性遭到扭曲,生命变得枯萎,因此有必要以一种近乎粗俗、卑下、野蛮的"情欲冲动"来颠覆这种正统的伦理道德规范。

由此,"我奶奶"和"我爷爷"在生机勃勃的高粱地里的"野合",既是对人间法规的蔑视,也是对合理的肉体欲望的肯定与高扬。从他们野性十足的不羁行为中,我们能在一定程度上感受到生命本能冲破有形无形的伦理障碍奔涌而来的强劲活力,能够感

① 莫言:《金发婴儿》,《白棉花》(小说集),第235～236页。
② 莫言:《〈奇死〉后的信笔涂鸦》,《昆仑》1986年第6期。

觉到感性的肉体冲动之于生命存在的意义和价值。生命本能在这里得到了无限的高扬，伦理规范则受到了蔑视与践踏：

> 如果说戴凤莲既坚定又轻浮，既崇高又卑微；如果说余占鳌既豪侠仗义又暴烈狂野，既是乡野土匪又是民族英雄，那是因为他们的本性得到了有力的揭示和还原，从文明的面纱后面奔涌而出，自然给人的感觉是那么新鲜而又饱满。①

其实他们此种放荡不羁行为的意义不仅仅在于此。高粱地里的"野合"对于"我奶奶"与"我爷爷"而言，可能意味着更多。它是"我奶奶"以"最无耻"、"最不忠"、"不孝"的方式反抗命运的"辉煌"行动。"不孝"是指她对"父母之命，媒妁之言"的传统婚嫁形式的不屑与叛逆，因为"我奶奶"是被她爹为了换取一头大黑骡子而强迫嫁给得了麻风病的单扁郎的，这击碎了"我奶奶"的人生美梦，所以她要反抗。"不忠"是指她嫁给单扁郎后却与轿夫野合。"无耻"是指"我奶奶"以传统伦理道德最为鄙夷贬斥的"偷情"行为来报复自己的父亲和单家父子。"我奶奶"没有以死抗争(其实她在去单家的路上藏了一把剪子，作好了以死抗争的准备)，避免了一场人生悲剧，却选择了"低下"的无耻行为，但正是这种"低下"的无耻行为，却让"我奶奶"获得新生。肉体欲望超越精神指引，成就了生命的绝处逢生，这是民间的生活法则，这是以肉体生命为存在要义的生存法则。明白了这种生存法则，我们就会理解为什么"我奶奶"从高粱地里出来后会那样的精神焕发，转瞬间对未来充满了希望：

> 奶奶从撕肝裂胆的兴奋中挣扎出来，模模糊糊地看到了自己的眼前出现了一条崭新的，同时是陌生的铺满了红高粱钻石籽粒的宽广大道，道路两侧的沟渠里，蓄留着澄澈如气的高粱酒浆。路两边依旧是坦坦荡荡大智若愚的红高粱集体，现实中的红高粱与奶奶幻觉中的红高粱融成一体，难辨真假。奶奶满载着空灵塌实清晰模糊的感觉，一程程走远了。②

对于"我奶奶"而言，突如其来的高粱地里的"野合"，成了其生命轨迹发生转折的契机。肉体欲望的满足在"我奶奶"、"我爷爷"的生命历程中发挥了一次具有决定性意义的积极作用。

爱情是性爱的基础，性爱是爱情的升华，这是文明社会对爱情与性爱理想关系的构想，并用它来指导现实人生中的情爱关系。且不说这种理想的情爱关系在现实人生

---

① 张光芒：《中国当代启蒙文学思潮论》，三联书店2006年版，第172页。

② 莫言：《红高粱家族》，第87～88页。

中落实得如何，在莫言的艺术世界里两者却完全是背道而驰。莫言在小说里也常常描写男女之间的爱情关系，不过他写爱情并不是以情爱为出发点和基础，在他的笔下，爱情的直接动力也首先来自于情欲的激发。正如张志忠所言：

> 莫言笔下的爱情，是一群热血汉子和风流女儿的结合，是两个生机勃勃的生命力的撞击，是人的自然、人的天性的必然流露，是不灭的天性反抗颠倒世界的最高形式之一。他们没有宝哥哥林妹妹式的古典的缠绵悱恻，没有权衡利弊得失的现代人的精明，不掩饰，不做作，不矫情，而是两团青春的、活泼的肉体燃起的生命之火，一旦相遇就烈焰熊熊，把这冷酷阴森的世界照得一片辉煌。他和她之间谈不上什么高层次的丰富的精神追求，只有健康俊美的异性的吸引力，谈不上什么爱情对于人的改造和升华，只是生命欲望、生命感觉的膨胀和外化；在这里，肉体的因素要远远大于精神的因素，自然的力量要远远超过社会的力量。[①]

这也许就是莫言的作品中总是会以肯定、赞美的口吻和态度来描写男女偷情的"乱伦"行为的根本缘由。

在莫言的小说中，常常出现偷情的情节或场面。其实，偷情在新时期以来的文学作品中并不是一个讳莫如深的话题，在许多作家的作品中都出现过，如贾平凹、王安忆、陈忠实等作家在他们的作品中都对此有过不同程度的表现。但与这些作家不同的是，莫言笔下的偷情都是以正面形象出现的。换句话说，莫言笔下的偷情行为大多是超越社会伦理道德规范的源自于人的天性的合理欲求。莫言很少把偷情这种行为描绘成可耻的行为而加以嘲讽与贬抑。从《红高粱》里对"我爷爷"、"我奶奶""野合"的高度颂扬开始，偷情在莫言笔下一直高扬着对人的主体意识和合理欲求的肯定与追求。对这一倾向表现最为突出的是《檀香刑》中，叙述者对高密知县钱丁与孙眉娘情人关系的带有欣赏、赞美态度的描述。孙眉娘作为一个毫无身份地位的市井女子，却与贵为县令的钱大人钱丁保持着缠绵悱恻的情爱关系。这不是孙眉娘生来就水性杨花，也不是钱丁天生好色，有寻花问柳的癖好，而是他们两人之间产生了超越身份地位、跨越伦理道德的爱情。关于这一点，我们可以在小说的相关描写中获得证实。正由于此，两人才以名为"干爹干女"的父女关系，实为情人关系的"乱伦"方式享受、体验着爱欲带给他们的愉悦与快活。一次又一次情深意切的偷情景象，是两个赤裸裸的生命展露世界的最本真的生命存在，是生命活力最激荡的爆发。在《檀香刑》中，我们真正领会到了莫言对人的发自天性的情感需求和肉体欲望的肆无忌惮的张扬与肯定。而在描绘、

① 张志忠：《莫言论》，第94～95页。

展现人的肉体欲望和情感需求方面，莫言笔下的主动出击者往往都是女性，即使不是主动者，她们也会以一种欣然自得的态度接受来自男人世界的接纳与拥抱，而似乎毫不顾忌激情之后的后果，更不在意严肃刻板的世俗伦理道德规范。在她们身上，有的只是来自本能的生命之流，她们似乎只属于自然，而不是有着种种清规戒律的人类社会。

在莫言的小说中，男女之间的"情欲冲动"往往还会升级为个体生命之间的相互争斗和残杀，而其中缘由则仅仅是为了满足肉体欲望。《红蝗》中四老爷和九老爷亲兄弟俩为了一个年轻媳妇进行火拼，互相开枪恐吓、对打；而在《丰乳肥臀》里，30多岁的老处女因为自己的性欲无法得到满足而绝望地开枪自杀。可以说，莫言对肉体欲望的处理几乎提升到了决定生命是否能够存在的高度。

为了凸显"情欲冲动"的强大力量，有时候，莫言还不惜用夸张的笔法给这种强大的冲动披上一层神秘的面纱。小说《红蝗》中，四老妈因为自己的欲望得不到满足而与锔锅匠偷情，结果被四老爷一纸休书逐出家门。就在离开的那一天，四老妈不但毫无沮丧、悲伤之情，反而显得很是满足得意。她精心打扮了一番，一副神采奕奕的样子，俨然一个俊俏风韵的多情少妇。更为神奇的是，从来没有骑过毛驴的四老妈骑在飞奔的毛驴上泰然自若、如履平地的神奇景观和她的神采奕奕的神态使得人们断定她已经得道升天，羽化成仙了。四老妈因为偷情而引来了被休之祸，但却由此而"羽化登仙"，成了人们心目中的仙姑，这不能不说是一个奇迹。

如果说，在众人的心目中，四老妈骑驴飞奔从而得道成仙的说法还夹杂着各种猜测和狐疑，人们也没有把这些神奇的景象与四老妈冲动的肉体欲望直接联系起来，没有揭示出她"羽化登仙"的根本原因，那么，五十年后作为晚辈的"我"的一番"考证"所揭示出来的奥秘，则强调了肉体欲望对个人生命存在的强大作用力。"我"断定四老妈之所以在毛驴背上显得那么"狂荡迷乱，幸福美满"，是因为四老妈"被压抑的情欲得到了满足"。"我"认为：

> 四老妈稳坐飞驴不致下跌是因为她小脑机能健全，具有一种超乎常人的平衡能力。惟一费解的是，四老妈脸上为什么会出现一种类似天神的表情。我一闭上眼睛就能看到四老妈骑在飞驴上时脸上的表情：狂荡迷乱，幸福美满。我不得不承认，四老妈脸上的表情与性的刺激有直接的关系。这种解释我不愿意对母亲她们说，但基本上是成立的。根据有关资料，我知道女人在极度痛苦时对性刺激最敏感，反应最强烈。毛驴飞奔，瘦削的驴背不停地摩擦和撞击着四老妈的大腿和臀部，那两只大鞋不停地轻轻拍打着四老妈高耸的乳房。驴背摩擦和撞击着的、大鞋轻轻拍打着的部位，全是四老妈的性敏感区域，四老妈因被休黜极度痛苦，突

然受到来自几个部位的强烈刺激，她的被压抑的情欲，她的复杂的痛苦情绪，在半分钟内猛然爆发，因此说她在那一瞬间超凡脱俗进入一种仙人的境界并非十分的夸张。①

在这段文字中，作者通过一种堂而皇之的"逻辑推理"，有根有据地肯定了肉体欲望对个体生命的巨大意义和重要性，我们从中能够感觉到，在作者的思想理念中，肉体欲望的确有一种神奇的力量，而作者也正是通过对这种神奇力量的揭示肯定和高扬了肉体欲望的合理性。

在莫言的小说中，生命个体的情欲就是这样依据"狂欢化"的方式被赤裸裸地描绘了出来。它们不再显得遮遮掩掩，而是大摇大摆地充斥在生命活动的各个角落；它们也不再是生命中可以被忽视的存在，而成了一种强大的动力，有时甚至成了决定个体生命荣辱成败、生死攸关的因素。也许在莫言的心目中，人的生理欲望真的能够在个体生命的生存中起到巨大的作用。对于莫言的这种认识，我们不一定认同，但对他在创作中的这种选择，我们却不得不去面对和思考。下面这段在小说中由叙述人之口说出的话也许能够帮助我们理解为什么在莫言的小说中有如此张扬的情欲描写：

做爱的习惯当然是生活习惯的一个重要组成部分，如果我们敢于赤裸裸地交流——我们不敢！——你强调着，我是说如果敢，你们就会发现，性是支撑我们生活大厦的一根重要的支柱，它的颜色是肉红色的，缠绕着缀满五色花朵的藤蔓，闪烁着璀璨的光芒。你们喜欢比喻吗？用男性生殖器来比喻生命之船的桅杆，必然导致用女性生殖器来比喻生命之船；桅杆矗立在船中央，又可以简单地比附为活生生的性交的象征。所有的比喻都是徒劳的，但没有比喻又无法反映世界。所有的性生活都是重复的，花样翻新，万变不离其宗，但没有性生活又无法繁衍人类，而且还不仅仅是繁衍人类的问题。②

也许这就是莫言意识深处对肉体欲望的一种认识和理解。依据这样的认识和理解，我们大概能够比较坦然地面对莫言小说中过分夸张的欲望化描写。不过需要指出的是，在莫言的小说中，并不是所有的有关肉体欲望的描写都具有正面的、积极的作用，由于莫言有时不能很好地掌控写作的适度和分寸，他小说中的许多有关肉体欲望的描写也显露出了极为鄙俗、失度的倾向。比如《四十一炮》、《生死疲劳》中的一些毫无节制、混乱不堪的描写，着实让人不忍卒读。

① 莫言：《食草家族·红蝗》，第 53 页。
② 莫言：《十三步》，第 26 页。

二、对女性身体的肉身化展示

莫言小说对肉体欲望的描写和展示不仅体现在对直接的"情欲冲动"的观照上，同时还表现在对女性身体的具有性特征部位的大胆、直露且不厌其烦的描写上。

莫言在小说中塑造了不少妇女形象，但莫言对这些妇女形象的塑造与我们在其他一些作家的小说中看到的妇女形象大不一样。他能够充分肯定（有时候是夸大）她们的欲望的合理性，也喜欢露骨地描写她们的生理特征。他这样做的目的似乎并不是像有的研究者所批评的那样是把玩和亵渎女性，而是有着原始文化中对生殖器官和生殖功能的顶礼膜拜的意味。因此，在对女性进行描写时，莫言常常会从"性感"的角度入手，特别着意于描写她们的性吸引力。因此莫言笔下的绝大多数女性人物的出场，都伴随着有关她们的"丰乳肥臀"的描写，正如有的研究者所指出的那样："莫言小说在塑造女性形象时，更多的是将审美视域聚焦在她们的'乳'和'臀'上，而很少在其他部位驻足凝眸。对女性自然本能的崇拜与激赏如同莫言的奇异感觉充斥文本。"①

由于莫言在小说中写到女人的身体时，特别强调女性高大的身材、丰满的乳房、结实的臀部等，因此在他的小说中，我们经常可以看到类似这样的对女性的描写："她胸脯结实丰硕，腰背很厚，有一张葵花盘子一样的圆脸"；"臀盘儿挺大，能生出大孩子"；"人高马大，山大柴广，生个孩子也是大个儿的"；"两只大如排球的乳房和那张通红的满月大脸"；"一般农村姑娘的胸脯是高地，方碧玉的那家伙就如同喜马拉雅山啦"；"两只乳房把军便装的两只口袋高高挺起"；"那白荞麦嗓子颤悠悠的，一个字出口要拐上二十八道弯，走起路来腰拧得像麻花一样，两瓣屁股像两个塞饱了肉馅的水饺，脸上鼓着两个红腮帮子……"；"这丫头大眼直鼻，额头宽广，长嘴方额，一脸福相，更兼那两只奶头上翘的乳房和那宽阔的骨盆，一看就知道是个生孩子的健将……"

而在长篇小说《丰乳肥臀》中，这样的描写更是俯拾即是，我们可以随便在这部小说中寻摘出一些这样的句子："紧绷紧绷鼓起的乳房"，"窝窝头一样的乳房"，"雪白丰满的乳房"，"熟透了的胸脯"，"两个青苹果般的小奶子"，"两个奶头像两个枣饽饽"，"两瓣丰满的屁股"，"耀武扬威的乳房"，"两只肥滚滚的白奶子"，"胖乎乎的屁股"，"鲜红的屁股"，"两瓣表情丰满的屁股"，等等。

莫言对于女性性感肉体的描写不仅仅体现在个别语句上，很多时候还出现大段的描写。长篇小说《丰乳肥臀》就是以乳房作为小说的中心意象的。小说通过上官金童这样一个"恋乳痴狂者"的眼睛和感觉让我们看到了高密东北乡形形色色的乳房。可

① 薄刚、王金城：《从崇拜到亵渎：莫言小说的母性言说》，《北方论丛》2000年第3期。

以说，莫言通过狂欢的语言在小说中展开了一场乳房想象的盛会：

> 我的眼前，只有两只宝葫芦一样饱满油滑、小鸽子一样活泼丰满、瓷花瓶一样润泽光洁的乳房。她们芬芳，她们美丽，她们自动地喷射着淡蓝色的甜蜜浆汁，灌满了我的肚腹，并把我的全身都浸泡起来。我搂抱着乳房，在乳汁里游泳……头上，是几百万、几千亿、几亿兆颗飞快旋转着的星斗，转啊转，都转成了乳房。天狼星的乳房，北斗星的乳房，猎户星的乳房，织女的乳房，牛郎的乳房，月中嫦娥的乳房，母亲的乳房……[①]

除此之外，莫言还借“雪集”这一民间活动，描写了其他众多的乳房。可以说，在这部小说中，莫言对乳房的描写已经达到了极致。整部小说不仅写了各种各样的乳房，而且对女性的想象几乎抽离了她们身体的其他部分，仅仅集中到乳房上，因此，小说的中心意象就是“旋转的乳房”。巴赫金在分析拉伯雷的小说时曾经谈到，“物质—肉体”下部是有生产效能的部位。下部生育着并以此保证着人类相对的、历史的生生不息。一切腐朽的事物和空泛的幻觉都在它那里死亡，而实实在在的未来的东西又在它那里诞生。与巴赫金的看法相似，在《〈丰乳肥臀〉解》中，莫言也说：“乳房是哺育的工具，臀部是生殖的工具。丰满的乳房能育出健壮的后代，肥硕的臀部是多生快生的物质基础。”[②]由此来看，莫言小说中大量的有关“丰乳肥臀”的描写，多半是服从于他的强大的生命意识的，他笔下的“丰乳肥臀”表现的是“骚动的生命和汹涌的激情”。

莫言对女性肉身化的描写，还表现在以夸张、想象的方式展示女人的行经、怀孕、生产等生理现象。在长篇小说《丰乳肥臀》的第一章中，莫言详细描写了上官鲁氏的生产过程：

> 她感到腹中一阵拳打脚踢，剧烈的痛楚碌碡般滚动，汗水从每一个毛孔里渗出，散发着淡淡的鱼腥……她脱下湿了一片的裤子，将褂子尽量地卷上去，袒露出腹部和乳房……一缕潮漉漉的阳光透过窗棂，斜射在她的肚皮上。那上边暴露着弯弯曲曲的蓝色血管和一大片凹凸不平的白色花纹，显得狰狞而恐怖……就这样祝祷着，祈求着，迎接来一阵又一阵撕肝裂胆般的剧痛。她的双手抓住身后的炕席，身上的每一块肌肉都在震颤、抽搐。[③]

---

① 莫言：《丰乳肥臀》，第 88 页。

② 莫言：《〈丰乳肥臀〉解》，1995 年 11 月 22 日《光明日报》。

③ 莫言：《丰乳肥臀》，第 5 页。

对于莫言的这种毫不掩饰地对女性肉体性特征的展示和对妇女生育过程的详细描写，我们如果用传统的观念来理解的话，就有可能产生大量的误解或困惑。我们承认，在莫言的小说中，有不少有关肉体的描写并不与作品的主题相吻合，有些描写纯粹游离于主题之外，是作者信笔而来的自由挥毫，会严重影响作品的审美品位。但是也有许多这样的描写还是具有一定的美学意义的，对于这部分内容，我们必须从民间诙谐文化的角度来加以理解才有可能与之吻合，否则就会找不到合适的途径。这正是巴赫金的民间文化理论给我们的启示。巴赫金认为：

> 民间诙谐传统根本不敌视妇女，不对她抱否定态度……在这个传统里，女人在本质上是与物质—肉体下部相联系的；女人，是这个同时既降格的又复活的下部之体现。她跟这个下部一样是双重化的。女人降格着、陆降着、肉体化着，窒息着；但她首先是生育的基点。①

与巴赫金的理解相同，莫言也认为女人的下部——"丰乳肥臀"象征着大地，是生命的基点。他说："丰乳和肥臀是大地上乃至宇宙中最美丽、最神圣、最庄严，当然也是最朴素的物质形态，她产生于大地，象征着大地。"②有人在解读《丰乳肥臀》时指出，《丰乳肥臀》中蕴含着生殖崇拜的文化内涵："肥臀象征着生产的繁衍不息，丰乳象征着哺育的绵延不断。生殖来源于性，却比性更为宽泛、更为博大。在这里，丰乳肥臀这两个最俗的字眼表达出来的无疑是一种最深刻的意念，一个最古老的仪式，一段最原始的情感，这就是人类已经暌违许久的生殖崇拜。"③从巴赫金的"怪诞现实主义"理论的角度来看，这样的理解还是很有见地的。似乎也是受巴赫金理论的启发，莫言自己在后来的创作谈中也表达过相同的看法：

> 用巴赫金的怪诞现实主义理论理解，描写人的肉体，描写物质性的肉体，尤其是描写人的下部，看起来是很丑陋的，但实际上却包含了一种巨大的魅力。看起来丑陋下流的东西其实有着众多的含义，像卑贱和高贵混合，死亡与诞生混合，它是一种生命力，是一种母性的力量。④

---

① ［前苏联］巴赫金：《拉伯雷研究》，第 276 页。
② 莫言：《〈丰乳肥臀〉解》，1995 年 11 月 22 日《光明日报》。
③ 谭桂林：《论〈丰乳肥臀〉的生殖崇拜与狂欢叙事》，《人文杂志》2001 年第 5 期。
④ 莫言：《上海大学的演讲》，《用耳朵阅读》（演讲集），作家出版社 2012 年版，第 160 页。

三、吃喝欲望的极端暴露

文学作品中有关吃喝的描写往往具有塑造人物形象、推动故事情节发展、烘托渲染气氛的作用，因此，在小说中，我们总会看到作家对人物的饮食起居这些日常活动的描写。如果说，在其他一些作家的作品中，对人物饮食的描写只是一种点缀，只是想通过它来表现吃喝之外的主题的话，那么，在莫言的小说中，吃喝则完全可以说是占据着核心位置的重要主题：

> 在莫言的整个创作中，我们似乎看到了一个巨大的胃在"欢乐"地蠕动，就像他笔下经常出现的驴骡、马牛的胃一样。一种反刍的经验在这种蠕动中铺天盖地向我们涌来。人与自然、与故乡、与他人就这样在食物中痛苦地、绝望地、欢乐地相逢了。①

莫言就是通过这样的一种无处不在的吃喝，来表现人们对食物的渴望，从而展示人的肉体欲望的。这种通过对食物的渴望和占有而表现出来的肉体欲望，既发生在那些处在饥饿状态的人们的身上，也出现在那些脑满肠肥的富裕者们的日常生活当中。阅读莫言的小说，我们也许会发出这样的惊叹：在当代文坛，大概没有哪一个作家像莫言一样对吃进行过如此细致、如此不厌其烦的描绘和展示。

当然，莫言很少写那种悠闲而体面的用餐场面，在他的笔下，吃总是如同一场战斗，吃的主体永远是掠夺、饥不择食和吞噬，而且在任何情况下，只要涉及吃，那它就是首先被描写的对象，人物在任何情况下只要眼前出现食物，他们的注意力就会情不自禁地转移到那里，其他事情就会被搁置一边。如：

> 我们都知道大奶奶是世界上最吝啬的女人之一，无论什么样的贵客上门，也难吃上她家一钱肉，顶多炒上两个鸡蛋，外加一碟子虾皮。而今晚摆在二位表哥面前的，竟然是一只郭小手家的黄烧鸡、一盘酱炖的干带鱼、一大海碗虾米炒鸡蛋，外加一蒜臼子紫皮蒜泥，还有一摞至少二十张白面单饼，一把羊角葱。这样的一桌饭菜竟然摆在大奶奶家的方桌上，简直是王八蛋的破天荒。二位表哥旁若无人，正在心安理得地狼吞虎咽。对了，还有一瓶高粱烧酒、两只绿皮盅自摆在桌上。金发蓝眼的表哥左手捏着一只鸡头，右手拃着一张卷了葱的饼。不顾吃饼，他先在那儿聚精会神地啃着鸡头上那层浅薄的油皮。他的嘴唇因为沾了鸡油更

① 张柠：《文学与民间性——莫言小说里的中国经验》，《南方文坛》2001年第6期。

显得娇艳如红杏，鲜嫩如樱桃。所谓的“面若傅粉，唇若涂脂”，应该是专为我的这位大表哥（我们感觉他大）准备的真实写照。二表哥的吃相凶恶，没有一丝一毫大表哥的潇洒，他嘴里塞进了过多的食物，把两个腮帮子高高地撑起，我只能看到食物一团团地沿着他瘦长的脖颈追逐着下行，而看不到他的牙齿咀嚼食物，即便如此充盈了他的口腔，他还是持续不断地把一块块的鸡皮、一团团的鸡蛋、一段段的带鱼、一圈圈的单饼、一节节的青葱、一摊摊的蒜泥，没命地捣到嘴里去。①

二姑的两个儿子是来为二姑报仇的，但他们心中的仇恨并没有使得他们对“大奶奶”这个仇家端上来的美味佳肴产生任何抵触的情绪，相反他们却对眼前的食物充满了享受的欲望，于是就怀抱着已经顶上了火的枪自在地“消灭”起食物来。小说里的这段文字其实就把两个表哥的吃相作了一次“特写镜头”般的描述，他不厌其烦地描绘食物的品种、形状、颜色，这种细致的描写与两位表哥的饥饿形成一种对比、一种反差，让读者在强烈地体验人物饥饿感的同时也欣赏到了一种吃的“美感”。

在长篇小说《四十一炮》中，莫言精心描写了一次吃肉比赛。小说中的肉孩对食物充满了各种想象和欲望，尤其是对肉，更是情有独钟，渴望之极。在他的眼里，这个世界上只有他对肉的价值与意义才是最了解的，肉只有到了他的嘴里才算是找到了真正的去处，只有他才对得起肉。因此，当他在屠宰场担当屠宰牲畜的任务，手下人对他不服，提出通过吃肉比赛来决定由谁来担当这一可以随时吃到肉的管理职务时，他对吃肉比赛充满了信心和渴望，也根本不把那些比自己大许多岁的成年人放在眼里。于是一场在我们看来有些“滑稽、怪诞、夸张”的吃肉比赛，在他的鼓动与策划之下就此开始了。小说不厌其烦、细致入微地描写了“肉孩”罗小通吃肉的经过和感觉：

我既没有用筷子也没有用签子，就用手。我知道肉也喜欢我用手直接触摸它们。我轻轻地拿起一块肉，听到这块肉在被我拿起的一刹那发出的幸福的呻吟声。我还感觉到了这块肉在我的手中颤抖不止，我知道它绝不是因为恐惧而颤抖，它是因为幸福而颤抖。世界上的肉千千万，但有福气被懂肉爱肉的罗小通吃掉的，实在是太少了。所以我也就理解了肉的激动。在我拿着肉往嘴巴里运动的短暂的过程中，肉的晶莹的眼泪迸发出来，肉的眼睛亮晶晶地盯着我，肉的眼睛里洋溢着激情。我知道，因为我爱肉，所以肉才爱我啊。世界上的爱都是有缘有故的啊。肉啊，你也让我很感动，你把我的心揉碎了啊，说实话我真是舍不得吃你，但我又不能不吃你。

① 莫言：《食草家族·二姑随后就到》，第 252～253 页。

> 我将第一块亲爱的肉送入了口腔，从另外的角度看也是亲爱的肉你自己进入了我的口腔。这一瞬间我们有点百感交集的意思，仿佛久别的情人又重逢。我舍不得咬你啊，但我必须咬你；我舍不得咽你啊，但我必须咽下你。因为你的后边还有很多的肉让我吃啊，因为今天的吃肉不是往日的吃肉，往日的吃肉是我与肉的彼此欣赏和交流，是我全身心的投入，今日的吃肉带着几分表演几分焦虑，我无法做到心无旁骛，我尽量做到精力集中，肉啊，请你们原谅我吧，我尽量地往好里吃，让你们和我，让我们一起表现出吃肉这件事的尊严。第一块肉带着几分遗憾滑落进我的胃，像一条鱼在我的胃里游动。你在我的胃里好好地游动吧，我知道你有些孤独，但这孤独是暂时的，你的同伴很快就要来了。第二块肉像第一块肉一样，满怀着对我的感情我也满怀着对你的感情，沿袭着同样的路线，进入了我的胃，和第一块肉会合在一起，然后是第三块肉、第四块肉、第五块肉——肉们排着整齐的队伍，唱着同样的歌曲，流着同样的眼泪，走着同样的路线，到达同样的地方。这是甜蜜的也是忧伤的过程，这是光荣的也是美好的过程。①

在这里，莫言赋予了"吃"这一日常生活中平常得不能再平常的现象很高的意义和价值，把它提升到了审美享受这样一个层次上，同时还让它具有了能够决定权力分配的重要性。从上面援引的文字中我们可以看到，"吃"这一日常活动对罗小通来说，首先意味着一种美的享受，他吃肉时的动作，他吃肉时的感觉，他吃肉时产生的幻觉，这一切都是那么富有情调和美感；更让人感到惊讶的是，他对肉的那份感情，那份既感激又爱怜的感情，简直就是情人之间所具有的缠绵之情。在他的眼里，那些被他吃进肚内的"欢快的、滑溜的"、能够唱歌的肉就是他的"情人"。罗小通的吃肉过程完全就是对巴赫金的下面这句话的一次完美印证："这种人与世界在食物中的相逢，是令人高兴和欢愉的。在这里是人战胜了世界，吞食着世界，而不是被世界所吞食。人与自然界界限的消除，对人来说具有非常积极的意义。"②在这里，吃肉对罗小通来说具有决定生命质量和存在价值的重要意义，对他来说吃、喝的意义都是肯定的、正面的、积极向上的。除了是一种绝妙的享受之外，吃肉在罗小通生活的那个社会环境中还是掌握权力的一个"手段"，谁吃的肉多，谁就有权管理屠宰牲畜的工作，也就意味着他多了一份管理别人的权力，当然也就有了更多的吃肉的机会。其实，罗小通作为一个对肉充满了渴望的"肉孩"，他最关心的还是自己有肉可吃，他对管理工作并不怎么热心，但由于此工作能够为他吃更多的肉带来很大的方便，所以他也乐意在吃肉比赛中赢得这个权

---

① 莫言：《四十一炮》，春风文艺版社 2003 年版，第 327～328 页。

② [前苏联]巴赫金：《拉伯雷研究》，第 325 页。

力。看得出吃肉对罗小通来说就意味着生活的全部意义，没有比"吃肉"能让他感到更高的生活享受了。

狂欢总是与暴饮暴食联系在一起。宴席形象是狂欢性场景中最重要的形象之一。莫言是善于用夸饰的语言来描写筵席和餐桌的，这与巴赫金所发现的拉伯雷的"狂欢节厨房气氛"是类似的。莫言往往不惜用各种方式来对此进行"狂欢式"的表现，似乎只要是能够想象得到的，他都会毫不保留地描绘出来。

在《酒国》中，莫言对人们吃的描写同样让人感到惊讶不已。生活在酒国市的人们，不但有饮酒的嗜好，而且对吃也是特别擅长，他们能够想出各种名目的佳肴来既让自己享受生活，也会毫不吝啬地款待客人。他们的菜肴花样百出，稀奇古怪，有一道名菜让人感到眼界大开，这是一场盛大而又精彩绝伦的"全驴宴"。小说中是这样来描写的：

> 先是十二个冷盘上来，拼成一朵莲花：驴肚、驴肝、驴心、驴肠、驴肺、驴舌、驴唇……全是驴身上的零件。
>
> ……
>
> 弟兄们，千万不要客气，松开腰带，放开肚皮，往死里吃。自己人聚会，我不劝酒，能喝的多喝，不要担心账单，今天我"出血"。
>
> "酒煮驴肋，请品尝。"
>
> "盐水驴舌，请品尝。"
>
> "红烧驴筋，请品尝。"
>
> "梨藕驴喉，请品尝。"
>
> "金鞭驴尾，请品尝。"
>
> "走油驴肠，请品尝。"
>
> "参煨驴蹄，请品尝。"
>
> "五味驴肝，请品尝。"
>
> ……
>
> 驴菜滚滚，涌上桌来，吃得我们肚皮如鼓，饱嗝不断，大家的脸上，都蒙了一层驴油，透过驴油，显出了疲倦之色，仿佛刚从磨道里牵出来的驴子。①

这段文字描写的是"全驴宴"的各个构成部分，驴的身体按照器官解剖学被肢解为若干部分，每部分器官都成为一道菜肴的原料。这种稀奇古怪的菜肴，一方面通过夸张的方式表现了人的吃喝欲望，另一方面也透露出巴赫金所说的怪诞肉体形象所特有的滑

① 莫言：《酒国》，第120页。

稽特质。小说的另一处还有这样的描写，只不过材料由“驴”变成了“婴儿”。在酒国市的罗山煤矿的餐厅里，有一道菜叫“红烧婴儿”。这是通过模拟的方式对人的身体各部分的一次解剖学式的展示：

> 这是男孩的胳膊，是用月亮湖里的肥藕做原料，加上十六种佐料，用特殊工艺精制而成。这是男孩的腿，实际上是一种特殊的火腿肠。男孩的身躯，是在一只烤乳猪的基础上特别加工而成。被你的子弹打掉的莫言：头颅，是一只银白瓜。他的头发是最常见的发菜……①

为了表现人们对吃的渴望，莫言还想象出了各种千奇百怪的菜肴来：

> 有韩国烧烤，日本烧烤，巴西烧烤，泰国烧烤，蒙古烤肉。有铁板鹌鹑，火石羊尾，木炭羊肉，卵石炮肝，松枝烤鸡，桃木烤鸭，梨木烤鹅……仿佛这个世界上，没有什么东西不可以拿来烧烤。②

莫言就是这样以夸张怪诞的方式来描写人们的饮食欲望的。在他的笔下，人们对食物的渴望已经超出了简单地解决温饱，达到维持生存目的的这样一种固有的认识范畴。在莫言笔下，吃喝对人们来说就是生命存在的最高价值，即便不是最高价值，它也绝不会比那些被我们在正统观念的指导下所认定的高尚、伟大、具有形而上色彩的精神性的存在逊色。人们在吃喝中，在吃喝欲望的满足中同样能够直接感受到生命存在的价值和意义，而不需要把吃喝行为多此一举地嫁接到其他行为当中来体现其中的重要性；吃喝本身就是一种可以完全独立完成和体现人的生命价值和意义的行为。看得出，在莫言的叙述伦理中，吃喝欲望的满足是非常重要的一项存在行为，他赋予了这一欲望自身的独立性，不借助其他方式，仅仅只有这样的欲望就可以完成对生命的印证和书写。

第二节　怪诞的生命喧哗

王德威认为20世纪80年代以来的中国大陆小说最为显著的特点，可以用一个“怪”字来形容。在寻根文学等流派的影响下，这一时期小说的共同特征是在人物的塑造上，常以丑怪畸零人物取胜，因此可以用“畸人行”这一称谓来总称当代大陆小说的

---

① 莫言：《酒国》，第66页。

② 莫言：《四十一炮》，第184页。

众生"怪"相。他说："翻开中国的文学史，我们实在还找不出一个时期，曾呈现如此多量的怪诞角色，并赋予其如此繁复的意义象征。新一辈的大陆作家由瞎子写到瘸子驼子；由性无能写到小脚癖；由软骨症写到活死人，更不用说疯子白痴神经病。一时之间，前辈作家如杨沫、浩然等歌之颂之的'社会主义新中国'，竟成为残蔽奇诡的渊薮，充塞着无数肢体或心神变异的灵魂。这一片视景当然可视为作家对现实社会的反映，然而由文学史的角度来看，我们则更可发现作家们在美学观念传承、意识形态转换等关目上，都有引人深思之处，不宜以'文学反映人生'等陈腔滥调轻轻带过。"①

诚如王德威所言，20 世纪 80 年代中后期以来中国当代文学的确呈现出了走向怪诞的趋势，当然这种怪诞并不仅仅局限在王德威所说的人物塑造方面，而是延伸到了各个方面。莫言所构建的"高密东北乡"这个文学世界就是如此。在这个世界里，莫言所塑造的众多人物和所描写的各种事象与我们所熟悉的正统的文学标准和规范极不吻合，都远远超出了我们已经习以为常的审美范畴。因此以怪诞来描述莫言的小说，可以说是很恰当的。

也许莫言并没有了解过巴赫金的"狂欢化"理论，但莫言在构建怪诞的"高密东北乡"这一文学世界时所遵循的似乎就是巴赫金所提出的"怪诞现实主义"美学原则，即特别强调和突出"物质—肉体"下部形象。莫言在其让人大为惊愕的小说《红蝗》里有一段"极不入流"的创作宣言，可以看作他和巴赫金"怪诞现实主义"美学的对话：

> 总有一天，我要编导一部真正的戏剧，在这部剧里，梦幻与现实、科学与童话、上帝与魔鬼、爱情与卖淫、高贵与卑贱、美女与大便、过去与现在、金奖牌与避孕套……互相掺和、紧密团结、环环相连，构成一个完整的世界。②

在这里，莫言以极尽夸张之能事的话语点明了他刻意追求怪诞审美效果的创作目标。莫言似乎坚决要混淆美丑、好坏的界限，模糊善与恶、是与非的观念，把鄙俗和高尚、丑陋和优美、肉体与精神拉到同一水平线上，从而构建一种"莫言式"的、令人惊愕的美学观。

在《红高粱家族》里，莫言的这种怪诞美学观得到了多方面、多角度的呈现。

《红高粱家族》里所展示的生命形态和人们用来交流的语言都是原始而粗俗的，有着巴赫金所说的"陋巷自然主义"的"狂欢化"色彩。其中的故事也充满了民间闹剧色彩，例如"高密东北乡"红红的高粱酒之所以能够变成"香气馥郁、饮后有蜂蜜一样的甘

---

① [美]王德威：《众声喧哗：三〇与八〇年代的中国小说》，台北远流出版公司 1988 年版，第 209～210 页。

② 莫言：《食草家族·红蝗》，第 93 页。

饴回味、醉后不损伤大脑细胞的高粱酒"，是因为"我爷爷"余占鳌喝得酩酊大醉后往酒里撒了一泡尿。对于"我爷爷"余占鳌来说，往高粱酒里撒尿也许只是一个恶作剧，但就是这个恶作剧，却使得普通的高粱酒变成了香味扑鼻、甘之如饴的高粱酒。本来恶臭的尿液成了酿造美酒的"添加剂"，这只不过是滑稽、荒诞的奇闻异说；但充满戏剧色彩的是，叙述者却一本正经、煞有介事地认为这是有科学依据的，并且兴致勃勃地以确有其事的口吻讲述了如何酿制这种美酒的"绝对机密"：

> 正像许多重大发现是因了偶然性、是因了恶作剧一样，我家的高粱酒之所以独具特色，是因为我爷爷往酒篓里撒了一泡尿。为什么一泡尿竟能使一篓普通高粱酒变成一篓风格鲜明的高级高粱酒？这是科学，我不敢胡说，留待酿造科学家去研究吧。——后来，我奶奶和罗汉大爷他们进一步试验，反复摸索，总结经验，创造了用老尿罐上附着的尿碱来代替尿液的更加简单、精密、准确的勾兑工艺。这是绝对机密，当时只有我奶奶、我爷爷和罗汉大爷知道。据说勾兑时都是半夜三更，人脚安静，奶奶在院子里点上香烛，烧三陌纸钱，然后抱着一个卡腰药葫芦，往酒缸里兑药。奶奶说勾兑时，故意张扬示从，做出无限神秘状，使偷窥者毛发森森，以为我家通神入魔，是天助的买卖。于是我们家的高粱酒压倒群芳，几乎垄断了市场。①

这是一个带有喜剧色彩的闹剧，而这个闹剧的喜剧色彩就来自于它的故作高深、煞有介事而产生的荒诞、滑稽、古怪。

莫言的怪诞、滑稽、调侃在《红高粱家族》中只是个开始，在以后的创作中，这样的特点有愈演愈烈之势。在长篇小说《十三步》中，他为我们演绎了一场颇具神秘意味的游戏。在小说中，人物的思绪飘忽不定，故事的线索时断时续，情节内容离奇怪异。小说中的叙述者是一个被关在笼子里靠吃粉笔生存的怪物，主人公所讲的故事中的人物也都是带有神秘色彩的怪物。小说是在一种梦呓般的叙述中展开的，它的混乱和芜杂留给了我们许多困惑，诸如：叙述者是人是兽，为什么叙述者要不断吞噬粉笔才肯讲述故事，笼子外面听故事的人为何要不断通过用粉笔喂他的方式来让那荒诞透顶的故事不断延续等，从开始到结尾都无法得到解答。因为叙述者本身就是一个语无伦次、思绪混乱、精神变态的怪异之物。他的叙述让人感到世事难以琢磨，生命深不可测，命运无法把握。

如果说莫言在《十三步》中以怪诞来代替话语、伦理、逻辑，那么，在《食草家族》和

---

① 莫言：《红高粱家族》，第 65～66 页。

《酒国》中，他则把怪诞从抽象的逻辑思考真正地落实到了对"物质—肉体"下部形象的处理上了。《食草家族》共有六梦，在第一梦《红蝗》里，莫言宣称要把"梦幻与现实、科学与童话、上帝与魔鬼、爱情与卖淫、高贵与卑贱、美女与大便、过去与现在、金奖牌与避孕套"互相掺和来构成一个完整的世界。可以说，在《食草家族》中，莫言基本上实现了他的这一愿望。在《食草家族》这部小说里，莫言融大便、蛆虫、尸体、月经和臭气为一炉，以粗俗、鄙陋的"物质—肉体"下部形象来挑战高雅、优美的文学传统和审美习惯。他在小说中用各种稀奇古怪的修辞手法来描写与人的身体有关的部位，比如："嘴唇像一个即将排泄稀薄粪便的肛门"；"两只肥滚滚的奶子上爆起一层疹子，像褪了毛的鸡一样"；四老妈的尿液"温柔"而且富有"碱性"；"九香妇"每天扭着屁股能放"九阵香气"，皇帝被熏得"晕乎乎"的；"麦垄间随时可见的大便如同一串串贴着商标的进口香蕉"等。更为怪诞的是，作者以一种欣赏和肯定的笔调描写了人的生理排泄。

在《食草家族》这部小说中，使人物感到最开心的事情几乎都与身体下部的活动——排泄、饮食和性爱等有关，特别突出的就是人的排泄活动。叙述者"我"习惯于谈论的事情都与"物质—肉体"下部关系密切，其中"拉屎"则得到了特别的强调。其中的人物四老爷甚至在排泄的过程中悟出一番修身养性之道，而叙述者"我"则认为"四老爷拉出的是一些高尚的思想"。四老爷排泄的时候讲究天时地利。每当这个时候，四老爷的心境就如同见到我佛。对此，叙述者"我"所持的理由是："什么活动都可以超出其外在形式，达到宗教的、哲学的、佛的高度。"这种以"丑"为"美"，以"恶心"为"享受"的描绘，是巴赫金所说的"怪诞现实主义"的一个重要指标。这种把"丑恶"、"污秽"的事物加以美化的做法，就是给毫无身份地位的"小丑"、"乞丐"加冕；把"肉体——下部"活动与宗教、哲学等同，就是给平日里威严神圣的"国王"脱冕。宗教和哲学可以等同于生理排泄，而生理排泄同样可以达到宗教和哲学的精神高度，这是无差别的万物齐一，其中的怪诞不言而喻。如此一来，下面的描写也就顺理成章了：

> 四老爷认为蹲在干燥的野地里拉屎是人生的一大乐趣，四老爷不是万不得已，总是骑着毛驴跑到野地里拉屎……四老爷把拉屎当做修身养性的过程。他蹲着，闭着眼，微微低垂着头，听着春风吹拂麦芒，听着地里蒸汽嗞嗞地上升。——四老爷去野地里拉屎是选择季节的，这是必须说明的。他老人家精通阴阳五行，熟谙寒热温凉。春天，阳气上升，阴气下降，太阳强烈但不伤腠理，是最适合野外拉屎的季节……①

① 莫言：《食草家族·红蝗》，第17页。

在莫言笔下，粪便、尿液这些在现实生活中丑陋的物象，排泄这种难以启齿的生理活动本身似乎并没有让人恶心的感觉，因为作者通过积极、正面的描写赋予了它们新的意义，把它们"升华"成了一种崇高、优美的存在，并通过它们使得人的生活与整个大自然联系在了一起。通过四老爷排泄时怡然自得的神态，我们看到了一次正反颠倒的降升过程：低下、卑劣的物质性活动同样可以达到修身养性的目的，而且还可以与整个自然的运行达到天人合一的境界。依据巴赫金的"怪诞现实主义"理论，文中四老爷喜欢的在野地里拉屎的行为就是怪诞的人体下部与它们赖以存在的宇宙大地的紧密联系。拉屎在这里不仅仅意味着一种简单的生理排泄，更重要的是它象征着生命通过怪诞的"肉体下部"与肥沃的大地取得了联系，这也就预示着生命存在的下部在完成自己的生理功能的同时，给生命的循环带来了新的活力。"尿和粪便的形象正如所有物质—肉体下部的形象一样是正反同体的。它们既贬低、扼杀又复兴、更生，它们既美好又卑下，在它们身上死与生、分娩的阵痛与临死的挣扎牢不可破地连结在一起。"[①]文中四老爷之所以选择在春天这样一个万物恢复生机的季节去田野拉屎，其中的含义也许正在于此。

在"怪诞现实主义"那里，"物质—肉体"下部的意义不仅在于它们能够保持生命循环的永不停息，而且还有其他方面的奇特功用，比如粪便、尿液就可以用来治疗一些常见的疾病。这样的情节在莫言的小说中也出现过多次。在《檀香刑》中，粪便就被赋予了"良药"的功用。孙眉娘因为思念知县钱丁害了相思病，严重影响了身体健康，在各种方法都尝试无效之后，最后通过让她喝用知县的大便熬成的汤才治好了她的相思病。类似的情节在《丰乳肥臀》中也出现过。而最为典型的场面则出现在《生死疲劳》中，作者用夸张的手法描绘了尿液这种极为鄙俗的物质的"奇妙"用途：

> 我将一泡童子猪尿，对准刁小三那张咧开的大嘴滋了进去。我看着它那焦黄的獠牙想：杂种，老子这是为你洗牙呢！我的热尿流量很大，尽管我有所控制，但还是溅到了它的眼睛里，我想：杂种，我这是给你上眼药呢，这尿杀菌消毒，效果不亚于氯霉素。刁小三这杂种，吧嗒着嘴，把我的尿咽下去，哼哼声大起来，它的眼睛也睁开了，果然是起死回生的神奇液体，等我的尿撒完，片刻，它就坐了起来，站了起来，试着走了两步，身体的后半部分左右摇摆，犹如在浅水中艰难摆动的大鱼尾巴。它将身体靠在墙上，摇晃着脑袋，似乎大梦方醒的样子，然后它就骂起来……[②]

---

① ［前苏联］巴赫金：《拉伯雷研究》，第171～172页。

② 莫言：《生死疲劳》，第223页。

这种荒诞不经、"化腐朽为神奇"的描写显然是对"肉体—物质"因素的极度夸张和宣扬，与巴赫金所说的"狂欢化"文学中的粗鄙化——"狂欢式"的"亵渎不敬，一整套狂欢的降格，降至于地"，可以说具有异曲同工之妙：

> 我们不要忘记，尿(和屎一样)是一种同时既降格又轻松的变恐惧为诙谐的愉悦的物质。如果说屎似乎是介于人体和大地之间的中介物(这是将大地和人体联系起来的诙谐的环节)的话，那么，尿就是介于人体和大海之间的一种中介物……屎和尿使物质世界、宇宙元素肉体化，使之成为一种亲密——亲近的和肉体——可理解的东西(要知道这是一种人体本身所产生和分泌的物质和元素)。尿和屎把宇宙恐惧变为愉悦的狂欢节式的怪物。[①]

在这里，巴赫金强调了屎和尿这种与我们的肉体紧密相连、但极度"丑陋"的物质的作用，其目的正是通过这样一种"怪诞"的表现方式来强化怪诞的"物质—肉体"下部的作用。巴赫金在分析拉伯雷的《巨人传》中的"怪诞现实主义"时，特别提到了《巨人传》中所描写的吃喝拉撒的场面，他还特别例举了巨人庞大固埃撒尿的细节，庞大固埃的撒尿过程极具夸张色彩，而且作者的笔调也丝毫没有否定的意味。莫言在小说中也以如此的笔调来描写撒尿、拉屎，其效果与巴赫金所认可的怪诞描写具有一定的相似性，其目的就是通过强调在现实生活中不被我们所青睐的"物质—肉体"下部，制造一种具有民间色彩的怪诞意味。

巴赫金在探讨"怪诞现实主义"的功用时一再强调"物质—肉体"下部所具有的文化功能，那就是通过荒诞不经的方式对正统的、官方的那些稳定的观念和习惯进行反抗和亵渎。他曾说："怪诞现实主义的主要特点是降格，即把一切高级的、精神性的、理想的和抽象的东西转移到整个不可分割的物质—肉体层面、大地和身体的层面。"[②]在莫言的小说中，通过对"物质—肉体"下部的夸张式的描写也凸显了这样的文化内涵，尤其在对粪便、屎尿的描写上更是如此。比如下面的描写：

> 百灵鸟在高空中盘旋着鸣啭，一串串漂亮俏皮的唿哨感人肺腑。如果是春阳景和风调雨顺，百灵鸟的鸣啭会使人想到残酷的爱情。四老爷聆听着高空中的鸟鸣，脑海里红潮白雨，密密麻麻地腾起，扬扬洒洒地落下，鲜红荷花开放，雪白荷花开放，口吐金莲花，雪浪湮头顶，无声无息，馨香扑鼻，如同见到我佛。——每当四老爷跟我讲起野外拉屎时种种美妙感受时，我就联想到印度的瑜伽功和中国高僧

① [前苏联]巴赫金:《拉伯雷研究》，第388～389页。

② [前苏联]巴赫金:《拉伯雷研究》，第24页。

> 们的静坐参禅，只要心有灵犀，俱是一点即通，什么都是神圣的，什么都是庄严的，什么活动都可以超出其外在形式，达到宗教的、哲学的、佛的高度。
>
> 四老爷蹲在春天的麦田里拉屎看起来是拉屎，其实并不仅仅是拉屎了，他拉出的是一些高尚的思想。混元真气在四老爷体内循环贯通，四老爷双目迷茫，见物而不见物，他抛弃了一切物的形体，看到一种像淤泥般的、暗红色的精神在天地间融会贯通着。[①]

这样一种华丽多彩且一本正经的描写方式已经完全与我们既有的审美观念和认识观念背道而驰了。这里面所包含的作者的赞美之情和亵渎之意是显而易见的。赞美之情体现在对低下、粗俗的事象无节制的美化和圣化；亵渎之意则暗含在把本来低俗的事物与高贵、神圣事象的不加区别的对比中。其内中的意蕴就是：那些高贵、神圣的修炼活动在本质上与人体的排泄活动是一样的。这样的一种审美逻辑，明摆着就是向我们既有的观念和习惯挑战，因为粪便不但能够成为美好无比的审美对象，而且生产它们的过程还是一种类似祈祷、修炼的神圣仪式。它们的形象特征是正面的，它的存在价值是积极的，它的审美效果是愉悦的。貌似极为鄙俗的行为同样可以达到"宗教的、哲学的、佛的高度"，更为重要的是拉屎也是制造高尚思想的行为。"这不能不说是对近一个世纪以来中国新文学精神的一种反叛。时空交错的《红蝗》是莫言制造的一个'神话'，它充满着一种对旧有审美观念的亵渎意识。"[②]

如果说这种反抗和亵渎意识在上面的描写中还不算是特别明显的话，那么在叙述者把对故乡的思念通过"优美而深情"的文字转化成了对大便的思念时，这种反抗与亵渎意识就展现得一清二楚了。例证如下：

> 我有充分的必要说明、也有充分的理由证明，"高密东北乡"人食物粗糙，大便量多纤维丰富，味道与干燥的青草相仿佛，因此"高密东北乡"人大便时一般都能体验到摩擦黏膜的幸福感。——这也是我久久难以忘却这块地方的一个重要原因。"高密东北乡"人大便过后脸上都带着轻松疲惫的幸福表情。当年，我们大便后都感到生活美好，宛若鲜花盛开。我的一个狡猾的妹妹要零花钱时，总是选择她的父亲——我的八叔大便过后那一瞬间，她每次都能如愿以偿，应该说这是一个独特的地方，一块具有鲜明特色的土地，这块土地上繁衍着一个排泄无臭大便的家族。在臭气熏天的城市里生活着，我痛苦地体验着淅淅沥沥如刀刮竹般的大

① 莫言：《食草家族·红蝗》，第17～18页。

② 丁帆：《亵渎的神话：〈红蝗〉的意义》，《文学评论》1989年第1期。

便痛苦,城市里男男女女都肛门淤塞,像年久失修的下水管道,我像思念板石道上的马蹄声声一样思念粗大滑畅的肛门,像思念无臭的大便一样思念我可爱的故乡,我于是也明白了为什么画眉老人死了也要把骨灰搬运回故乡的原因。

五十年前,"高密东北乡"人的食物比较现在更加粗糙,大便成形,纤维丰富,恰如成熟丝瓜的内瓤。那毕竟是一个令人向往和留恋的时代,麦垄间随时可见的大便如同一串串贴着商标的进口香蕉。①

在这里,思念故乡就是对大便的思念,因为大便与故乡有着割舍不断的联系。思念大便就是对过去那种乡村生活的思念与渴望,因为在那样的生活中,就连拉屎都会给人带来幸福感。这种幸福感是城市里生活的人们所体验不到的,与之相反,在城市里大便所带来的只是痛苦。这样的对比,其含义是显而易见的,就是对所谓的现代文明进行讽刺和否定。城市是文明的象征,但在"我"的眼里却并不比"高密东北乡"美好,它留给"我"的记忆是痛苦的,而那个貌似落后的乡村留给"我"的记忆却是"令人向往"的。就这样,莫言通过对荒诞的"物质—肉体"下部的夸张式描写,大胆地作出了一次逆转,把整个世界从头到脚来一个翻转。

也许正是由于这种强烈的颠覆意识和亵渎意识,叙述者随后又以抒情而质疑的笔调表达了自己的感受和疑惑:

当太阳从荒地东北边缘上刚刚冒出一线红边时,我的双腿自动地弹跳了一下,心中的杂念消除,浑身沐浴着辉煌的阳光。站在家乡的荒地上,我感到像睡在母亲的子宫里一样安全。

我们的家族有表达情感的独特方式,我们美丽的语言被人骂成:粗俗、污秽、不堪入目、不堪入耳,我们很委屈。我们歌颂大便、歌颂大便幸福时,肛门里积满锈垢的人骂我们肮脏、下流,我们更委屈。我们的大便像贴着商标的进口香蕉一样美丽为什么不能歌颂,我们大便时往往联想到爱情的最高形式、甚至升华成一种宗教仪式为什么不能歌颂?②

在这里,原有的审美逻辑被完全颠倒了。歌颂肮脏、污秽之物的行为才是崇高的行为,粗俗污秽的语言才是美丽的语言。叙述者唯恐无法说服读者,还以"我们的家族有表达感情的独特方式"来作辩护。对于食草家族的成员而言,草和土地的密切关系使得他们的个性更具草根性,不入流的粗俗话语才是他们的生活语言。粗俗意味着生命的

① 莫言:《食草家族·红蝗》,第19~20页。
② 莫言:《食草家族·红蝗》,第22~23页。

不断沿革、话语的不断新生，而这些粗俗的话语的背后正透露了某种审美意识形态的转变。

这样的怪诞描写在莫言的其他小说中也有特别的表现，比如长篇小说《酒国》。《酒国》中大量运用躯体性、物质性的意象（如饮食的、排泄的、性的），并把它们与具有崇高色彩的意象并置组合在一起。高级侦察员丁钩儿的侦破行动与人体下部器官、性行为处于同一水准，作者用一连串的性行为、人体下部器官来喻指侦破行为：“丁钩儿用鸡巴破案”；“肛肠一阵痉挛，几根血管在那里边暴躁地跳动着，疼痛产生，他知道痔疮非发作不可，这次侦察将伴随着疼痛与便血进行”。

这种降格式的表述还表现在大量的贬低化的比喻上。如“九百名大学生宛若九百匹精神抖擞的小毛驴儿”，这是对人的贬低化比喻；“一把磨得半秃不秃的竹扫帚刷着胃壁，好像呼呼嚓嚓的刷着污迹浓厚的彩绘马桶”、“她仰着脖子，那脖子细长像拔光了毛羽的鸡脖子”，这是对人体器官的贬低化比喻。与降格比喻相对的还有升格比喻。所谓的升格比喻是指把本来低俗、鄙陋的事物或现象用高雅、优美、华丽的词语加以修饰和比喻。譬如：60 多岁的岳母放的屁有“糖炒栗子的味道”；“一群狂喜的精虫，摇动着柔软的尾巴，像一群勇敢的士兵冲向地堡”；“猫头鹰的叫声今夜为什么如此温柔像恋人絮语，因为空气里有了酒”。这种升格比喻从最终的修辞效果上看同样是一种贬低化的处理方式。

很显然，在莫言怪诞的写作理念中，没有天然高贵、优美的事物，也没有生来就低贱、龌龊的东西；任何事物都是在不断地变化中进行着高贵与低贱、优美与龌龊的转变。小说《酒国》中的一段有关“龙凤呈祥”这道菜的议论，就曲折而又充分地透露了这样的信息：

> 老师您怕我那盘驴街名菜“龙凤呈祥”招徕苍蝇，学生斗胆认为老师您委实是太多虑了。这盘菜连北京来的大批评家大音乐家都急毛火促地往嘴里扒拉，何脏之有？我们追求的是美，仅仅追求美，不去创造美不是真美。用美去创造美也不是真美，真正的美是化丑为美。这里有两层意思，老师您听我慢慢道来。一、一根驴屌，一扇驴屄，插在一起，往盘里一放，黑不溜啾，毛杂八七，臊巴拉唧，当然不美，也无人敢下筷子。但一尺餐厅里的高级厨师把那两件物事放在清水里泡三遍，放在血水里浴三遍，再放在硷水里煮三遍，然后剔除臊筋，拔尽臊毛，在油锅里熘一遍，砂锅里焖一遍，高压锅里蒸一遍，再以精细刀工，切出各种花纹，配上名贵佐料，点缀上鲜花菜心，于是，公驴的变成一条乌龙，母驴的变成一只黑凤，一龙一凤，吻接尾交，弯曲盘缠在那万紫千红之中，香气扑鼻，栩栩如生，赏心悦目，这是不是化丑为美呢？二，驴屌、驴屄，这些字眼粗俗不堪，扎鼻子伤眼，也容易让意志

薄弱的人想入非非。我们把前者易名为龙，把后者易名为凤，龙与凤是我们中华民族的庄严图腾，至高至圣至美之象征，其涵义千千万万可谓罄竹难书。您看，这不是又化大丑为大美了吗？[①]

这就是莫言认为的美丑结合的存在现实。在他的创作世界里，似乎就没有绝对的美，也没有绝对的丑，有的只是二者界限的混杂，而在这种混杂中，鄙俗、粗鲁的事物往往占据着绝对的优势。这样一种景观，当我们用正常的眼光来审视时，其面目无疑是怪诞无比的。

这种怪诞、粗鄙策略还体现在莫言从民间深处带来的散布于文本各处的粗话、脏话、野话、骂人话等各色语言之中。这些粗鄙语言的运用也充分体现了"狂欢化"小说以怪诞的生命形态来颠覆等级秩序的美学原则。

从上面的论述中可以发现，在我们所分析的莫言小说中，所见到的只有怪诞事象和怪诞人体。可以说怪诞的强大洪流始终奔流在莫言的小说之中：被肢解的人体，孤立的怪诞器官，肠子和内脏，张开的嘴巴，贪婪的吃相，大批的吞咽，狂放的喝酒，肆无忌惮的排泄，血淋淋的死亡，痛苦的生育，等等。就这样，在莫言的小说中，整个世界与人体交混，人体也与各种物体交混，从而构成了一个怪诞的生命世界。

第三节　怪诞写作的文化功能

莫言笔下的"狂欢化"世界是一个用民间语言描绘而成的奇特而怪诞的世界，他颠倒"是非"，用鄙俗来推翻神圣，用粗鲁来颠覆典雅，用戏谑来嘲弄高尚，用调侃来消解严肃。在他的作品中，他利用一切机会将各种因素及各种语言和文体融为一体，通过"狂欢化"的情节和"狂欢式"的人物，极力反抗正统的思想观念和道德规范，张扬自由平等和更替更新的狂欢精神，表现了植根于人民大众身上的一种狂欢意识，一种狂欢式的世界感受。在莫言的众多小说中，生活的"物质—肉体"因素，如身体、饮食、排泄和性生活等形象占据了压倒性的优势地位，而且这些形象又是以极度夸张的方式出现的。这是一种特殊的形象观念、特殊的审美观念，是一种源于民间诙谐文化的审美观念。当然，我们不能简单地将这种用夸张的形式表现出来的审美观念视为一种纯粹地以讽刺为目的的否定性写作。必须看到，其根源于民间诙谐文化的深刻的、本质的双重性。同时我们还要联系当代文坛的各种创作思潮，发现莫言之所以营造如此怪诞的艺术世界的文化意义。

---

① 莫言：《酒国》，第126页。

莫言之所以把粗俗、丑陋写得如此淋漓尽致，是对以往文学创作的一种自觉的反思。他自称写丑是对“文革”的批判，是对造神运动的反省，是对所有道德标准的重新评估。与其他一些作家一样，他意识到了我们过去的文学体制和创作模式，是对思想的束缚，是对创作的限制。太多的神灵崇拜，许多被社会公认的价值标准，约定俗成的陈腐观念和习惯等，约束、裹挟着文学，使得作家背负了太多的包袱。因此要想创造出有个性的作品，并形成个人鲜明的创作风格，就必须“亵渎所有的神灵”，包括人为创造出来的“神灵”。这一点在莫言的思想观念里是毫不含糊的。就像在小说《十三步》的开篇处所说的那样，其冲破各种牢笼的意识是非常明确的：

> 当然啦，马克思也不是上帝！……马克思使我们吃了不少苦。不批判马克思我们就要饿死！不批判马克思我们就不是马克思主义者！

这是小说中的言说，也许不足为凭，但同样的意思，他在小说之外也表达过：

> 当代文学是一个双黄的鸭蛋，一个黄子是渎神的精神，一个黄子是自我意识。渎神精神和自我意识好像互不相干，实际上紧密相连，他们共存在当代文学这个鸭蛋里。现在，对神的批判实际上就是对官僚的批判，对官僚的批判实际上就是对政治的批判，而对政治的批判实际上就成了唤起自我意识的响亮号角，于是，对神的批判也就成了民主政治的催化剂。
>
> 连亵渎神的勇气都没有，哪有批判的勇气。
>
> 压在我们头上的神太多了，有天上的神，有人间的神，但无一例外不是我们自造的。打破神像，张扬人性，一个古老又崭新的口号。
>
> 总有一天，神圣的祭坛被推翻，解放了的儿孙们，必将干出胜过前辈的业绩。[①]

上面“粗俗”、大胆的言论，可以作为莫言创作的一个宣言。他自认为这是高级牢骚，是一声破空的异质性高音。它是对神权和霸权的挑战，同时也是对文化一元化对文学创作钳制的明讽暗刺。转化为小说，则是以“狂欢式”的广场贬低化语言来戏拟各种僵化的语言，用丑陋的事象、怪诞的行为、粗俗的肉体描写来颠覆旧有的审美观念。它们其中的目的之一就是激起人们的感性活力，让文学回到感性那里，真正具有美学价值。正如莫言在《十三步》中所谴责的那样：出现在本书中的人物都对气味有着特别的感受力，但对语言的逻辑麻木不仁。叙述者所指涉的人类对果腹之物充满敏锐的感

① 莫言：《我所痛恨的神灵》，《小说的气味》（散文演讲集），第121页。

受，其实也许强调的就是对感性的尊重；对具有文化意蕴的语言无动于衷，其意也许在蔑视旧有的文化规范和陈旧观念。意识形态寄生的话语充满权力，被权力掌控的作家或话语者却在长期的钳制下失去了反省、反抗的能力。被压制和驯化的思想只能发出与官方统一的声音，自主的声音或被淹没、或妥协。莫言的反叛呼声，针对的是这些“拯救人类感性意识”的问题。所以在《红高粱家族》、《食草家族》、《十三步》、《丰乳肥臀》、《生死疲劳》等这样的小说里，所有怪诞和颠倒是非的情形都是莫言对过去所信奉的创作理念和模式所下的猛药。不过，正如《食草家族》里的叙述者所说的那样：“每个家族成员都有自己的一套叙述方式，四老爷有四老爷的叙述方式，九老爷有九老爷的叙述方式。”莫言非常清楚自己的局限，他的叙述也不是唯一的、最可靠的方式。这里显示出了真实与虚构的复杂关系，它们不可截然划分开来；也显示了不同创作者个体的差异，以及进而所导致的文本的差异。这无疑也意味着在莫言的创作理念中，真正的文学应该是追求多样化的文学。

我们当然不能把莫言的这种怪诞的创作追求看作文学的正宗，也不能因为其怪诞所带来的审美创新与文化反抗，就掩饰它所存在的问题。关于这一点，张光芒的论述可以给我们一些启示。他在从启蒙的角度讨论莫言的创作时指出：“在这里，对主流话语进行冲击、反思的审丑走向了对丑进行纯粹自然主义把玩式的嗜丑，丑不再作为美的对立面出现，而是被本质化、普遍化、肯定化；以此为核心理念的叙事则成为低俗化、欲望化、消费化、媚俗化、暴力化的叙事。”[①]综观莫言鱼龙混杂的文本世界，张光芒的判断是有一定的合理性的。当然，在认识到莫言“狂欢化”创作的这种缺陷的同时，如果从文学发展的角度来看，我们也应该肯定，莫言的这种创作的确为当代文学提供了一种有价值的发展途径。莫言对民间资源的重视不但给他的小说带来了鲜明的特色，也激活了民间文化中可资利用的丰富的素材。他的“民间百科全书式”的创作所带来的冲击，也许在日后将会彰显出更为明显的作用，这其中自然也包括研究者们在研究文学时所选择的文化视角和理论尺度。

① 张光芒：《中国当代启蒙文学思潮论》，第 393 页。

第四章
反叛——莫言创作的叛逆精神

引　言

从哲学层面上看，巴赫金“狂欢化”理论的最本质精神是反叛——对权威意识、陈旧规范和尊卑高下等级制度的反抗与叛逆。如果从反叛这一角度来考察莫言的创作，我们就会发现，莫言的艺术世界最为高涨、强劲的精神气质就是各种形式的反叛。“他不愿恪守任何关于文学的既定规范，甚至对还在禁锢人们的道德律条产生怀疑。他极为痛恨虚伪，而宁愿用自己的笔去真实地揭示丑陋。”[①]对流行的文学观念的反叛，对传统伦理思想观念的反叛，对惯常的思维意识的反叛，甚至对自己“崇拜”、“敬仰”的作家的反叛……综观莫言的整个创作过程，可以毫不夸张地说，这位精力充沛、创作生命力强劲的作家，始终在创作中毫不掩饰地展示着他的令人惊诧不已的反叛姿态。这种反叛姿态，有时是创作本能使然，是突奔的审美欲望与艺术冲动促使下对奇异瑰丽的艺术空间的无意识的开掘；有时则是有意识的写作策略与刻意为之的艺术行为，是“故意”做给那些对他的创作怀有“敌意”的各色人等看的，带有向“敌人”“示威”、“叫板”的意味，也包含着对那些所谓的客观评判和道貌岸然的道德审判的不屑一顾，甚至是愤怒的蔑视。

无论出于何种目的和用意，无论是否达到了自己想要的结果或效果，莫言在创作中表现出来的“惊世骇俗”的反叛姿态和反叛精神，是中国当代文学创作领域极为少见的。这个给自己改名换姓，自称不愿意言说的作家，却用恣肆汪洋、泥沙俱下的艺术文本，向人们宣示了自己在沉默中蓄积的话语力量。这些由话语制造的文本所释放出来

① 季红真：《忧郁的土地，不屈的精魂》，《上海文论》1988 年第 1 期。

的能量，不但一次又一次地震动着中国文坛，令中国文坛一次又一次地骚动不安，也使得莫言自己一次又一次地处于文坛的"风口浪尖"，被许多人视为桀骜不驯的事端制造者或敢于创新的文坛标兵。就这样，莫言始终以反叛的姿态行走在中国文坛上，既像一个落草为寇、占山为王、不讲规范礼仪的"土匪"、"孽种"，又像一个揭竿而起，试图改朝换代的文学英雄，在鲜花、掌声与贬斥、批判中不断为中国文坛添加文学佐料。从奇异怪想的《透明的红萝卜》到一炮走红的《红高粱家庭》，从令人作呕的《食草家族》到异想天开的《欢乐》，从把玩叙述极限的《十三步》到荒诞怪异的《酒国》，从引起巨大争议的《丰乳肥臀》到炫耀酷刑的《檀香刑》，从剑走偏锋的《生死疲劳》到中规中矩、获取大奖的《蛙》，莫言就像一个永不停歇的言说机器那样"聒噪"着，把中国现代汉语创作不断推向高潮，而他则在一次又一次的创作高潮中，体验着叛逆所带来的愉悦与畅快。

第一节　对主流文学观念的反叛

1984年冬，莫言创作了后来让他扬名立万的《红高粱》。1986年春，《红高粱》发表在《人民文学》上。从冬天到春天，对于《红高粱》这篇作品来说，只是从创作到发表这段历程中发生的季节转换，但对莫言来说，则是其创作乃至人生的"冬天"到"春天"的转变。《红高粱》的横空出世，就是莫言的创作与人生从"冬天"到"春天"的转变。从此之后，中国文坛上就开始响彻着莫言的名字，绵延不断，延续至今。可以说，是《红高粱》把莫言送上了中国文坛的顶端，当然，《红高粱》是莫言创作的，它是莫言艺术才华的结晶，没有莫言也就不会有《红高粱》。如果把《红高粱》比作一个独一无二的鸡蛋，那莫言就是生产这颗独一无二的蛋的独一无二的"母鸡"。"先有鸡后有蛋"，莫言用自己的艺术才华孕育了这颗蛋。人们在为这颗蛋叫好的同时，也记住了莫言这只充满艺术闯劲的"母鸡"。而《红高粱》的一炮走红，完全是莫言对曾经占据着稳固位置的权威艺术观念的反叛所产生的意想不到的结果。可以说，没有那次被莫言称为"偶然"的、赌气式的反叛，《红高粱》也许不会横空出世，即便出现了，也绝不会是现在我们所看到的这副模样。

客观地说，在《红高粱》之前，莫言已经在文坛上小有名气。1986年《红高粱》在《人民文学》上发表之前，莫言已经于1985年在《中国作家》第2期上发表了中篇小说《透明的红萝卜》，同年莫言还发表了中篇小说《球状闪电》、《金发婴儿》、《爆炸》，短篇小说《枯河》、《白狗秋千架》等。这些小说在当时的中国文坛引起了不小的轰动，尤其是《透明的红萝卜》，反响甚为巨大。不但《中国作家》杂志很快为它组织了讨论会，一些在文学评论界活跃多年、影响颇大的评论家也执笔挥毫，探讨《透明的红萝卜》的艺术创新价值与文学史意义。初露头角的莫言没有停下创新的脚步，俨然像一个打了兴奋剂的"母鸡"，在艺术的生产线上生产着与众不同的艺术之蛋。终于有一天，《红高梁》这枚“奇异怪诞”的艺术之蛋在“呱呱声”中落地了。“呱呱声”中就包含着莫言对传统文学观念和所谓的权威意识的不满与蔑视。他用《红高粱》这枚与众不同的“蛋”宣告了对传统文学观念和权威意识的挑战。

事情缘由还得从莫言所谓的“偶然”说起。

凭借在创作上所显露出来的才华,1984年秋天,莫言进入解放军艺术学院文学系“深造”。血液里流淌着叛逆因子的莫言在一次小型的文学创作研讨会上,面对一些早已在中国文坛功成名就的作家对战争文学题材创作前景的担忧,以带有反驳意味的陈述,表达了自己的看法。没想到他的这段现在看来完全符合文学创作规律的陈述,却引起了老作家们的不满与反对。按莫言的转述,他的“真情告白”被看作“碟子里扎猛子——不知深浅”。莫言当然不这样认为,但为了证明自己的正确和别人的不正确,他必须拿出货真价实的像样作品来。莫言赌气式地开始了一种新的尝试。《红高粱》就在这种赌气式的尝试中诞生了。莫言成功了,他品尝到了叛逆带给自己的快感,看到了叛逆中蕴藏的无限生机与美好前景。

现在让我们回过头来再看看莫言的那段让功成名就的权威作家们感到不满的、关于如何创作军事题材作品的话语的内容以及促生它的缘由。

解放军艺术学院的作家们大都是中国军旅文学领域中的佼佼者,中国当代军旅文学的崛起与辉煌离不开他们的辛勤耕耘,他们对中国军旅文学乃至中国当代文学所作出的贡献是不容忽视的,在中国文学圈内自然也有着很高的声望。正因为如此,他们在中国文坛上占据着显赫的地位,他们的文学观念自然也是权威的,往往带有“不容置疑”的威严。因此,他们在讨论会上的发言往往也就具有指导性的意义。依照莫言的转述,老作家们出于对军事题材作品创作前景的担忧,其中一些人提出了在他们看来很是严重的问题,即:中国共产党自成立之日起,有二十八年都是在战争中度过的。老一辈作家亲身经历过战争,拥有很多的素材,但他们已经没有精力创作了,因为他们最好的青春年华耽搁在了“文革”当中;而年轻一代有精力却没有亲身体验,那么他们该怎样通过文学更好地反映战争、反映历史呢?对此疑问,莫言的看法是:

> 我们可以通过别的方式来弥补这个缺陷。没有听过放枪但我听过放鞭炮;没有见过杀人但我见过杀猪甚至亲手杀过鸡;没有亲手跟鬼子拼过刺刀但我在电影上见过。因为小说家的创作不是要复制历史,那是历史学家的任务。小说家写战争——人类历史进程中这一愚昧现象,他所要表现的是战争对人的灵魂扭曲或者人性在战争中的变异。从这个意义上讲,即便没有经历过战争的人,也可以写战争。[1]

---

① 莫言:《我为什么写〈红高粱家族〉》,《小说的气味》(小说家讲坛),春风文艺出版社2003年版,第17~18页。

毫无疑问,老作家们的担忧是有其依据的,因为他们的文学观念来自于社会主义现实主义。在当时的中国,尽管随着拨乱反正工作的逐步完成和改革开放步伐的深入,西方的现代文学思潮和哲学、文学思想已经大规模地传入中国,文学界固有的、单一的文学观念已经变得越来越多元、复杂,文学创作领域也已经出现现代主义倾向,但深受社会主义现实主义文学观念和规范熏陶、浸润的老一代作家却对新鲜的东西抱有谨慎的态度。这一方面是出于对中国当代文学发展前途甚至是中国文化发展前途的担忧,另一方面则出于对自我身份、地位的担忧。曾经被奉为金科玉律的创作原则和践行了一生的创作理念被那些莫名其妙的外来货色所取代,无论是在情感上还是在实践中,他们都难以接受,更何况他们所信奉的这些观念、原则的确为中国当代文学的发展丰富发挥过巨大的历史性功用,甚至为中国现代化建设贡献过力量。不甘心,是他们内心真实的感受。以历史的眼光来看,这是完全可以理解的。但从发展的角度而言,莫言的陈述更具生命力,尽管它表现出了对曾经辉煌过的历史的大不敬。今天看来,莫言所说的这些关于创作的规律或心得,完全就是艺术创作中的常识。但把历史退回到20世纪80年代中期左右的时段里,莫言的带有反驳色彩的陈述,的确具有石破天惊的冲击力。这段表述对当时和之前的文学观念、创作规范产生了相当大的摧毁力。

严格遵循中国革命历史发展进程,真实客观地揭示中国革命历史发展的必然趋势,展示中国革命在中国共产党的领导下走向胜利的必然性和艰巨性,颂扬中国人民坚强不屈、英勇抗敌的豪迈气概和献身精神,这是当代中国革命历史题材作品所追求的艺术鹄的,在1980年之前的年代里,这种艺术诉求有着天然的合理性,是不容置疑的艺术规范所规定和需要的,甚至是唯一合法的艺术需求。客观地说,这种创作模式有其历史和艺术自身的合理性,它们适应了时代的需要,反映了时代风貌,一些作品在艺术上也取得了一定的突破,但其弊端也是显著的。那就是政治功利性太强,艺术表现模式太过单一,概念化、公式化倾向比较严重。对于中国革命历史小说的这种不足和缺陷,可以批判,但也得用历史的眼光来审视。其实莫言的话语表述还是非常温和的,因为他没有直接批判新中国成立后在政治意识形态影响下逐渐走向单一、死板的中国革命历史小说的种种弊端,罗列固定僵化的创作模式对作家创作才华的种种限制。但他却明确地指出,除了具有强烈的现实主义色彩的创作规范之外,在文学创作领域,还有其他类型的创作路数,而且这种创作路数也许会比前辈们信奉、操持的那种刻板僵化的现实主义创作理念与方法更具艺术合理性,在创作实践中更能有效地演绎历史真实。莫言后来回忆起当初的情景时,对自己当时的反叛意图和行为感到很是自信和得意:

也就是说,《红高粱》这部作品的写作目的是要证实自己,没有战争经验的人也完全可以写战争。这里还有一个歪理,很多事情未必要亲身体验。我们过去老是强调一个作家要体验生活,老是强调生活对艺术、小说家的决定作用,我觉得有点过头了。当然,从根本上来讲,没有生活确实也没有文学。一个作家生活经验的丰厚与否,决定了他创作的成就大小,但是我觉得这话如果过分强调的话,会走向反面。从某种意义上来讲,没有战争经验的人写出来的战争也许更有个性,因为这是属于自己的,是他个人的经验,建立在他个人经验的基础上的一些延伸想象。就像没有谈过恋爱的人,写起爱情来也许会写得更加美好,是同一个道理。[①]

莫言凭借着自己的创作经验和艺术感觉,当然其中也掺杂着"初生牛犊不怕虎"的闯劲,以委婉但毫不示弱的方式提出了自己对文学创作的看法,向久居文坛的文学权威发起了"挑战",向已经形成定式的创作思维模式和陈旧观念发起了"挑战"。"在我的创作生涯中,有好几次我都把自己逼到悬崖上。为了证明自己观点的正确。我必须马上动笔,写一部战争小说。但在落笔之前,很是费了一番斟酌。"[②]语言上的"挑战"很容易完成,落实到实践中则需要过人的艺术智慧与冲破藩篱的艺术勇气。莫言没有食言,他凭借着自己的艺术才华和无量胆魄,创作出了震撼文坛的战争小说《红高粱》。正如我们前面所说,这部小说的出现,完全是一次文学叛逆行动的结果,这种叛逆的结果不仅仅体现在它对战争的别样的描述中,还体现在它与此前革命历史小说大相径庭的历史观念上。

新时期之前的中国当代文学创作中,占统治地位的创作理念是现实主义,后来演变成了革命现实主义,之后又在革命现实主义上加上了革命浪漫主义。无论怎样演变、补充,中国文学界对马克思主义文艺的经典表述,即通过塑造"典型环境中的典型人物"来揭示社会本质和历史发展趋势,推崇备至,奉为圭臬。在具体的表现手法上和叙述逻辑中,也是尽可能地按照传统现实主义的模式,注重把人物放置在"客观真实"的历史环境中进行刻画,以求获得最为真实的艺术效果和感染力,从而达到教育民众的社会效果。在叙述上,为了达到真实客观的艺术效果,遵循故事发生的时间顺序来讲述故事的进程,几乎是中国革命历史小说不可撼动的叙述模式。即便是穿插处理稍微复杂的故事情节,创作者也会依照中国传统的叙述手法,以"花开两朵,各表一枝"的说辞表明故事情节的转换,从而显示作品逻辑上的连贯性。莫言的《红高粱》却完全摒弃了这种老套的叙述模式,开辟了另外一种战争写作模式。莫言的写作模式在许多方

① 莫言:《我为什么写作》,《用耳朵阅读》(散文演讲集),第280~281页。

② 莫言:《我为什么要写〈红高粱家族〉》,《小说的气味》(小说家讲坛),第18页。

面显现出了与新中国成立后所流行的革命历史小说的不同之处。

首先是撇开"典型环境中的典型人物"这一艺术圭臬，选择"非典型性"环境和"非典型性"人物形象，作为自己小说文本展开的基本构架和素材。用莫言自己的话说，他所选择的环境和人物，根本就不是历史中曾经存在过的真人真事，而是充满了传奇色彩的民间传说。在谈到《红高粱》中的女主人公时，莫言"不无得意"地说：

> 《红高粱》塑造了"我奶奶"这个丰满鲜活的女性形象……但我在现实中并不了解女性，我描写的是自己想象中的女性，在30年代农村的现实生活中，像我小说里所描写的女性可能很少，"我奶奶"也是个幻想中的人物。我小说中的女性与我们现在所看到的女性是有区别的，虽然她们吃苦耐劳的品格是一致的，但那种浪漫精神是独特的。①

莫言的这种带有炫耀意味的"真情告白"，无疑是对那种真实地塑造"典型环境中的典型人物"，从而揭示社会本质和历史发展趋势的现实主义文学理念的疏离与对抗。在莫言的创作意念中，不用描写典型环境和塑造典型人物，照样可以创作出成功的作品，而这样的作品同样也能反映所谓的历史真实，甚至比那些严格按照现实主义创作观念制造出来的作品更具真实性。

其次，《红高粱》在叙述上也标新立异，完全背离了传统现实主义严格遵循时间顺序和故事先后发展的正常逻辑，与中国当代革命历史小说所惯用的叙述手法分道扬镳。在人称上，《红高粱》以个体"我"为讲述故事的主体，中间穿插着让"我父亲"参与其中。无论是"我"，还是"我父亲"，都与中国当代革命历史小说以"我们"的眼光或语气讲述故事的集体行为形成了鲜明对比。这可以说是莫言在《红高粱》中以此对抗传统战争题材"宏大叙事"的一种有意为之的"叛逆"行为。莫言的意图很明显，他想告诉那些"鄙视"他的创作理念的老前辈们，经历过战争的作家们以集体发声的方式来讲述革命战争的宏大场面与揭示革命历史的必然性固然可行，但以个人视角来演说革命战争的风云激荡未尝不可。前辈作家经历战争的切身经验固然是他们创作的优势，可以帮助他们以具体的细节描绘来展现历史"真实"，再现革命历史的艰苦卓绝与革命人民的英勇顽强，但没有经历过战争风云的后辈也有自己的优势可用，那就是捞取散落在民间的历史碎片，然后以此为原料，充分发挥艺术想象的强大功能，在舍弃战争场面的宏大与淡化"历史真实"的同时，着意呈现人性的真实和战争的非人道本质。基于这样的考虑，莫言的个人化叙事也就不再纠缠于揭示所谓的"历史真实"之上，而是把注意

---

① 莫言：《我为什么要写〈红高粱〉》，《小说的气味》（小说家讲坛），第19页。

力集中到了道听途说的传说、故事上，通过这些带有“捕风捉影”色彩的传说、故事来展现战争环境下人性的裂变与扭曲，从而达到揭露战争非人道本质的艺术目的。这正是莫言企图超越前辈们创作模式的野心之所在，以此达到向那些对自己的看法嗤之以鼻的人们示威的目的。

在故事发展的顺序安排上，莫言更是玩起了“时间游戏”。《红高粱》里的故事发展序列完全抛弃了中国当代革命历史小说所遵循的时间先后顺序，而是依据人物意念和情感的变动来演绎故事发展。莫言没有把故事以完整的形态呈现给读者，而是把它切割成了许多许多片段，然后打乱它的自然顺序，重新进行排列组合。阅读《红高粱》，会有一种思路不断被切断的感觉，要想理出一个清晰的思路，需要不停地去思前想后进行一次又一次的衔接工作，只有这样才能把故事的自然序列完整地“标示”出来，然后完成对故事的认识与理解。莫言的这种讲述“革命战争故事”的方法，显然是对特别强调、重视历史真实性的革命历史小说叙述模式的一次反叛与颠覆。它所造成的强烈的艺术反差的确让当时的读者和评论者感到异常震撼。从《红高粱》发表后产生的社会效应来看，莫言完全达到了开辟新的战争文学天地的创作意图，当然也完成了对前辈们的超越。

最后，《红高粱》中表现出来的历史观与革命历史小说所信奉、宣扬的历史观截然相反，这也是莫言反叛现实主义创作理念的一个明证。莫言的这种反叛贯穿于《红高粱》之后的其他历史小说创作中，并在他的一些散文、随笔里获得“理论化”的表述。

在中国当代文学发展过程中，虽然文学的真实性问题一直是一个争论不休的话题，但受马克思主义文艺思想和社会主义政治意识形态的影响和规范，现实主义创作理念要求文学创作必须真实地反映社会生活，揭示社会本质和历史发展趋势，并认为真正的现实主义作品是能够真实地反映社会生活和历史发展趋势的。把这种现实主义理念运用到革命现实主义小说创作之中，就意味着创作者相信文学作品是可以反映历史真实的。换句话说，通过作家创作的文学作品，读者可以认识、了解历史发展的过程，理清历史演变的来龙去脉，把社会发展的历史脉络真实地呈现出来。这种历史观在新时期之前的当代文学创作中是一种占据着统治地位的历史观。新时期之后，这种历史观开始有所松动，一些作家不再信奉这样的历史观，逐渐走向新历史主义。莫言算得上是对现实主义历史观反叛最为彻底的作家。这种反叛首先就表现在他的轰动效应最为显著的作品《红高粱》中。

在莫言的创作意识中，所谓的历史真实其实都是无法拼凑起来的碎片，所以我们也就根本无法获得历史的本来面目，所谓的真实地再现历史其实压根就是痴人说梦。我们所能捕捉到的历史真实最多只能是某种精神意念和历史氛围的真实，而不是客观事实的真实。至于小说家以及小说与历史之间的关系，莫言认为：

小说家并不负责再现历史也不可能再现历史，所谓的历史事件只不过是小说家把历史寓言化和预言化的材料。历史学家是根据历史事件来思想，小说家是用思想来选择和改造历史事件，如果没有这样的历史事件，他就会虚构出这样的历史事件。所以，把小说中的历史与真实历史进行比较的批评，是类似于唐·吉诃德对着风车作战的行为，批评者自以为神圣无比，旁观者却在一边窃笑。①

依此理论，他认为以小说的方式反映战争，最有效的方式不是客观地再现战争场面，而是反映、揭示处在战争环境里的人们的精神世界，从而表现战争对人的灵魂扭曲或者人性在战争中的变异，进而揭示所谓的历史真实。他的《红高粱》就是在这样的历史观念的指导下创作出来的。在这部作品中，历史变成了传奇故事的想象性演绎，人物的真实性和故事的可靠性完全无据可凭，所谓真实的历史在莫言笔下其实就是传奇故事加上自己大胆的想象，并且是毫无事实根据的想象。

与那些为了真实地反映客观历史而精心塑造"典型环境中的典型人物"的正统现实主义作家相比，莫言的这种幻想型的人物显然是不能让持有传统文学观念的人感到满意的。许多抱有现实主义文学观念的作家为了做到真实地反映客观历史，在创作之前下了不少工夫，比如搜集大量的文献资料、采访相关的历史亲历者、到故事发生地体验生活等，从而增加作品的真实性。但莫言却完全摒弃了这种在他看来完全是"挂羊头卖狗肉"愚弄读者的"虚伪"做法。他认为，真实就存在于民间流传的故事传说中，就存在于作家的想象中。文学不是历史，它的目的不是记录历史，记录历史是历史学家的工作，而即使是历史学家，他所记录的历史也不是客观的历史，而是掺杂了个人主观意念的历史。对于文学家来说，没有真实的历史，只有传奇。所以他说：

《红高粱家族》好像是讲述抗日战争，实际上讲的是我的那些乡亲们讲述过的民间传奇，当然还有我对美好爱情、自由生活的渴望。在我的心中，没有什么历史，只有传奇。许多在历史上大名鼎鼎的人，其实也都是与我们一样的人，他们的英雄事迹，是人们在口头讲述的过程中不断添油加醋的结果。我看过一些美国的评论家写的关于《红高粱家族》的文章，他们把这本书理解成一部民间传奇，真是说到我的心坎里去了。②

在谈到《丰乳肥臀》的创作心得和经验时，他说：

① 莫言：《我的〈丰乳肥臀〉》，《小说的气味》（小说家讲坛），第 65 页。

② 莫言：《我在美国出版的三本书》，《小说的气味》（小说家讲坛），第 56 页。

通过对这个家族的命运和对"高密东北乡"这个我虚构地方的描写，我表达了我的历史观念。我认为小说家笔下的历史是来自民间的传奇化了的历史，这是象征的历史而不是真实的历史。但我认为这样的历史才更加逼近历史的真实。因为我站在了超越阶级的高度，用同情和悲悯的眼光来关注历史进程中的人和人的命运。①

从莫言的文学历史观念中我们可以看出，他对那种通过利用客观的史料作为文学创作的基本素材，试图再现历史真实的"天真"的文学企图是不屑一顾的。在他看来，文学运用那样一种方式来反映历史真实无异于缘木求鱼，因为那样的创作受到作者先入为主的意识观念的钳制，必然会有所偏倚，哪有真实可言。

如果说《红高粱》、《丰乳肥臀》中表现出来的文学观和历史观只是一种艺术化的含蓄表现，那么在其他一些文章里，莫言则以"肆无忌惮"甚至是"大言不惭"的方式，表达了类似的文学观和历史观，表现出了对现实主义文学观、唯物主义历史观不屑一顾的态度和彻底决裂的决心。我们不妨先看看他是怎么说的：

历史在某种意义上说就是传奇。这是我读史的感想，也是我从个人经验中得出的结论。……没有任何一个故事讲述人是不对自己讲述的故事添油加醋的；也没有任何一个史学家肯定完全客观地记述历史。因为人毕竟是有感情的、有好恶的，想客观也客观不了。看看司马迁的《史记》就知道他是一个对刘姓王朝充满怨恨的人。凡是遭到刘家迫害或被刘家冤杀的人，他都寄予了深深的同情，描述到他们的功绩时总是绘声绘色地赞美，极尽夸张之能事。……由此推想，我们今天所读到的历史，都是被史学家、文学家和老百姓大大夸饰过的，都是有爱有憎或是爱憎分明的产物。我们与其说是读史，还不如说是在读传奇；我们读《史记》，何尝不是在读司马迁的心灵史。②

前几年散文、随笔热门时，前后大约有十几家出版社动员我编一本集子，我心里虚得很，不敢应承。因为我想一个人写小说时总是要装模作样或是装神弄鬼，读者不大容易从小说中看到作者的真面貌。但这种或者叫散文或者叫随笔或者叫杂文的鸡零狗碎的小文章，作者写作时往往忘了掩饰，所以就更容易暴露了作者的真面孔。……据说写散文、随笔要有学问，我没有学问，有的只是一些道听途说的野语村言；据说写散文要有高尚的情操和美好的理想，这两样东西我都没有，

① 莫言：《我在美国出版的三本书》，《小说的气味》（小说家讲坛），第64页。

② 莫言：《楚霸王与战争》，《写给父亲的信》（散文集），春风文艺出版社2003年版，第103～104页。

有的都是草民的念头和生理性的感受，所以我轻易不敢把这些东西集中起来示众。①

但后来他反思了这种看法：

> 一个人写小说时装模作样、装神弄鬼，写散文时何尝不是装模作样、装神弄鬼呢？
>
> 小说是虚构的作品，开宗明义就告诉读者：这是编的。
>
> 散文、随笔是虚伪的作品，开宗明义告诉读者：这是我的亲身经历！这是真实的历史！这是真实的感情！其实也是编的。
>
> 咱家也坦率地承认，咱家那些散文随笔基本上也是编的。咱家从来没有去过什么俄罗斯，但咱家硬写了两篇长达万言的俄罗斯散记，咱家写俄罗斯草原，写俄罗斯边城，写俄罗斯少女，写俄罗斯奶牛，写俄罗斯电影院里放映的中国的《地道战》，写俄罗斯小贩在自由市场上倒卖微型原子弹。咱家的经验是，越是没影的事，越是容易写得绘声绘色。写时你千万别心虚，你要想到，越是那些所谓的散文、随笔大师的作品，越是他娘的胡扯大蛋，天下的巧事儿怎么可能都让他碰到了呢？②

显然，莫言的这种文学观念和历史观念蕴含的叛逆意图是令人惊异的。他的这些"石破天惊"之语完全是对传统文学观念和历史观念的颠覆。对于莫言的这种"胡言乱语"我们应该怎样看待呢？在笔者看来，我们既不能断然否定莫言的这套奇谈怪论，也要辨析其中掺杂的混乱认识。

莫言曾经直言，他的创作一直以来都是一种突破式或反抗式的写作，尤其是20世纪80年代，他是有意识且非常激烈地反抗着既有的创作规范，希望能够突破各种禁锢：

> 在我看来实际上"文革"时期对作家的写作禁锢，有的是意识形态的控制，有的就是作家头脑本身就有的，你从小生长的环境和所受的教育，你的阅读等等决定了你不能那样写只能这样写。我当时的写作就是带着对这种禁锢的突破意识而写作的。③

---

① 莫言：《人一上网就变得厚颜无耻》，《写给父亲的信》（散文集），第145页。

② 莫言：《人一上网就变得厚颜无耻》，《写给父亲的信》（散文集），第147～148页。

③ 莫言：《故乡·梦幻·传说·现实》，《莫言对话新录》，第427页。

他甚至说所谓的文学就是"往'上帝'的金杯里撒尿","在墙角撒尿是野狗的行为,但往上帝的金杯里撒尿却变成了英雄壮举。上帝也怕野种和无赖,譬如孙悟空,无赖泼皮极端,在天宫里胡作非为,上帝也只好招安他。小说家的上帝,大概是一些'小说创作法则'的东西,撒一些尿在上边,可能有利于放下包袱,开动机器"[①]。看得出,莫言在创作中的反叛意识是非常自觉的。从创作的实际看,莫言的确是在践行着他的这种反叛式的写作理念。这是莫言自觉的艺术理想和追求。如果我们把莫言的这种反叛式的创作放置在20世纪80年代的文化语境中,就会发现,莫言的这种反叛式的创作其实也是时代所需求的文学精神和文化理想。当时的这种需求是有深刻的历史背景和现实原因的。

在"文革"之前的十多年间,由于受"左倾"文艺思潮的严重影响,文学创作的发展道路越走越窄,到了"文革"期间则完全走入了绝境,纯粹成了一种政治化的东西,所谓的文学艺术精神和审美自由几乎消失殆尽。新时期开始后,思想解放带来的意识形态领域的松动使得文学开始了新的探索。探索并不容易,它需要颠覆权威的观念,需要突破旧有的规范才能有所收获。在批判、反思"左倾"思潮对社会和民族造成的伤害的同时,整个社会迫切需要符合社会历史发展的新观念、新思想的萌芽与破土而出。在文学领域则希望能够出现代表文学自由精神的文学观念和创作实践。在时代殷切的呼唤声中,不少作家依照自己对时代要求的理解作出了力所能及的回应,20世纪80年代的中国文坛上出现的伤痕文学、反思文学、改革文学、寻根文学就是文学界对时代呼唤的回应。莫言在创作之初也随着时代潮流行走了一段时间,创作了诸如《今夜雨霏霏》、《丑兵》、《为了孩子》、《售棉大路》、《岛上的风》、《雨中的河》、《民间音乐》等作品。但很快,莫言就意识到了随大流与自己的生活经验和创作个性是完全背离的。于是他就主动游离出了文学大流,开始探索符合自己艺术个性和贴近自己生活经验的创作。从《民间音乐》开始,他的创作发生了重要的变化,到《透明的红萝卜》、《红高粱家族》的发表,莫言的创作走的是一种双重反叛的道路。他的创作不但反判"文革"之前的"左"的文艺思潮对作家自由精神的禁锢,也开始反叛新时期以来文学创作中显露出的过分强烈的政治情结和教条化的现实主义创作理念,同时,还反叛一味模仿西方现代主义文学的跟风倾向。反叛的结果是莫言把创作的目光投向了被自己视为"丑陋"且发誓远离的故乡,而演绎故乡往事的手段则是毫无边界的想象。想象在莫言的文学创作机制里是一把无所不能的利器,它划破了笼罩在文学领域上空的各种厚重的雾嶂,直接通达人的带有原始特征的思维,由此把莫言的文学创作带入了不附带任何价值判断、伦理评判的自由境界。莫言的创作由此走上了属于他自己的奇幻轨道。这个

① 莫言:《旧"创作谈"批判》,《小说的气味》(散文演讲集),第291页。

轨道远离同时代的文学园地，成了一个独异刺目的存在，在某些方面赢得了时代的喝彩。

由上面的梳理可以获知，从时代需求的角度看和文学发展层面上考察，莫言的文学反叛行为是有其合理性的。尽管他的反叛行为有时候会因用力过猛而带来巨大的负面影响，但整体而言，莫言的反叛对中国当代文学的转型作出了自己应有的贡献。更为可贵的是，新时期之后的莫言一直高举反叛的大旗行走于文学江湖，不断地以自己的方式扩展着文学的领地。当然，我们也不能因为莫言的反叛行为和进取精神为中国当代文学不断突破陈旧规范和僵化模式起到了推波助澜的作用而忽视其携带的消极负面因素。比如他对历史的看法，认为对于文学家来说，甚至对于任何一个人来说历史都是非客观的，是一堆堆传奇构成的，不存在真实可信的历史。这种为创作中的随意想象寻找根据的做法显然有些太过离谱，已经滑向了历史虚无主义的边缘；而莫言把所有类型的创作都视为作家胡乱编造的"玩意儿"的文学观念，其实是拒绝信任世界的一种偏执理念。尽管我们可以理解莫言这样说的意图是想揭穿某些作家故弄玄虚、沽名钓誉的虚伪做派，但其剑走偏锋的言说依然暴露出了其信口开河的"不负责任"和"愚妄"。

第二节　对传统伦理观念的反叛

如果在中国当代作家里找出一个把"以丑为美"的审美取向推向极致的作家的话，那么莫言将会毫无悬念地拔得头筹。"以丑为美"，且把这种审美倾向大肆地加以渲染是莫言创作区别与当代其他作家的一个重要因素，它在为莫言的艺术世界带来独异色彩的同时，也为其引来了诸多的批评与谴责。莫言的"以丑为美"的审美取向包含着很复杂的文化内涵，其中一个维度就是对传统伦理道德和观念的反叛与蔑视。在这一维度上，有两个方面的内容因在莫言的创作中占据着显赫的位置而尤其值得我们关注：一个是莫言的故乡形象与观念，另一个是对母亲形象及亲情伦理的改写。

一、对故乡形象和故乡意识的改写与重塑

与许多出生于农村的作家一样，作为故乡的乡村世界是莫言文学创作的源泉；与许多出生于农村的作家又很不一样，作为故乡的乡村世界在莫言的心目中是一个"丑陋"的形象。即使后来莫言意识到故乡是他创作的"血地"，并认为他的创作无论如何也不能离开故乡，如果离开故乡的话，他的创作就会枯竭，也依然不能阻止他对故乡"丑陋"面目的揭示。莫言的这种故乡观念，是对中国文学中故乡观念的一种"背叛"，

由此也是对中国人乡土伦理观念的反叛。

中国人自古以来就有“重土安迁”的习惯,故乡家园在中国人的精神意念和情感世界中占据着非常重要的地位。因此,中国文学史上留下了许多描写故乡风貌和表达思乡之情的优秀篇章。这些优秀篇章反过来不断引导人们建构关于故乡家园的种种美好的情感关系,并强化着这种情感关系。千百年来,在中国文学故乡主题中,故乡家园被描摹、塑造成一个肉体寄托之地和精神皈依之所。把故乡比作母亲,是中国文学对故乡最高贵的艺术描述,也是作家们对故乡给予的最深厚的情愫。自现代以来,具有了现代理性意识的作家对故乡的描述有了新的变化,五四时期形成的乡土文学的两个支流代表了故乡叙事的两种方向:一是以鲁迅为代表的作家,他们一方面从各个侧面描写故乡(主要是乡村世界)的贫穷、落后,一方面揭露、批判故乡民众思想意识的愚昧、麻木;另一分支是以废名、沈从文为代表的作家,他们看不惯城市生活中的种种污浊现象,转头缅怀故乡淳朴自然的生活情态与和谐温馨的人际关系,从而把故乡家园描绘为田园牧歌式的人间“天堂”。无论是以鲁迅为代表的以揭露、批判为主题的乡土文学,还是以废名、沈从文为代表的以歌颂、缅怀为主题的乡土文学,尽管二者之间存在着鲜明的区别,但有一点却是大致相同的,那就是,这两种类型的乡土作家对故乡家园都怀有美好的情愫,都寄予无限的憧憬,在情感深处和意识观念里始终视故乡家园为生命存在的根基,是一个不可或缺的“美好存在”。换句话说,故乡家园在这些作家的审美视野和观念意识、情感场域里的形象是正面的、积极的,是给人以希望和安全感的,就像一个母亲的怀抱之于漂泊天涯的游子一样。但这种正面、积极的形象在莫言的观念意识、情感场域和艺术世界里发生了巨大的变化。

童年、少年时代的惨痛经历给莫言的心灵留下了难以抹去的伤痕,这伤痕就像植物的根系一样缠绕在莫言的心灵世界,持久地使他感到隐隐作痛。而这疼痛是与故乡的人事和环境紧密联系在一起的。就这样,体味着童年、少年时代经受的惨痛经历,莫言的内心滋生了一种刻骨铭心的“仇恨”,对他来说,故乡就是自己苦难人生的发源地。他渴望有一天能够离开它,到天涯海角,越远越好:

> 十五年前,当我作为一个地地道道的农民在“高密东北乡”贫瘠的土地上辛勤劳作时,我对那块土地充满了仇恨。它耗干了祖先们的血汗,也正在消耗着我的生命。我们面朝黑土背朝天,付出的是那么多,得到的是那么少。我们夏天在酷热中挣扎,冬天在严寒中颤栗。一切都看厌了:那些低矮、破旧的茅屋,那些干涸的河流,那些狡黠的村干部……当时我曾幻想:假如有一天我能离开这块土地,我决不会再回来。所以,当我坐上运兵的卡车,当那些与我一起入伍的小伙子们流着眼泪与送行者告别时,我连头也没有回。我有鸟飞出了笼子的感觉,我觉得那

儿已没有什么东西值得我留恋了。我希望汽车开得越快越好、开得越远越好，最好开到天涯海角。[①]

带着对故乡的"仇恨"，抱着逃离故乡的渴望，莫言离开了故乡；怀着对故乡的"仇恨"，他开始描绘故乡的往事。有了"愤恨"这一情感基调，莫言笔下的故乡呈现给我们的面目是极为丑陋的。除了描写自然景物时莫言笔下能够流淌出还算美好向上的情愫外，其他的一切都会让人感到不安和惊悚。"以丑为美"是莫言讲述故乡人事时最为常用的审美思维，故乡的一切在他眼里都是那样的肮脏、污秽，缺乏美好的人性基础。如果说以鲁迅为代表的乡土作家在揭露故乡的落后、凋敝，批判民众的愚昧、麻木的同时，还寄托着作家深厚的启蒙理想和"哀其不幸，怒其不争"的深刻同情，内里包含着他们对故乡农村未来发展的希冀与憧憬的话，那么，莫言则更多地是以客观地、近乎原生态地展示乡村的生活形态为其艺术目的。依照莫言的创作原则与理念，即"作为老百姓的创作"这一原则与理念，他是不乐意以批判的眼光来审视、描绘笔下的乡村社会的，因为他认为自己并不比那些生活在底层的老百姓高明，自己没有资格去对他人的生活说三道四。我们当然不能强求莫言向鲁迅那一代作家学习、借鉴，也不能判定只有依照鲁迅他们的创作理念才能写出优秀的作品。作家在创作实践中选择什么样的主观态度和审美模式，是作家的自由，是由作家的审美趣味、艺术观念决定的。但不同的主观态度和审美模式产生的审美效果是不一样的。莫言以客观的叙述态度描写故乡，加上童年、少年时代的惨痛经历作为情感刺激源，他笔下的故乡家园呈现出来的自然是污浊、野蛮且毫无希望的艺术图景，这不但与以鲁迅为代表的作家笔下的故乡景象有着一定的差别，更与以沈从文为代表的乡土作家笔下的乡村有着根本性的差异。就这样，莫言以自己的艺术创作反叛了中国文学对故乡的艺术塑造与审美演绎，为我们呈现了故乡的另一种存在形态，展现了游子对故乡复杂的情感态度：

> 对土地——乡土的热爱，决不能盲目。爱的第一要义就是残酷地批判，否则就会因为理智的蒙蔽，导致残酷的游戏。[②]

这是莫言对故乡家园的辩证态度。这种态度的产生还有更为深刻的认识根源，它与莫言在童年、少年时代的生命体验的基础上对人性的认识有关。"饥饿的岁月使我体验和洞察了人性的复杂和单纯，使我认识到了人性的最低标准，使我看透了人的本质的某些方面，许多年后，当我拿起笔来写作的时候，这些体验，就成了我的宝贵资源，我的

① 莫言：《我的故乡与我的小说》，《当代作家评论》1993年第2期。

② 莫言：《旧"创作谈"批判》，《小说的气味》（散文演讲集），第291页。

小说里之所以有那么多严酷的现实描写和对人性黑暗毫不留情的剖析，是与过去的生活经验密不可分的。”①

当然，莫言对故乡的态度随着其创作视野的不断拓展和年纪的增长也在不断地发生着转变，但这种转变是有限度的。成名之后的莫言曾在不同场合多次表示，故乡对于他来说是无法忘却的“精神血地”。当他试图把文学创作的生命不断延续下去的时候，他发现故乡往事不可阻拦地进入了他的艺术世界，而他在故乡往事中才真正找到了创作的灵魂与用之不竭的源泉。在《白狗秋千架》这篇小说中第一次提到“高密东北乡”这一地理概念后，这种意识越来越明确、越来越强烈。莫言提到：

> 在以后的一系列创作活动中，我感觉到那种可以称为“灵感”的激情在我胸中涌动，经常是在创作一篇小说的过程中，又构思出了新的小说。这时我强烈地感觉到，二十年农村生活中，所有的黑暗与苦难，从文学的意义上说，都是上帝对我的恩赐。虽然我身在异乡，但我的精神已回到故乡；我的肉体生活在北京，我的灵魂生活在对于故乡的记忆里。②
>
> 作家的故乡更多的是一个回忆往昔的梦境，它是以历史上的某些真实生活为根据的，但平添了无数的花草，作家正像无数的传说者一样，为了吸引读者，不断地为他梦中的故乡添枝加叶——这种将故乡梦幻化、将故乡情感化的企图里，便萌动了超越故乡的希望和超越故乡的可能性。③

这是莫言从文学创作的意义上对故乡所作的界定，此时的故乡已属于文学叙事伦理的范畴。在这一范畴之内，物质意义上的故乡早已虚化为虚无缥缈的影子，这个影子在莫言的小说中被命名为“高密东北乡”。从表面上看，莫言对故乡的认识似乎发生了转变，返回到中国文学传统的故乡叙述的系统之内。但事实并非如此。莫言在把故乡视为艺术精神的发源地时，故乡留给他的最初印象并没有改变，他并没有淡忘故乡往事烙印在他身体与心灵上的伤痕。尽管我们也能够从他的小说中看到反映故乡民众在贫困的生活中获得种种快乐幸福的相关情节，也能从莫言的一些言谈中获知生活在贫困中的民众并不如人们想象的那样苦难重重、毫无幸福可言，而是也有属于自己的快乐时光的，但这种带有浪漫色彩的艺术描绘并没有完全改变莫言对“物质化”的故乡的最初印象与认识。在他的艺术世界里，故乡依然是充满苦难且丑陋龌龊的荒蛮之地，而他对故乡也不抱任何美好的憧憬。

---

① 莫言：《我的文学历程》，《用耳朵阅读》(演讲集)，第193页。

② 莫言：《我的故乡与我的小说》，《当代作家评论》1993年第2期。

③ 莫言：《超越故乡》，《写给父亲的信》(散文集)，第170～171页。

莫言对故乡形象的改写选择的是"丑化"故乡的审美取向，对于莫言而言，这是他对物质化的故乡和文学化的故乡融合理解的结果。我们在这里说他"丑化"故乡，并没有任何贬斥的意思，仅仅是相对于中国文学主流审美意识对故乡描述的"美化"倾向而言的。无论是"美化"还是"丑化"，无论是"赞美"还是"诅咒"，无论是"亲近"还是"仇恨"，情感上的差异和理性判断上的不同都不会影响作家艺术成就的优劣，当然也不意味着作家思想水平的高下，更不会意味着作家道德品质的高低。与此同时，还需要说明的是，尽管莫言以"丑化"的方式反叛了中国传统文学对故乡形象的塑造，以尖锐锋利的笔触毫不掩饰地呈露乡村世界的污浊、肮脏与人性的残暴、野蛮，但这并不意味着莫言对生活在故乡土地上的生灵怀抱冷漠、嘲讽和鄙夷、贬斥的态度。事实上，在莫言的小说中，也流淌着现代以来中国乡土作家对中国农民的深切体恤与怜悯之情。虽然莫言的小说因为语言上汪洋恣肆和情节上的怪异奇绝转移了读者对包含于其中的情感倾向的注意，甚至被表面的描述迷惑而产生误解，但如果我们能够揭开这些看上去有些斑驳陆离的形式外衣，就会发现，他的作品中同样包含着深厚的人道主义情怀。莫言的人道主义情怀来自于他对苦难人生的深刻体验，来自于他对脆弱生命无奈、无助的感应，因此他的人道主义情怀中渗透着一种令人战栗的悲凉。

最后需要补充的是，莫言的故乡叙事还隐藏着莫言宏大的艺术野心和抱负，那就是他试图超越故乡。这里面包含着两层含义：一是小说题材虽然以故乡为根据地，但却并不局限在真实发生的故事框架中作茧自缚，而是用想象为故乡人事插上飞翔的艺术翅膀，故乡只是一个"有名无实"的符号而已；二是故乡作为一个基地，成了莫言审视人类社会的一个艺术起点或视点，在这一基地的支撑下，莫言找到了审视整个人类社会的某种视角。

二、对母亲形象及亲情伦理的改写

1995 年，《丰乳肥臀》在《大家》上连载，年底由作家出版社出版了单行本。《丰乳肥臀》的发表和出版又一次把莫言推上了中国文坛的风口浪尖。与《透明的红萝卜》、《红高粱》等作品发表时引来如潮好评、一致叫好的情形有所不同，《丰乳肥臀》激起了诸多论者的不满，引发了文坛的普遍指责。不满与指责的原因是多方面的，有文学表现形式方面的，也有主题倾向方面的，还有人物形象塑造方面的。而大多的不满与指责主要集中在两点上：一是作品主题倾向，二是关于母亲形象的塑造。关于主题倾向，主要涉及历史真实性问题，限于本章节论述主题的限制，在此不作讨论。有关母亲形象的塑造以及相关的亲情伦理描述，是该小说引发的另外一个重要的探讨话题。论者们针对这一话题，对莫言进行了毫不客气的"声讨"。在"千夫所指"的无奈境况下，满肚子冤屈与愤恨的莫言不得不发表公开声明，以此来表白其创作《丰乳肥臀》的动机与目的，“坦言”自己塑造母亲形象的历史缘由和现实根据，以及他对小说中母亲形象艺术内涵的认识与理解。因发表一部作品而引起“公愤”，作家不得不出面解释，以求消除误会、误解甚至曲解的现象，在新时期之后的中国文坛上实属罕见，仅莫言一家而已。这一现象让人仿佛又看到了新中国成立后“十七年”文学生态环境中的神奇景观。

在这篇发表于《光明日报》、题名为《〈丰乳肥臀〉解》的“说明书”中，莫言想表达的核心意思有两个：一是为什么给小说题名为“丰乳肥臀”，二是为什么塑造上官鲁氏这样一个母亲形象。其实，除了“丰乳肥臀”因包含具有“色情”意味的性暗示，被论者视为一种哗众取宠的宣传策略之外，这两个问题在其他方面是相通的，可以视为一个问题。这个问题就是如何艺术地展现母亲形象。对于《丰乳肥臀》中的母亲形象——上官鲁氏，莫言是这样坦言他的创作初衷和意图的。创作的动机缘起于一次美术欣赏课上看到的一尊女性雕像。这尊女性雕像面目模糊不清，头部以下风格粗犷、形状丑陋，硕大的乳房和肥壮的腹部、臀部显得富有活力。据老师解释，这尊雕像象征着母系社会的生殖崇拜和母性崇拜。这次欣赏给莫言留下了深刻的影响。之后的生活中，每每想起这幅雕像，总会使莫言激动不已。他说：“我每当回忆起这尊雕像，就感到莫名的激动，就感到跃跃欲试的创作的冲动，就仿佛捏住了艺术创作的根本。”[①]莫言认为，这尊雕像所反映的其实是人类最原始、最朴素的生命活力，而自己创作《丰乳肥臀》这部作品就是要寻找这种在现代文明社会里已经消失得干干净净，如果存在，也只存在于乡野民间的最原始、最朴素的生命活力。莫言要寻找这种消失的朴素的生命活力，其重要的艺术载体就是母亲这一形象。他说：

> 人世间的称谓没有比“母亲”更神圣的了，人世间的感情没有比母爱更无私的了，人世间的文学作品没有比为母亲歌唱更动人的了。我终于明白想起那雕像就激动就冲动就充满自信是因为母亲的力量，是母亲生养我哺育我和我建立了血肉联系才会产生的一种血亲的力量。想到此我就明白，这部作品是写一个母亲并希望她能代表天下的母亲，是歌颂一个母亲并企图能借此歌颂天下的母亲。遗憾的是我并没能完全实现我的艺术野心。[②]

随后，莫言还动情地回忆了自己母亲悲苦凄凉的生命历程，说这部书其实就是写给自己母亲的书，是为了告慰母亲的在天之灵而创作的。莫言的坦白、解释可谓“情真

① 莫言：《〈丰乳肥臀〉解》，《光明日报》1996年11月22日。
② 莫言：《〈丰乳肥臀〉解》，《光明日报》1996年11月22日。

意切"。但读者和评论者并不理解莫言的"苦心"，他们只相信自己阅读作品的感受和沉淀在自己心理意识中的传统伦理观念。他们的不满与指责最直接的来自于这样的疑惑，为什么把母亲与"丰乳肥臀"联系在一起呢？为什么一个被作家视为全人类母亲且值得歌颂赞美的母亲形象被塑造得那么"丑陋"、"粗俗"？作家的创作意图到底是什么？《丰乳肥臀》是一个严重背离中国传统伦理观念的"恶劣的艺术行为"。它摧毁了中国人对母亲形象的基本感受与认知。对于莫言对母亲形象的这种重塑与改写，下面的三段评论可以代表读者和诸多评论者的不满与"心声"：

> 母亲形象的塑造是一种伟大品格的物状化，辐射着女性之光的美丽，母性之光的温暖。有刚烈、有温柔、有坚韧、有贤良、有无奈、有期冀、有受挫、有失误，贵在尊严。母亲形象应当高于通常的女性，尽管她具有女性通常的本色，也不能张扬她的隐私，包括她的女性生理器官。把握不住分寸，就是亵渎母亲的神圣，这是人的理性观念所致，为中外古今文化规约的原则。
>
> 文学塑造母亲形象不可超越人类伦理的规范。人所共知，为人之子，把母亲的丰乳肥臀摆列出来，想必有失庄重。如果张扬母亲的隐私，恐怕就非孝顺之辈。因此，这部书塑造的上官鲁氏不失为一个典型的妇女艺术形象，当作母亲的化身怕是寒了天下母亲的心。①
>
> ……在莫言心目中，母亲之恩即臀养乳育之恩，臀乳是母爱产生的根本。那么"母亲"同"母牛"、"母猪"、"母虎"之类有何不同。这使我们想起了莫言在《红蝗》中的一段话："人，不要妄自尊大，以万物的灵长自居，人跟猪跟狗跟粪缸里的蛆虫跟墙缝里的臭虫并没有本质的区别，人类区别于动物界的最根本的标志就是：人类虚伪。"我们当然好心地认为这是一种抨击人世间丑恶的愤激之词。但如果哪个"人"真的如此自轻自贱、缺乏自信自尊，那是他个人的自由，不过天下的母亲们不会容忍儿女们把自己奉献的一切物质化、简单化地贬损为丰乳肥臀而等同于动物们具有的母性本能。只有经过人特有的情感性的升华和精神性的变形，"母爱"方能变得神圣。顺便说一句，"憋足了劲要在这部书里为母亲歌唱"的儿子，如此明目张胆地指称母亲的"丰肥"部位，起码有欠现代人必要的礼貌，亦难免不雅之诮，媚俗之讥，更难以开释商品化的"标题效应"之嫌疑。②
>
> ……母亲一生坎坷，饱受磨难，从没有精神焕发的时候，在打婆婆时她"神采飞扬"，多残忍的母亲啊。在后来漫长的苦难岁月中，她偷吞人民公社给修水库的

① 陈一水：《文学的失落——兼评莫言长篇小说〈丰乳肥臀〉》，《名作欣赏》1996年第4期。

② 刘蓓蓓、李以洪：《母性崇拜与"肥臀情结"》，《文艺评论》1996年第6期。

民工加工的粮食,回家后再抠呕出来;她为四十多岁的金童拉皮条,让金童上“独乳老金”的床,让“独乳老金”把金童调教成“一个能站着撒尿的男人”,而金童小时候吃过她的奶;为自家房屋不肯迁居影响了城市建设。金童之所以成为一个一辈子吊在女人奶头上的男人,也全是母亲娇宠溺爱、教子无方所致。小说所描述的母亲虽然饱经沧桑,但她的所作所为不值得歌颂。对婆婆来说,她不是孝顺媳妇;对丈夫来说,她不是贤惠妻子;对儿女来说,她不是慈爱的母亲;对社会来说,她也不是一个遵纪守法、顾全大局的人。这样的母亲生动感人吗?能真实地反映丰富的社会生活吗?值得大书特书、百般辩解去歌颂吗?如果作者要歌颂这样的母亲,那简直是对天底下所有真正伟大的母亲的亵渎。①

站在传统伦理观念的立场来看,上面的不满与责问显然是符合我们对母亲形象的心理期待和情感定位的。对于天下的子女而言,母亲作为生养儿女的直接生产者,无论如何都应该享有至高无上的美誉与尊重。这似乎是整个人类世界不言自明的“真理”,只要你有人的种性,就应该有这种最起码的人性体验与认知。自有人类以来,难以计数的艺术创作对母亲伟大牺牲精神的赞美、讴歌就是最为坚实的明证。这也不断强化了母亲形象的高贵与神圣,受此种传统审美观念和伦理意识的影响,在中国文学中,带有负面色彩的母亲形象的塑造往往是有限度的,而这样的母亲形象无论如何都是不能被视为歌颂、赞美的对象的。但莫言却冒天下之大不韪,依照“把好人写坏,把坏人写好的”创作理念,不但塑造了一个忍辱负重、吃苦耐劳、坚忍顽强的光辉耀眼的母亲形象,同时也让她身上携带了诸多令人感到诧异、惊愕的“丑陋”毛病和恶习。这种没有审美选择的创作取向,使得母亲形象浑浊不清,结果自然使得那些对母亲怀有美好情愫的读者难以接受。

前面我们已经提及,依照传统伦理观念和审美意识,评论者对莫言的不满与指责是有道理的。但是,经验和知识告诉我们,在一定的规范体系中有道理的观念意识,当它遇到超越这一规范的行为意识的时候,就会显露出它的不合理的一面。《丰乳肥臀》里的母亲上官鲁氏的形象特征虽然远远超出了我们习惯了的审美取向和伦理观念,但实事求是地说,这一形象似乎更符合现实生活中“母亲”留给我们的印象。母亲固然伟大可敬,她们的身上蕴藏着许多优点,但母亲也是人,她们的身上同样潜藏着许多缺点。与其他人一样,她们也是善良与邪恶、自私与宽厚、勇敢与懦弱、坚韧与脆弱的混合体。出于对母亲养育之恩的报答,无视母亲身上的种种缺点,或者把她们身上的缺点、弱点看作优点,不加区分地把母亲塑造成一个伟大可敬的形象,是完全可以的,这

① 林爱民:《作家要重视作品的社会效果》,《广西社会科学》1997年第2期。

符合人的情感需求。但我们应该清楚,这种在带有明显的感情偏向的伦理思维的支配下选择性地塑造出来的母亲形象,显然是不完整的。莫言敢于突破这种唯美化的艺术思维模式和伦理观念,以近乎本能的书写方式,不加删减地把母亲身上的所有秉性——包括优点与缺点,都一股脑地和盘托出,暴露在读者的视野之中,尽管有些刺目惊心,但却显得更为真实深刻。从全面认识人性的角度来说,这样的母亲形象似乎更具人性内涵和社会历史内蕴。

上面我们以《丰乳肥臀》这个特例为出发点,探讨了莫言对母亲形象和传统的伦理观念所作的反叛。其实,在莫言的创作中,对母亲形象和传统伦理观念的反叛一直是一个重要的主题取向。莫言其他小说中的母亲形象与《丰乳肥臀》中的上官鲁氏在形象特征上有着很多相似的地方,都是优点与缺点集于一身的女性。在她们身上,我们看不到没有缺点的优点,也看不到没有优点的缺点,她们在莫言笔下都是好坏参半的圆形人物,我们在评价她们时很难用传统的标准对她们进行非此即彼的判定。

第三节　对宏大创作动机的反叛

莫言曾说:

> 我开始创作的时候,的确没有那么崇高的理想,动机也很低俗。我可不敢像许多中国作家那样把自己想象成'人类灵魂的工程师',更没有想到要用小说来改造社会。①

这是莫言对中国文学创作中视文学为"经国大业"传统观念的自觉反叛。

在中国的文学传统中,始终把文学创作看作一件为国为民、成就功名的神圣事业。这种传统观念从先秦时代起就绵延不断,延至现代新文学兴起,余波直达20世纪80年代。在此种观念的影响、支配下,中国的文学创作者们在谈及自己的创作动机时,往往会从国家、民族、功名事业的宏大角度为自己的创作树立带有宏大意味的标杆,竭力把自己的创作看作一种集体性、公共性的社会实践,常常把自己的创作与社会历史的发展和民族文化、时代思想意识的建构相关联。尽管中国文学史上也存在着以娱乐和追求经济利益为根本目的的创作观念,但这些观念和文学实践始终是文学发展的配角,并总是受到获得神圣身份、高贵地位的正统文学观念的排挤、打压,得不到掌握着话语权的言说者的认可,从而也就无法进入主流意识形态所框定的思想文化规范之

① 莫言:《饥饿和孤独是我创作的财富》,《小说的气味》(小说家讲坛),第48页。

内，只能屈居民间角落，默无声息地生存、延续。

莫言于20世纪80年代初期开始文学创作。那个时候，虽然已经不再提倡“文学为政治服务，为阶级斗争服务”，但中国的文学发展趋向和精神态度，还是与国家政治意识形态有着如胶似漆的关系。新时期之初的文学创作依然努力试图承担改变国家发展方向的使命，因此作家创作时依然抱着宏大目标，依然把自己的创作视为“经国之大业”，而非实现个人人生目标和满足生存欲望的手段。研究者们早已指出，20世纪80年代是中国当代文学继承“五四”启蒙精神的新时期，“五四”一代作家们所身体力行的启蒙使命，在新的历史时期的文学创作中有了新的传承。这种说法用来考察那些心系庙堂，具有强烈的社会责任感和政治意识的作家的创作也许是准确的，但似乎却不适合套用在莫言身上，至少从表面来看是不合适的。因为在莫言的文学观念和创作动机中，文学实践似乎没有“治国平天下”的宏伟功能。对于莫言来说，创作仅仅关乎个人的私欲，比如吃喝玩乐这些形而下的生存欲求。在后来的回忆中，莫言曾多次讨论过自己从事创作的深层动机。他毫无掩饰地“坦言”促使他走上创作道路的动机有以下几个。

一是对食物的需求。这是扎根于莫言心田里的原初动机。饥饿是莫言小说中最为常见的生存状况，为了获取赖以活命的食物，莫言笔下的人物可以说是想尽了各种办法，用“无所不用其极”来形容也许不为过。《丰乳肥臀》里有一个情节，描述的是“母亲”上官鲁氏为了偷粮食而不被发现，采取了一个“高明”的方法：干活时乘人不注意时把粮食吞入胃内，回家后再想办法吐出来，以此为因缺少粮食而忍饥挨饿的家人提供食物。这一情节受到一些论者的批评，认为这是胡乱编造，给社会主义抹黑。但莫言却言之凿凿，说这绝对是真实的，它是发生在自己母亲身上的经历。“这件事听起来好像天方夜谭，但的确是我母亲和我们村子里好几个女人的亲身经历。”①

如果说周围亲人因为饥饿而显露出的种种“怪相”给莫言留下的印象还只停留在浅层，不足以让他刻骨铭心、难以忘怀，那么从小就不得不体验的饥饿感和为了填饱肚子而遭受的种种屈辱，则成了莫言永远也挥之不去的心理阴影。对于饥饿带给自己的印象和感受，莫言有着清晰的记忆：

那时候我们这些孩子的思想非常单纯，我们每天想的就是食物和如何才能搞到食物。我们就像一群饥饿的小狗，在村子里的大街小巷里嗅来嗅去，寻找可以果腹的食物。许多在今天看来根本不能入口的东西，在当时却成了我们的美味。我们吃树上的树叶，树上的叶子吃光后，我们就吃树的皮，树皮吃光后，我就啃树

① 莫言：《我的〈丰乳肥臀〉》，《小说的气味》（小说家讲坛），第62页。

干。那时候我们村的树是地球上最倒霉的树，它们被我们啃得遍体鳞伤。那时候我们都练出了一口锋利的牙齿，世界上大概没有我们咬不动的东西。[①]

吃不饱所带来的肉体上的折磨使得小小年纪的莫言把"吃饱肚子"看作活着的头等大事。在他的心目中，那些能用自己的劳动换来填饱肚子的"美味"的人，就是天底下最有能耐的人，而他们所干的工作就是最"牛"的工作。因此，当他听到村子里的右派大学生说一个作家因为创作而能够一天吃三顿饺子时，他心中暗下决心，要做一名作家。他说：

作家！从此我就知道了，只要当了作家，就可以每天吃三次饺子，而且是肥肉馅的。每天吃三次肥肉馅的饺子，那是多么幸福的生活！天上的神仙也不过如此了。从那时起，我就下定了决心，长大后一定要当一个作家。[②]

饥饿折磨着莫言孱弱的肉体，也影响、支配了他对生命意义的界定。对于由饥饿所带来的关于人的生命存在的看法，莫言有过这样的坦言：

当然，仅仅有饥饿的体验，并不一定就能成为作家，但饥饿使我成一个对生命体验得特别深刻的作家。长期的饥饿使我知道，食物对于人是多么的重要。什么光荣、事业、理想、爱情，都是吃饱肚子之后才有的事情，因为吃，我曾经丧失过自尊，因为吃，我曾经被人像狗一样地凌辱，因为吃，我才发奋走上了创作之路。[③]

莫言的这番言论，不由得让我们想起清朝诗人龚自珍的那句诗：读书都为稻粱谋。如果我们把"读书"改为"写作"，那这句古诗就是对莫言的创作动机最为恰切的描述和评判。当然，龚自珍说出这话时是带有不满、愤慨和嘲讽的，但莫言却把"稻粱谋"视为从事写作的堂而皇之的理由和目的。我们当然不能认为莫言的所有创作行为都是出于获取果腹之食，都是为了满足永无止境的"美食欲望"，但莫言坦言自己一开始创作仅仅只是为了换取填饱饥肠辘辘的肚子的创作动机却是大致可信的，至少他的创作动机中含有这样的成分。而当他把这些动机以毫不虚饰甚至以"自我感觉良好"的方式说出来的时候，其中所包含的对那种自以为是的高尚的创作动机的嘲讽和不屑一顾的意味，是显而易见的。

从莫言的相关文字中我们还可以得知，促使莫言走上创作道路的动机，除了以写

① 莫言：《饥饿和孤独是我创作的财富》，《小说的气味》（小说家讲坛），第44页。

② 莫言：《饥饿和孤独是我创作的财富》，《小说的气味》（小说家讲坛），第47页。

③ 莫言：《饥饿和孤独是我创作的财富》，《小说的气味》（小说家讲坛），第45页。

作换取消除饥饿的食物外,还有满足自己其他物质需求和虚荣心的需要,比如对穿着的需求。莫言不止一次向听众和读者表达过下面的创作意图:

> 二十年前,当我拿起笔创作第一篇小说时,并没有想到这项工作会改变我的命运,更没有想到我的作品会部分地改变中国当代文学的面貌。那时我是一个刚从我的故乡"高密东北乡"的高粱地里钻出来的农民,用中国的城里人嘲笑乡下人的说法是"脑袋上顶着高粱花子"。我开始文学创作的最初动机非常简单:就是想赚点稿费买一双闪闪发亮的皮鞋满足一下虚荣心。当然,在我买上皮鞋之后,我的野心便随之膨胀了。那时的我想买一只上海造的手表,戴在手腕上,回乡去向我的乡亲们炫耀。那时我还在一个军营里站岗,在那些漫漫长夜里,我沉浸在想象的甜蜜当中。我想象着穿着皮鞋戴着手表在故乡的大街上走来走去的情景,我想象着村子里的姑娘们投到我身上的充满爱意的目光。我经常被自己的想象激动得热泪盈眶,以至于忘了换岗的时间。①

依照莫言的说法,他的创作动机也与追求爱情有关。少年时代,莫言喜欢读书,但却找不到可读的书,邻村的石匠家里有一套《封神演义》迷住了莫言。为了能够读这套书,莫言到石匠家里拉磨磨面。石匠有一个女儿,长得很漂亮,给莫言留下了很深的印象。后来莫言喜欢上了这位姑娘,就向她表白,不料不但遭到拒绝,还受到了无情的嘲弄,说他是"癞蛤蟆想吃天鹅肉"。姑娘的嘲讽并没有让莫言死心,他又找人说媒,姑娘的回应是,如果莫言能写出一部像《封神演义》那样的书,就嫁给他。为了得到姑娘的芳心,莫言发誓一定要写出一部像《封神演义》那样的书。莫言的这一说辞的真实性现在无据可查(据叶开在《莫言评传》里透露,这是莫言胡编乱造出来的浪漫故事),但其言谈中透露出来的那种对"形而下"的创作动机的偏好却是异常明显的。

莫言在成名之后毫不忌讳地把自己从事文学创作的最初动机公之于众,对于这种"事后表态"的行为和姿态,我们可以从多个方面加以揣测,比如我们可以相信他的"坦白"是真的,也可以认为这是为了表现自己的与众不同而采取的一种哗众取宠的策略,抑或一种玩笑式的胡言乱语。但无论从哪个方面揣测,它客观上包含的反叛色彩和意图都是不可否认的。正如我们前面所提到的那样,中国的作家有强烈的政治情结和庙堂意识,他们习惯于把自己的创作视为与国家、民族大业密切相关的神圣事业。尤其是20世纪90年代之前的社会环境中,在大多数作家观念里,文学创作绝不仅仅是关乎个人生存和荣辱的私事,它是社会公共事业的一部分,肩负着维护社会正义、推进社会进步、提升

---

① 莫言:《在京都大学的演讲》,《小说的气味》(小说家讲坛),第118~119页。

民族精神素质、启蒙大众的重任。"作家是人类灵魂的工程师"、"作家是社会的良知"、"文学要为人民大众服务"等观念意识在诸多作家的心理意识中还占据着支配性地位。

对于中国作家的这种"心怀天下"、"情系大众"的创作情怀和文学抱负,莫言是熟知的,他曾不无嘲讽地指出,中国的许多作家有一种可怕的政治情结,总是以人民的代言人自居,总是过高地估计自己的社会地位,而事实上他们并不比别人高明多少,甚至道德水平很低,文学素质低劣,他们写出的作品其实是很虚伪的。他这样说道:

> 中国向来就有"文以载道"的传统,许多作家往往过高地估计自己的社会地位,错以为自己真是什么"灵魂的工程师",肩负着教育人民、为人民代言的重任,这就使他们自觉不自觉地成为了精神贵族,不自觉地运用居高临下的眼光来看待生活在社会底层的广大人民,用这样的眼光观察到的生活必然是虚假的生活,用这样的写作态度写出来的作品必然是虚伪的、缺少生命力的作品。①

有了这样的认识,莫言对那些动不动就把自己的创作动机抬高到社会历史、国家民族等带有宏大意味的高度的做法显然不以为然、嗤之以鼻,认为那只不过是不知天高地厚的写作者不自量力的拙劣表现,同时也是一些作家沽名钓誉的一种无耻伎俩。

我们也许不能认可莫言这种以偏概全地否定作家崇高的创作动机、嘲讽作家的社会责任意识和历史使命感的单向度思维。因为作家的创作作为一种精神活动,无论它辐射的范围多么狭窄,都是一种社会公共行为。既然是一种公共行为,那作家就必须对他的这种公共行为负责,必须担负起他应该担负的责任。同时,作家,尤其是那些在社会上很有名望的作家,作为公众人物,当他享有社会为他提供的资源的时候(这些资源是其他人不能享有的),他就有责任担负比普通人更多的责任。至于那些心怀抱负、情系天下的作家,他们真诚地把自己的创作视为一种能够匡扶正义、推进社会进步的文化活动,并在创作实践中自觉地践行这种文学观念,我们也没有必要对其冷眼相看。这不仅是对一种高贵的社会责任意识和历史使命感的尊重,也是对作家作为一个个体生命而选择创作这一职业的尊重。我们能够尊重社会上其他人选择其他类型的职业,为什么就不能尊重一个人依照自己的兴趣选择创作这种职业呢?当然,作家利用自己特殊的身份和地位沽名钓誉,为自己谋求资本的做法则另当别论。从上述角度考虑,莫言的一些说法的确值得谨慎对待。但我们也应该看到,莫言之所以毫不隐讳地说出自己并不高尚的创作动机,除了当初自己的创作动机的确并不崇高外,确实怀有对这种以文学创作为幌子追名逐利的虚伪做派的厌恶、嘲讽之意和反叛企图,而其嘲讽与

---

① 莫言:《向往格拉斯大叔》,《小说的气味》(小说家讲坛),第 35 页。

反叛的确在某些方面击中了中国当代文学的要害。

莫言敢于毫不隐讳地袒露自己当初形而下的创作动机的言辞自然包含着对那种不知天高地厚、自以为是的创作做派的嘲讽与反叛倾向,但这并不是莫言秉持形而下的创作动机的根本原因和目的。综观莫言的创作,我们可以发现,依照莫言自己的说法,他的创作走的是“作为老百姓的写作”这一路数。在莫言的意识中,“作为老百姓的写作”,就是作家把自己看作一个普通的老百姓。作家并不比任何人高明、高贵、高尚,他与老百姓的唯一差别是作家能够写小说,仅此而已。因此,作为老百姓的作家所能做的只能是创作小说而已,绝对没有能力去教导别人、引导别人、启蒙别人,更不能不知天高地厚地以为自己掌握了世界的真理,向他人宣扬。如何才能做到这一点呢?唯一可行的办法就是依照普通老百姓的生活逻辑、心理意识去创作,他们是怎么想的就怎么创作。在莫言看来,对于普通老百姓来说,基本的衣食住行这些形而下的需求才是他们最根本的需求,是他们拼死拼活想要满足的需求。一个作家能够依照普通老百姓的这种生活逻辑来描写生活,才能创作出真实地反映民众生活的文学作品,否则就是虚伪的作品。他以创作出《二泉映月》的阿炳为例来说明自己的这种创作理念:

> 他阿炳心态卑下,没有把自己当成贵人,甚至不敢把自己当成一个好的老百姓,这才是真正老百姓的心态。这样的心态下的创作,才有可能出现伟大的作品。因为那种悲凉是发自灵魂深处的,是触及了他心中最疼痛的地方的。请想想《二泉映月》的旋律吧,那是非沉浸到了苦难深渊的人写不出来的。①

从以上言论可以看出,莫言敢于直言自己那些形而下的创作动机,也是出于对文学功能与文学观念的一种自我理解。他似乎很坚信,他的这种文学创作理路才是符合文学创作规律的“正道”。

莫言对文学的社会功能与创作的动机的看法随着其创作的丰富和深入,也有着不断的变化。在不否认创作初期有过的那些创作动机和旧有的文学观念的同时,他对文学的功能和自己不断创作的冲动有了新的认识和体验。比如他开始感觉到自己之所以创作就是为了写出好作品,有时也是为了为农民鸣不平、喊冤屈,甚至为了进行艺术实验等。在2006年的一次演讲中,他坦言,在解决了温饱问题之后,刺激自己创作的动力主要来自两个方面。一是面对纷繁复杂、千姿百态,令人无所适从的社会现实与人生,每个人都有自己的感受与判断,作为小说创作者,他需要把自己的感受和判断说出来:“……我作为一个写小说的人,当然也有自己的喜好和憎恶,面对是非时有我的

---

① 莫言:《作为老百姓写作》,《小说的气味》(小说家讲坛),第10页。

判断与标准,有自己的面对各种现象时的心态。于是我想用小说这种方式,把自己对生活、对当前社会现象的复杂感受表达出来。"①二是对小说的喜爱与痴迷。他曾说:"对于一个从事近三十年的小说创作的小说匠来讲,我确实对小说的无穷无尽的变数充满着迷恋。每当我在一篇新的小说里面,在小说所表现的思想、意象中,哪怕发现自己有一点点创新,就会感到非常兴奋。所以说,对于小说艺术本身的爱好和迷恋成为我写作小说的动力。"②毫无疑问,与以往相比,莫言的创作动机变得高尚了许多,但无论发生何种变化,莫言的反叛精神依然绵延在他的文学世界里。他的与众不同、喜欢标新立异的文学个性依然没有根本性的改变。

第四节　莫言反叛精神的复杂性辨析

莫言在创作活动中所表现出来的反叛精神是一个复杂的综合体,对于这个复杂体的各种成分的分析辨认,也许能够在一定程度上帮助我们看清莫言创作活动的"真实面目",某种程度上也许还可以让我们窥探到作家创作心理的某些奥秘,以及这些奥秘中所隐藏的现实诉求。

以莫言在中国当代文坛上的地位来看,他的这种文学叛逆行为所产生的影响是不容忽视的。他的文学行为所蕴含的力量与其他作家的文学活动所产生的力量一道形成了中国当代文学发展的动力。从宏观视野出发考察莫言的种种文学叛逆行为,我们必须承认,在客观上它们对冲破陈旧僵化的文学思维模式和创作规范具有巨大的历史价值,在一定的范围内有力地推动了中国当代文学多元化发展的历史进程。这是莫言文学叛逆行为留给我们的"宏大"印象。

当我们穿越这个"宏大帷幕",进入莫言叛逆行为的深层,从作家个体心理意识的角度来审视其文学叛逆行为的时候,就会发现,莫言的文学叛逆行为最初的出发动因其实隐藏着极为私人化的动机。这些动机与他维护自己的文学创作尊严、争取属于自己的合理地位、创建自己的文学风格和艺术王国、"标榜"自己的文学理念、博取读者大众的认可等隐秘目的有着直接的关系。

一、莫言的叛逆具有争取文学发言权的强烈动机

为了说明这个问题,让我们再次回到《红高粱》的创作缘由和过程中。莫言曾经说

① 莫言:《上海大学演讲》,《用耳朵阅读》(演讲集),第158页。

② 莫言:《上海大学演讲》,《用耳朵阅读》(演讲集),第159页。

过,《红高粱》的创作完全是一种偶然因素刺激的结果。这个偶然因素就是一次研讨会上的不同文学观点的针锋相对。那些功成名就的老作家们,不但有着后代作家无法拥有的战场生活经历和丰富的创作经验,而且拥有强势话语权。像莫言这类作为“学员”的后辈作家,人微言轻,缺乏经验,似乎只有“照章办事”的份儿。但莫言此时已经是文坛上小说名气的青年才俊了,而且在尝试创新的创作中尝到了甜头。他不愿意墨守成规,沿着前辈的路子走下去,让自己的身影投放在前辈留下的巨大阴影下。他渴望的是能够有所突破,创作出烙上自己印记的作品,从而走出属于自己的艺术之路。如何实现这样的文学野心和艺术抱负,作为后来者,需要跨越已经存在的种种文学规范和陈旧的艺术思维模式。所以,老作家们的经验之谈就成了他必须反叛的对象,因为老作家的经验之谈既是以往创作规范的理论化呈现,也是对陈旧思维模式的维护、保持。但如何成功反叛既有的文学陈规,从而使自己在文坛上拥有发言权,且赢得众多作家尤其是老一代作家的认可,还需要拿出货真价实的作品来。于是,创制出一部新颖别致、独一无二的作品是莫言必须要完成的任务,否则即使把自己的文学观念表达得天花乱坠,也绝对不可能在文坛上站住脚跟,他依然会是一个人微言轻的小角色。正如莫言所说的那样,他费了一番工夫后终于找到了“鱼跃龙门”的门道。这个门道就是找出以往被视为权威的战争文学的不足与缺陷。他找了,而且找到了。他认为:

> 我们以往的抗战题材文学,太重视了对战争过程和战争事件的描写,太忽略了对人的灵魂的剖析。在这些作品中,有英勇的故事,有鲜明的旗帜,有伟大明晰的经典话了的战争理论,但缺少英雄的怯懦,缺少光明后面的黑暗,缺少明晰中的模糊。我们历来不缺少能够深思的作家,不缺少具有独到见解的作家,但缺少具有深思品格和具有独到见解的作品。①

他还接着说,中国的战争文学功利性太过明显、强烈,往往表现出以下特征:

> ①歌颂伟大思想的胜利,为伟大思想进行注解和说明。
>
> ②歌颂正义战争对非正义战争的胜利,歌颂进步力量对落后力量的消灭。
>
> ③歌颂英雄主义,歌颂牺牲精神,尤其歌颂成功了的英雄,尤其歌颂对某场战争有直接意义的牺牲精神。②

莫言认为具有此种功利性的文学作品不是真正意义上的合格的文学。合格的文

① 莫言:《战争文学断想》,《小说的气味》(散文演讲集),第156页。

② 莫言:《战争文学断想》,《小说的气味》(散文演讲集),第156页。

学应该是超功利的文学，至少是比较非功利的文学。怎样创作出比较非功利的文学，那就是超越战争本身而去揭示战争中的人性，以丰富超拔的想象去补充战争经验的不足，以神似超越客观真实，从而完成对历史的"重现"。《红高粱》一炮打响，使莫言的反叛愿望得以实现，从此在文坛上拥有了属于自己的田地，由一个"听从将令"的小兵，变成了可以高谈阔论的重量级人物。《红高粱》之后的莫言，已经完全改变了自己在中国文坛上的身份、地位，他的话语权得到极大的提升和壮大，而这一结果也正是莫言想要的。尽管莫言并没有像作品里塑造人物和讲述故事那样毫无顾忌、口无遮拦地宣告他"争夺"创作话语权的目的，但他明白，在喜欢论资排辈的中国文坛上，想"出人头地"，就需要有这样的野心与抱负。莫言就是这样一个具有野心与抱负的"文学刺头"。在体制里混了多年的他知道成功的反叛意味着什么。在莫言的精神意识中，反叛的念头和争夺话语权的渴望早已萌生滋长，研讨会上的"针锋相对"只不过是一次不错的契机而已。这次"针锋相对"把莫言逼上了"绝境"，但也为莫言显示自己的文学才华和艺术抱负提供了一个绝佳机会。夸下海口的他必须做出个样儿让那些一直把持着文坛的"大佬"们瞧瞧。他必须用崭新的艺术风貌冲击旧有的陈规藩篱，并证明用新的创作方式制造出来的作品并不比那些所谓的文学"经典"差，甚至会超越它们。在这一动机的促使下，莫言创作了《红高粱》，《红高粱》也成就了莫言。

《红高粱》之后的莫言成了中国文坛的"红人"，他不但以一篇又一篇、一部又一部带有鲜明的先锋色彩的作品在中国文坛上横刀立马、左右冲突，而且以藐视一切的"高傲"姿态，对中国文学界和文化界中存在的种种"陈规陋习"进行肆无忌惮的嘲讽与批判。尽管莫言的诸多挑战读者极限的作品和那些口无遮拦的言论也遭到了一些学者、批评家的指责，但莫言丝毫没有收敛锋芒的意思，依然旁无他人地像独行侠一样行走在"文学江湖"，体验着"言说自由"带给自己的快感与幸福。从小就被告知"言多是祸"而变得沉默寡言且最终改名为"莫言"的莫言，终于实现了自己压抑太久的言说愿望。毫无限制的话语权的获得，使得莫言最本真的内心欲求得到了"重见天日"的机会，而在具体的文本世界里，他的言说欲望则得到了淋漓尽致、无以复加的发挥。对此，莫言不无得意地向人们宣告：

> 我的"高密东北乡"是我开创的一个文学的共和国，我就是这个王国的国王。每当我拿起笔，写我的"高密东北乡"的故事时，就饱尝到了大权在握的幸福，在这片国土上，我可以移山填海，呼风唤雨，我让谁死谁就死，让谁活谁就活，当然，有一些大胆的强盗也造我的反，而我也必须向他们投降。①

① 莫言：《福克纳大叔，你好吗?》，《小说的气味》(小说家讲坛)，第42页。

从莫言得意洋洋的宣告中，我们不难体味到，在文学世界里获得自由发言权的莫言是多么神气、霸道。我们能够感觉到他自由言说后灵魂出窍般的畅快淋漓的高峰体验。对于莫言这样一个从小就想自由言说却因为历史氛围与时代环境的限制而不得不压制自己的言说冲动，且最终改名以此明志的作家，我们应该能够理解他不断反叛的心理动机。被压抑是痛苦的，舒缓、释放痛苦最好的方式是寻找适当的渠道让被压抑的那部分东西获得补偿。

二、为自己的文学扬名立传作必要的宣传

尽管莫言一再宣称，自己是一个非常自卑且渺小的人物，也一再表示所谓的文学这种东西，其实并不是什么神秘的、高深的、神圣的东西，进行文学创作的作家其实与社会上从事其他职业的人一样，没有什么值得夸耀的。他在一次演讲中谈到"民间写作"时说：

> "作为老百姓的写作"者，无论他是小说家、诗人还是剧作家，他的工作与社会上的民间工匠没有本质的区别。一个编织筐篮的高手，一个手段高明的泥瓦匠，一个技艺精湛的雕花木匠，他们的职业一点也不比作家们的工作低贱。[①]

他认为，作家既不高尚也不伟大，相反更容易走向无耻可笑，所谓"作家是人类灵魂的工程师"纯粹是骗人的鬼话，谁信谁就是傻子。但正如莫言自己所说的那样，作家所说的话有时也是用来忽悠读者的，千万信不得。照此推想，莫言的这些看似谦卑的"真情告白"应该也是值得怀疑的。换句话说，莫言把文学创作看作一种稀松平常的、根本不值得夸耀的一般职业，并宣称他也没有把自己看作是什么伟大的、高尚的、所谓的"人类灵魂的工程师"等说辞，其实也包含着作假的成分，也可视为掩人耳目的"虚伪"之说。我们也许可以相信，莫言极力贬低文学的社会功能，贬损文学家的神圣形象是真诚的，因为传统的文学观念太看重文学的社会功能与作家的社会责任，结果把文学与作家捧到了一个不合适的位置，让文学与作家承受了不应该也无法承受的重担，最终不但损害了文学，也腐蚀了作家的艺术才华。自 20 世纪 80 年代中后期以来，这种情形开始转变，文学与作家退到了社会的边缘地带。在这样的文化环境中，莫言说出"贬损"文学与作家的言辞应该说是有其可信度的。但我们依然不能就此认为莫言对自己作品的态度也是贬损的、蔑视的。让我们看看莫言走过的创作道路。

---

① 莫言：《福克纳大叔，你好吗？》，《小说的气味》（小说家讲坛），第 9 页。

总体而言，自《红高粱》发表以后，莫言一直走的是一条与众不同的叛逆之路，他所制造的文坛"事端"是其他作家不能望其项背的。这些"事端"往往都会引来许多批评，甚至是严厉的批判，当然也有一些喝彩、叫好声。面对评论界的严厉责问，莫言虽然多次表态对此不屑一顾，自己还会一如既往按照自己的创作方式大步前进，但实际情形并非如此。每一次大的争端发生后，莫言都会借助各种方式，比如记者采访、应邀演讲、主动撰文等，为自己辩护一番。他辩护的思路有两个：一方面尽力说明自己创作那样一部(篇)作品的缘由，另一方面竭力表态自己那样创作完全是出于作家对文学的本能感觉。不管是哪种思路，莫言都是在为自己的创作寻找合法性。为了维护自己作品的合法性，他必须去寻找以往创作规范中存在的种种弊端，并毫不留情地暴露于光天化日之下，然后表明自己的创作就是对那种存在着诸多弊端的创作模式的反拨，即使不是反拨，也是为了不犯同样的错误而作的努力，并高调宣示自己不愿意与之同流合污，做那些自欺欺人的蠢事。为了证明自己文学创作的合法性，他需要说明自己创作的合理性在哪里，于是他不得不从古今中外的先辈们那里寻找支撑资源。在这方面，他援引最多的是西方文学大师们的创作经验，比如福克纳、马尔克斯以及日本的川端康成、大江健三郎等。他在谈到福克纳对自己的影响时说：

> 我清楚地记得那是1984年12月里一个大雪纷飞的下午，我从同学那里借到了一本福克纳的《喧哗与骚动》，我端详着印在扉页上穿着西服、扎着领带、叼着烟斗的那个老头，心中不以为然。然后我就开始阅读由中国的一个著名翻译家写的那篇漫长的序文，我一边读一边欢喜，对这个美国老头许多不合时宜的行为感到十分理解，并且感到很亲切。譬如他从小不认真读书，譬如他喜欢胡言乱语，譬如他喜欢撒谎，他连战场都没有上过，却大言不惭地对人说自己驾驶着飞机与敌人在天上大战，他还说他的脑袋里留下一块巨大的弹片，而且因为脑子里有弹片，才导致了他烦琐而晦涩的语言风格。他去领诺贝尔奖金，竟然醉得连金质奖章都扔到垃圾桶里，肯尼迪总统请他到白宫赴宴，他竟然说为了吃一次饭跑到白宫去不值得。他从来不以作家自居，而是以农民自居，尤其是他创造的那个"约克纳帕塔法县"更让我心驰神往。我感到福克纳像我的故乡的那些老农一样，在用不耐烦的口吻教我如何给马驹子套上笼头。接下来我就开始读他的书，许多人都认为他的书晦涩难懂，但我却读得十分轻松。我觉得他的书就像我的故乡那些脾气古怪的老农絮絮叨叨一样亲切，我不在乎他对我讲了什么故事，因为我编造故事的才能绝不在他之下，我欣赏的是他那种讲述故事的语气和态度。他旁若无人，只顾讲自己的，就像当年我在故乡的草地上放牛时一个人对着牛和天上的鸟自言自语一样。在此之前，我一直还在按照我们小说教程上的方法来写小说，这样的写作

是真正的苦行。我感到自己找不到要写的东西,而按照我们教材上的,如果感到没有东西可写时,就应该下去深入生活。读了福克纳之后,我感到如梦初醒,原来小说可以这样地胡说八道,原来农村发生的那些鸡毛蒜皮的小事也可以堂而皇之地写成小说。他的约克纳帕塔法县尤其让我明白了,一个作家,不但可以虚构人物,虚构故事,而且可以虚构地理。于是我把他的书扔到一边,拿起笔来写自己的小说了。受他的约克纳帕塔法县的启示,我大着胆子把我的"高密东北乡"写到了纸上……这简直就像打开了一道记忆的闸门,童年的生活全被激活了……从此后我再也不必为找不到要写的东西而发愁,而是要为写不过来而发愁了。[①]

在 1999 年的一次演讲中,他谈到了川端康成对自己的影响:

我的觉悟,得之于阅读:那是十五年前的冬天里的一个深夜,当我从川端康成的《雪国》里读到"一只黑色的秋田狗蹲在那里的一块踏石上,久久地舔着热水"这样的句子时,一幅生动的画面栩栩如生地出现在我的眼前,我感到像被心仪已久的姑娘抚摩了一下似的,激动不安,兴奋无比。我明白了什么是小说,我知道了我应该写什么,也知道了应该怎样写。在此之前,我一直在为写什么和怎样写发愁,既找不到适合自己的故事,更发不出自己的声音。川端康成小说中的这样一句话,如同暗夜中的灯塔,照亮了我前进的道路。[②]

这里不厌其烦地引述莫言的夫子自道,是想说明,我们不应怀疑莫言对包括福克纳、川端康成等在内的著名作家的学习、借鉴乃至"膜拜"是真诚的,是出于对文学事业的热爱;也不应该否认莫言的确得到了这些文坛高手们的真传,悟出了文学创作的真谛。但我们同时也应该探究一下,莫言"膜拜"这些著名作家还有没有其他目的呢?在笔者看来,莫言在不同场合、不同时间,重复提及这些著名作家,除了的确因为在创作道路上受到过这些作家的深浅不同的影响外,其实也有点"拉大旗作虎皮"的非文学目的。说白了就是以这些作家为自己的创作壮胆,为自己的那种"随心所欲,胡说八道"式的创作寻找充分的理由。他的逻辑无非是:我的创作是受了这些世界著名作家的艺术经验的启发而产生的,我的那些以"胡扯蛋"方式创作出来的作品其实是有着深刻的文学基础的。如果我的那些"胡说八道"的作品受到批评,那么像福克纳、川端康成等这类公认的世界著名作家也应该受到批判。但事实是,这些作家已经成了文学界的大师,他们的作品受到了各国读者的好评。现在我所进行的创作只不过是对大师们创作的

① 莫言:《福克纳大叔,你好吗?》,《小说的气味》(小说家讲坛),第 39 页。
② 莫言:《在京都大学的演讲》,《小说的气味》(小说家讲坛),第 119 页。

一种延续而已。就这样，莫言为自己的反叛找到了最为有利的依据，当然这也许正是他不断反叛下去的最为持久的动力。由此看来，莫言的反叛其实是有着为自己争取文坛地位和宣扬自己的文学才华与成就的内在目的的。如果我们读一读莫言写的一些谈论文学创作经验的散文和发表在国外不同场合的关于文学的演讲，我们就能对他的这种内在动机感受得更为清晰。尤其是那些国外的演讲，可以说就是莫言为自己文学创作的与众不同，也就是不断地创新、叛逆"树碑立传"的一次次身体力行的行动。看起来，莫言对中国当代文学的一次次叛逆，并不仅仅是为了单纯的文学创新，而是与他自己人生追求的其他目的，比如名与利、文坛话语权等，也有一定的关系。而这一点也可以从他"喋喋不休"地袒露自己形而下的创作动机的言说中看出些苗头来。

如前面所说，莫言认为真正好的写作应该是"作为老百姓的写作"，作家应该抱着谦卑的心态去创作，因为作家并不比普通老百姓高明、高尚、高贵。一个作家要想创作出感人的优秀作品，必须遵循老百姓的生活逻辑和思维意识，方可达到这一目的。毫无疑问，这种创作路数是有其道理的。但有道理并不意味着是放之四海而皆准的唯一真理，并不意味着所有的作家都应该去遵循，更不意味着其他创作模式是不可行的或低劣的。一个作家尽可以把自己形而下的创作动机当作创作的推动力，并以此创作出优秀的文学作品，但不能就此认为那些抱有高尚动机的作家的创作就是虚伪的，并认为他们不可能创作出优秀的作品。莫言坚持奉行自己的创作理念，却以此贬低其他类型的创作理路，难免有以一己之念度他人之腹的嫌疑。这其中是不是也包含着"贬抑他人，彰显自己"的私心呢？

在此需要说明的是，这样直白地"揭露"莫言的深层动机，并不是要否定莫言在创作上表现出来的叛逆精神，更不是想丑化莫言的形象和矮化其人格，只是想揭示作为作家的莫言之所以不断反叛文学常规，制造文学"事端"的深层动因。

三、对童年、少年心理精神压抑的补偿

莫言曾经这样说过，假如在幸福的童年与作家之间作出选择，他会毫不犹豫地选择幸福的童年。这是莫言拥有了显赫的社会地位和令一般文人仰慕的名气之后对过去进行回顾时所发的感慨。莫言深知，如果没有曾经拥有过的童年，就不会有辉煌的今日。这种带有必然性的因果逻辑使得莫言似乎对童年怀有感恩的心态，但童年时代所遭受的压抑与折磨，以及留下的种种缺失与遗憾，无论如何都在莫言的心灵世界里烙下了难以抹平的"疤痕"。尽量弥补曾经失去的一切，是抹平"疤痕"的最好药剂，也是符合人的心理逻辑的。莫言的创作在心理补偿的层面上可以看作这样一种行为。

从莫言自己的言谈以及小说中所描写的情景来看，莫言的童年生活用"悲惨"来形

容似乎也是恰当的。尽管后来不论是莫言自己还是评论界都一致认为,这种悲惨的童年生活是莫言创作的巨大财富,是他文学创作取之不尽、用之不竭的资源宝库,但悲惨就是悲惨,它对一个幼小心灵的健康发育所造成的伤害是无法否认的。在一个正常的环境里,在一种合乎基本人性的伦理中,没有人会主动接受这样的悲惨童年。遭遇悲惨童年,那是迫不得已的人生遭遇。至于后来这种悲惨遭遇变成人生道路上的宝贵财富,是后天选择利用的结果,而不是先天的预言和人生设计的结果。有些人很不幸,早年的遭遇留下的是无尽的伤痛;有些人很幸运,把早年的不幸变成了可资利用的财富,享用终身。莫言是后者。这就是莫言把自己的悲惨童年视为财富的根本原因。从莫言创作的实际情况和他的诸多言谈中可以获知,他的文学创作不但从童年生活那里掘取了无尽的资源,而且作为一种补偿不断地弥补着他在童年时代无法满足的种种美好单纯的愿望和被剥夺、被压抑的生命欲望。从这个角度考察莫言在文学创作上的叛逆行为,我们就会发现,莫言之所以不断在文学世界里像一个天真率直的孩童一样我行我素、胡说八道,其实是有着心理根源的。莫言总是喜欢用儿童视角来讲述故事,总是把成人世界描绘成污浊丑恶的烂泥潭,也与这种心理根源有着直接的联系。

莫言曾说,饥饿和孤独以及家乡的充满了传奇色彩的故事、传说是他创作的三大财富。作一个分类,这三种财富分属不同的范畴。饥饿是肉体方面的痛楚记忆,在对肉体造成伤害的同时,也会给人身体的感觉器官留下深刻的印象,让人终生难忘。孤独是精神层面的体验,它标示的是个人存在与外部环境之间形成的某种关系。对于童年来说,孤独也许只能停留于被排斥在某个集体之外,孤零零的、无人理睬的层面(他与成人世界里因精神上不愿与世同流合污而形成的孤独是有区别的)。故事、传说是另外一种客观存在,它们与莫言建立起了一种独特的关系,是莫言童年世界唯一充满色彩与阳光的记忆。

如果说饥饿与孤独以负面力量撞击、毁坏着莫言美好的童年愿望,并留给他种种痛苦悲惨的记忆,那么充满传奇色彩的故事、传说则以一种正面力量不断给莫言受伤的肉体和心灵送来安慰,让他感觉到了童年生活里应该有、但却无法得到的快乐与自由。可以说,早在童年时期,在莫言的生活中,饥饿、孤独和故事、传奇就已经形成了一种互补的关系。莫言以那些充满了奇幻色彩的传奇故事,弱化、驱赶着挥之不去的饥饿和孤独,试图让那些存在于幻想之中的幻影取代现实生活中的不幸。这种关系一直延续到了莫言的创作之中。童年的伤痛留给了莫言难以泯灭的记忆,那些曾经失去的东西可以依靠毫无拘束的写作来得到补偿。尽管物质上的补偿无法完成,但精神上的补偿同样珍贵,也许更有价值。在此意义上,我们可以这样认为,莫言的创作既是为悲惨的童年所唱的挽歌,也是为不幸的童年所唱的赞歌。他用自己的创作为缺失的童年寻找到了获得补偿的最佳渠道,他用自己的创作补偿了童年的种种缺失。童年是痛苦的，但"假如你成了作家，当年的痛苦可以追本加息地补偿"①。这也许是莫言这位饱受童年痛苦的男人在成为作家后对创作的意义之于他个人而言最为本真的体验。他在创作中的我行我素、胡说八道，他在创作中的不守规范、随意而为，他在创作中对那些充满了传奇色彩的故事、传说的大肆征用，在潜意识层面都可以视为对不幸童年的"加息补偿"。

四、拓展文学边界

莫言被视为中国最善于描写"感觉"的作家。当年《透明的红萝卜》、《爆炸》、《红高粱》等小说发表后，评论者们就很快发现了莫言创作的这一特点。比如，对莫言有过专门研究的张志忠先生曾在《论莫言的艺术感觉》②一文中认为，莫言是一位特别注重"艺术感觉"的作家，并对莫言创作中的"艺术感觉"作了比较细致的分析、论述。莫言之所以特别重视各种"感觉"在创作中的重大作用，并始终把"感觉"描写放在作品的第一位，与他特别看重想象在文学创作中所发挥的不可替代的作用有关。"想象力毫无疑问是一个作家最根本的东西。想象力是你在掌握的已有的事物、已有的形象的基础上创造出、编造出的一种崭新的东西，事实上想象力是一种创新能力……至今，我认为想象力是一个作家最重要的、最宝贵的素质。"③莫言对想象的看重，一方面是对过去那种教条的现实主义文学理念的不满；另一方面则是他认为，在如今科技极为发达的现实环境中，文学如果还固守老一套创作理念和模式，将会失去生命活力，可能真如一些论者所说的那样走向"终结"。怎样应对这两种限制文学向前发展的绊脚石呢？莫言认为最好的办法是发挥作家的想象力，以此来对抗这两种蚕食文学地盘的力量。对于教条的现实主义创作理念，莫言认为经过 20 世纪 80 年代初期进入中国的西方文学思潮的洗礼和作家自身的反思，中国的作家已经大都从它的桎梏中走了出来，似乎已经不是大问题。文学创作面对的最大问题是随着科技发展而兴起的其他文化艺术传媒的冲击，这是未来文学发展最大的"敌人"。如果文学依然沿着传统的所谓客观写实的方式行进下去，必然被挤兑到一个尴尬的位置，走向"终结"似乎也是可能的。"在有了录音机、录像机、互联网的今天，小说的状物写景、描图画色的功能，已经受到了严峻的挑战。你的文笔无论如何优美准确，也写不过摄像机的镜头了。"④出于这样的担忧

① 莫言：《故乡·梦幻·传说·现实》，《莫言对话新录》，第 406 页。
② 张志忠：《论莫言的艺术感觉》，《文艺研究》1987 年第 4 期。
③ 莫言：《故乡·梦幻·传说·现实》，《莫言对话新录》，第 409 页。
④ 莫言：《小说的气味》，《小说的气味》(小说家讲坛)，第 2 页。

与焦虑，莫言提出了自己的对抗策略，那就是最大限度地发挥人类特有的想象力，激发人的一切感觉器官，为文学发展开辟新的道路。对此，他阐发了自己的看法：

> 但惟有气味，摄像机还没有法子表现出来。这是我们这些当代小说家最后的领地，但我估计好景不长，因为用不了多久，那些可怕的科学家就会把录味机发明出来。能够散发出气味的电影和电视也用不了多久就会问世。趁着这些机器还没有发明出来之前，我们应该赶快地写出洋溢着丰富气味的小说。①
>
> 当然，仅仅有气味还构不成一部小说。作家在写小说时应该调动起自己的全部感觉器官，你的味觉、你的视觉、你的听觉、你的触觉，或者是超出了上述感觉之外的其他神奇的感觉。这样你的小说就会有生命气息。它不再是一堆没有生命力的文字，而是一个有气味、有声音、有温度、有形状、有感情的生命活体。②

在莫言看来，能够创作出此种有气味的小说，那么小说就不会走向绝境。所以他又说：

> 作为一位除了写小说别无它能的人，即便我已经看到了小说的绝境，我也不愿意承认，何况我认为，小说其实是任何别的艺术或是技术无法取代的。即便是发明了录味机也无法取代。因为录味机只能录下世界上存在的气味，而不能录出世界上不存在的气味。就像录像机只能录下现实存在的物体，不可能录出不存在物体。但作家的想象力却可以无中生有。作家借助无所不能的想象力，可以创作出不存在的气味，可以创造出不存在的事物。这是我们这个职业永垂不朽的根据。③

"作家的想象力却可以无中生有"，这是莫言用来应对被一步步逼向绝境的创作困境的有力武器。正是这种"无中生有"的想象力，使得莫言的创作爆发出了强劲的震撼力。他的那些"胡说八道"式的小说世界，无一不是由"无中生有"的想象力所创造的。尽管我们不能完全认可莫言的这种"想象力决定论"，认为有想象力就可以创作出优秀的作品，就可以把什么样的感觉都以文学艺术的形式呈现出来，但我们也不能否认，莫言的这种强调想象力在小说创作过程中的重要作用的文学观念，的确既有符合文学创作规律的内在合理性，也有无法取代的现实意义。一方面，文学创作无论如何也离不开作家的想象，纯粹写实的作品是绝对不可能存在的；另一方面，文学创作所面对的越

---

① 莫言：《小说的气味》，《小说的气味》（小说家讲坛），第 2 页。
② 莫言：《小说的气味》，《小说的气味》（小说家讲坛），第 4 页。
③ 莫言：《小说的气味》，《小说的气味》（小说家讲坛），第 4～5 页。

来越狭窄的存在空间，也迫使创作者必须充分发挥自己的主观能动性，尽可能地拓展文学活动空间。在所有各种类型的主观能动性中，作家的想象力无疑是最可靠、最直接，也是最有效的。尽管莫言肆无忌惮、毫无选择地发挥自己的想象力，使得他的不少作品充斥着令人惊愕不已的"坏想象"，严重地影响了作品的审美趣味，败坏了读者的阅读胃口，但我们也应意识到，莫言的这种看上去毫无限度的"滥用"想象力的做法，在根本动机上所显露出来的反抗意识还是值得肯定的。同时，我们还应该看到，莫言的一些作品在运用想象力方面所取得的艺术突破为其作品带来的成就也是令人欣喜的。它对人们生活触觉的衍生有着积极向上的诱导作用，对拓展文学创作的活动领域也是大有裨益的。

五、反抗现实人生的种种局限

莫言之所在创作中表现出强劲持久的反叛意识和精神，也与他自觉地以文学创作的形式，反抗强大、僵硬的现实对脆弱、有限生命的压制和剥夺有着直接的关系。与广袤的宇宙和强大的现实相比，个体生命是有限的，也是脆弱的。古往今来，不论是从哲学层面上，还是在艺术世界里，对人的这一"悲惨"的现实境遇都有过令人战栗的表现。即使是在那些高扬人的主体精神和主观能动性的哲学理论和文学作品中，人的有限性和脆弱性也是人们无法忽视的根本性存在。但是，人之所以为人，就在于人能够在认清自己不幸处境的同时，向看似不可逆转的宿命作出必要的反抗，以此来维护自己的尊严，实现自己的生命价值。这样的情景我们既会在现实中遇到，也会在文学世界里与之相逢。尽管莫言的小说世界在整体上给人一种毫无希望、哀婉凄凉的印象，但这并不意味着莫言的创作实践和审美化的文学主题缺乏反抗现实的旨意。事实上，莫言的创作以及他所展现给人们的艺术世界，无一不包含着他坚决反抗现实、高扬生命尊严的精神追求。这首先与莫言自身的生活经历和生命体验有关。"外力的压迫，使他感到窒息，使他为保护自己而产生强烈的反抗情绪，使他对外界采取一种拒斥的眼光，抱有一种自觉不自觉的批判态度——当一个人无法与他面对的世界认同，这种对立是自然而然的。他无法与贫困的生活认同，因为世界存在着值得他向往的生活和轰轰烈烈的英雄故事；他无法与严厉的父亲认同，因为父亲剥夺了他的童年欢乐；他的躲入自己的内心世界，也是一种反叛，精神上的反叛。"① 当然，莫言的反抗是一种充满了悲壮意味的反抗，因为他并不认为反抗了就能够改变个体生命的存在状况，也不认为人仅仅能够通过反抗就可以获得所谓的高贵的尊严。有了这种来自精神底部的清醒的生

① 张志忠：《莫言论》，第 9 页。

命体认,他的反抗也就不可避免地披上了一层悲观主义的色彩。

莫言对生命存在的局限性的反抗主要体现在两个方面:一方面是对自己所遭遇的人生困境和局限性的反抗,另一方面是借助小说中的人物命运遭际来反抗现实对个体生命的压制与剥夺。

(一)向现实人生困境宣战

根据莫言的自述,在当兵离开家乡之前的二十多年里,莫言的人生是极为灰暗的。尽管莫言也以反驳的口吻表达过,在政治混乱、经济凋敝的岁月里,生活留给他的不仅仅是苦难与不幸,还有快乐。"就我所知,即使在'文革'期间的农村,尽管生活很贫穷落后,但生活中还是有欢乐,一点欢乐也没有是不符合生活本身的;即使在温饱都没有保障的情况下,生活中也还是有理想的。"[①]但这种快乐是相对而言的,它是那种苦中作乐式的快乐,即便有,也是短暂的、稍纵即逝的。这种快乐不会给生命存在带来积极的影响;相反,在苦难重重的生活中,在不幸令人窒息的现实中,它会使人越发感到生命的凄凉与悲哀。它也许能够给人留下深刻的印象,但绝对不会改变人对自身生命本质的认识和对生命存在的消极体验。苦中作乐,"苦"永远是"乐"的根基,"乐"之后的"苦"将会是一种更能让人彻骨寒冷的"苦"。对于莫言来说,童年、少年时代所受的压抑与苦难是"深重"的,而他对这种来自外部生存环境的压抑与苦难有着深刻的体验。这可以从他谈论自己童年、少年时代的生存环境和生活境遇的回忆中获得证实。

> 在这种社会环境里,我感受最强烈的就是家庭出身问题——家庭出身介于敌人和自己人之间所承受的压力。因为这种夹缝状态,也就造成了我们所受的家庭教育,就是老老实实、恭恭敬敬地做人,时刻不忘记把自己的尾巴夹住,时刻在别人面前保持一种谦恭的、卑微的态度,能不说话尽量不说话,实在逼着你说话时千万不要说得罪人的话,碰到什么不平的事情,千万不要充当第一个出头的人,这些都是保护自己的生存原则。中农家庭教育几乎都是这些东西。
>
> ……我的天性在这种环境和家庭教育中受到了很大压抑……本来还算聪明的头脑也因为失去了受教育的机会而白白地浪费了,肥沃的土地上,你不种庄稼自然要长野草,我的脑袋里长满了野草。[②]

这就是为什么莫言虽然说自己的童年、少年生活中其实也有过"阳光灿烂的日

① 莫言:《有追求才有特色》,《中国作家》1985年第2期。

② 莫言:《故乡·梦幻·传说·现实》,《莫言对话新录》,第405页。

子"，但却在创作中无法去表现那种快乐的踪影的根本原因；相反，苦难与不幸却在他的作品中成了无法拒斥的主题，悲凉凄楚成了他作品无法抹去的色调。

当然，面对这样的命运安排，莫言没有"坐以待毙"，任凭命运之手牵着自己的鼻子任意东西。他的骨子里有一股反抗的冲动，他对不公平的现实充满了"仇恨"，似乎从他意识到现实的不公平的那一刻起，就开始了属于他自己的个人反抗之旅。我们可以从莫言日后的回忆性言说中体味到他对不幸命运的反抗。当然，在艰苦压抑的环境中，最激烈的反抗往往只能淤积在内心深处，然后等待着迸发的机会。前面我们在论述莫言对故乡家园所怀有的态度时，曾引用过他"厌恶"、"仇恨"故乡的一段"真情告白"，其实那段话也完全可以看作他对沉重的、毫无生气的现实生存扼制、剥夺人性自由发展的可能性的不满与愤恨，也可以看作他企图摆脱这种无穷无尽的被扼制、被剥夺的生存境遇的一种反抗。我们不妨再次引用这段充满了愤恨与诅咒的肺腑之言，分析体味一下莫言对荒寒冷酷的现实生存境遇的不满与叛逃：

> 十五年前，当我作为一个地地道道的农民在"高密东北乡"贫瘠的土地上辛勤劳作时，我对那块土地充满了仇恨。它耗干了祖先们的血汗，也正在消耗着我的生命。我们面朝黑土背朝天，付出的是那么多，得到的是那么少。我们夏天在酷热中挣扎，冬天在严寒中颤栗。一切都看厌了：那些低矮、破旧的茅屋，那些干涸的河流，那些狡黠的村干部……当时我曾幻想：假如有一天我能离开这块土地，我决不会再回来。所以，当我坐上运兵的卡车，当那些与我一起入伍的小伙子们流着眼泪与送行者告别时，我连头也没有回。我有鸟飞出了笼子的感觉，我觉得那儿已没有什么东西值得我留恋了。我希望汽车开得越快越好、开得越远越好，最好开到天涯海角。[①]

莫言毫不掩饰的"真情告白"包含着以下两层内容：

一是"高密东北乡"的土地荒凉贫瘠，是苦难的根源，它像一个吸血鬼一样吮吸着一代又一代"高密东北乡"农民的血汗。一代又一代的劳动人民除了含辛茹苦地劳作以此换取赖以维持生命的口粮外，生活毫无幸福快乐可言，酷热中挣扎，严寒中颤栗，就是他们生活状态的写照。这样的生命存在有何意义呢？也许有些人早已意识到了这种生存状态的荒诞，但限于自身能力和生活观念的制约，他们无法放弃这种动物式的生存状况，自然也就不会主动逃离这种生存环境。有些人则时刻准备着逃离而去，莫言就是这样的有准备的逃离者。基于此，莫言对故乡的痛恨与诅咒，就不仅仅是对

① 莫言：《我的故乡与我的小说》，《当代作家评论》1993年第2期。

乡村世界的痛恨与诅咒，而是对那种令人窒息、扼杀人的合理欲望的生存方式和生存环境的不满与反抗。他之所以说出如此决绝的惊人之语，真正的根源在于他对现实生存环境的不满，在无法以自己的一己之力改变艰难困苦的生存环境的前提下，莫言的反抗方式只能是永远地、尽可能远地离开这个充满了不幸的苦难之地。莫言之所以在部队里不断创作，除了前面所提到的换取物质享受，比如拿稿费买皮鞋、手表这类能够显示身份、地位的优越性的商品外，其实还有一个更为重要的原因，那就是通过写作来改变被复原回到家乡的“返乡命运”。“返乡”，这是当时还没有摆脱故乡梦魇的莫言无论如何都不能接受的结局。既然通过意外的机会逃离了痛恨已久的苦难之地，那就决不能再回去了。改变命运的机会就把握在自己手里，无论如何都要冲出一条生路，不再去重复祖辈们所无法改变的毫无生气的生命之路。在此意义上，莫言的创作就不仅仅是为了兴趣而创作和为了那些简单的物质享受而创作，它的更大的动机和动力是走一条全新的生活道路，与父辈们的生活之路完全不同的生活道路，让自己不要再像父辈们那样含辛茹苦，仅仅为了吃饱饭而维持生命。依照这一思路推想，莫言创作的最深层的动机其实就是对不堪重负的现实境遇的反抗，目的在于试图通过创作来改变现实之网编织在自己身上的绳索。

二是在莫言的关于痛恨故乡的表述中，还涉及乡村行政关系或人际关系。“那些狡黠的村干部”，也是莫言叛逃故乡的重要原因。也许是出于某种忌讳，莫言对此只是蜻蜓点水式的一笔带过，但在莫言的精神意识和情感世界里，那些“狡黠的村干部”所造成的负面影响可能比物质生活上的困苦带给他的伤害更深入骨髓、难以泯灭。在中国这样一个有着悠久、深厚的乡村行政系统的国家，农村的官僚体制是极为发达的，而具体管理方式也简单野蛮得多。只要在农村长期生活过的人应该都会有类似的体验。对于莫言而言，更不幸的是他的阶级出身，根不正、苗不红，在阶级阵线分明的年代，他家的所有成员都是被专政的对象。关于这一点，莫言记忆深刻、体味颇深，他多次在不同场合表达过自己和家人因身份问题而遭受的不公正待遇。这种不公正的待遇虽然没有摧毁莫言，但毫无疑问却对他的精神意识和情感取向产生了巨大的影响。对于故乡的痛恨与诅咒，进而产生逃离的念头，其实也是对这种毫无人道的乡村人际关系的逃离。莫言作品对乡村官僚毫不留情地讽刺挖苦、批判鞭笞，正是由这样的人生遭遇引发的。可以说，在莫言的人生境遇中，他与同时代的其他人一样，体味到了太多的不幸与苦难，看到了现实中存在的种种不人道，但莫言对此表现出了不同于他人的态度。如果说绝大多数人的态度是逆来顺受、自认倒霉，在忍气吞声、怯懦无能中消耗生命，直至生命消失，那么莫言却满怀不满与愤恨，在诅咒中寻找反抗逃离的机会，以此展示自己存在的价值。选择创作就是莫言反抗的最好形式，在创作中高举反叛的大旗，“张牙舞爪”地横冲直撞，其实就是莫言的生命本能对人生局限反抗的一种体现。

（二）在艺术世界里反抗人生困境

莫言的这种通过创作来实现对沉重的人生局限的反抗之目的，在他的文本世界里通过超现实的奇异的方式，体现得更为淋漓尽致，更为荡气回肠。我们不妨借助几个似乎并不特别受到论者关注的作品作些分析。

短篇小说《翱翔》讲述的是因农村落后的换婚习俗而造成的人生悲剧。主人公少女燕燕被父母安排，作为给哑巴哥哥换婚的一方，被交换到了姓洪的人家做媳妇。但当燕燕看到满脸麻子的新郎后，她大叫一声夺门而出。身后是不断追赶的人们，窜入麦田的燕燕被人群围住，就在追赶的人们小心翼翼地围拢着靠近燕燕时，走投无路的燕燕突然飞了起来。文中描述道：

> 突然，一道红光从麦浪中跃起，众人眼花缭乱，往四下里仰了身子。只见那燕燕挥舞着双臂，并拢着双腿，像一只美丽的大蝴蝶，袅袅娜娜地飞出了包围圈。人们都呆了，木偶泥神般，看着她扇动着胳膊往前飞行。她飞的速度不快，常人快跑就能踩到她投在地上的影子。高度也只有六七米。但她飞得十分漂亮。①

这是一次奇异的逃离，它已经完全偏离了现实逻辑，但我们并不为此而感到不可思议。这就是莫言式的反抗方式，他赋予人物奇异的功能，让人物脱离既定的生存环境，从而实现自己内心渴望的目标。尽管这种“逃离术”无论从现实层面还是艺术表现手法的层面来说，都并不高明（现实层面，这样的逃离不切实际；艺术层面，这种表现手法早有人运用过），但作为一种反抗当下生存境遇的手段，它与莫言渴望逃离家乡，以此寻求新的生存出路的方式在精神上是相通的。

他的这种以逃离来反抗现实重压的情形在小说《枯河》中也出现过。小主人公虎子因为攀爬大树导致树枝折断，结果压死了村支书的女儿，不但给自己带来祸端，也给家人带来了不幸。年幼的虎子无法承受父亲、母亲、哥哥的轮番责骂与抽打，乘着夜色，偷偷打开虚掩的门逃往村子边上的河边。在冰凉的夜风中，虎子忍受着毒打留下的疼痛和满腹的委屈、怨恨离开了那个“罪恶”的世界。当黎明到来时，温暖的阳光照耀着大地，虎子留给这个世界的却是一个血迹斑斑的屁股。又是一个逃离的故事，结局虽然惨不忍闻，但莫言却依然把虎子的逃离描绘得充满了奇幻色彩：

> 月亮升着，太阳落着，星光熄灭着的时候，一个孩子从一扇半掩的柴门中钻出来，一钻出柴门，他立刻化成一个幽灵般的影子，轻轻地漂浮起来。他沿着村后的

① 莫言：《翱翔》，《与大师约会》（小说集），第124～125页。

> 河堤舒缓地飘动着，河堤下枯萎的衰草和焦黄杨柳叶喘息般地响着。他走得很慢，在枯草折腰枯叶破裂的细微声响中，一跳一跳地上了河堤。[①]

这是虎子被村书记和父亲、母亲、哥哥毒打之后悄悄地离开家独自逃往河边的过程。莫言把这一过程描写得如此轻盈，令人看不出小主人公因遭受毒打而受伤的迹象。这种举重若轻的表现方式显然包含着莫言对丑恶现实的极度蔑视与痛恨之情，从中我们感受到是受伤的小主人公毫无留恋人世的决绝态度。这种决绝态度与莫言对故乡生存环境和人事关系的决绝态度是多么的相似啊！

在《枯河》这篇小说中，莫言对乡村生存环境的恶劣与丑陋以及对它的诅咒与逃离的决绝态度的表现似乎达到了一个顶点。这主要体现在小说以下两个片段之中。第一个是虎子死后留给这个世界的最后“造型”：

> 明天早晨，他要用屁股迎着初升的太阳，脸深深地埋在乌黑的瓜秧里。一群百姓面如荒凉的沙漠，看着他的比身体其他部位的颜色略微浅一些的屁股。这个屁股上布满伤痕，也布满阳光，百姓们看着它，好像看着一张明媚的面孔，好像看着我自己。[②]

这个“造型”既是一个绝妙讽刺，也是一种意味沉重的象征。这是虎子对这个世界绝望之后的“最后一击”。强大的现实剥夺了他生存的权利，弱小的他无以反抗，只有痛恨与诅咒。“臭狗屎”是他留给这个世界的最后一句话。他甚至不愿意面对这个罪恶的世界，所以把头深埋在沙地上的瓜蔓中，用自己受伤的屁股去迎接黎明的到来和太阳的升起。这真是一个绝妙的讽刺啊！弱小的男孩用自己可以想到的最“下流、肮脏”的方式表达了对现实世界的仇恨与不满，表示与它的势不两立和决然分离。这正是莫言一贯的反抗态度：彻底决绝，毫不妥协。我们从虎子的死亡中仿佛又听到了莫言逃离家乡时发自内心的决然之音。

而下面这个片段则以更为奇幻的方式表达了逃离的决心：

> 在看到翅膀之后，他突然明白了自己的来龙去脉，他看到自己踏着冰冷的霜花，在河水中走来又走去，一群群的鳗鱼像粉条一样在水中滑来滑去。他用力挤开鳗鱼，落在一间黑釉亮堂堂的房子里。小北风从鼠洞里、烟筒里、墙缝里不客气地刮进来。他愤怒地看着这个金色的世界，寒冬里的阳光透过窗纸射进来，照耀

① 莫言：《枯河》，《白狗秋千架》（小说集），第174页。

② 莫言：《枯河》，《白狗秋千架》（小说集），第175页。

着炕上的一堆细沙土。他湿漉漉地落在沙土上，身上滚满了细沙。他努力哭着，为了人世的寒冷。父亲说："嚎，嚎，一生下来就穷嚎！"听了父亲的话，他更感到彻骨的寒冷，身体像吐丝的蚕一样，越缩越小，布满了皱纹。[①]

这是虎子临死前因为想到自己亲眼目睹过的死亡景象后"回忆"起自己刚来到人世间时所"体味"到的生存境遇。除了"寒冷"，就是"彻骨的寒冷"。既然这个世界让自己从出生的那一刻起就遭受"寒冷"，那么还不如赶快离开它，哪怕死也在所不惜。

不用再多举例。莫言就是这样，心中充满了对现实生存环境的不满，久而久之，它们转化成了不可遏制的反抗冲动，直接影响了莫言的创作。完全可以这样说，正是莫言从童年起就淤积起来的对现实生存境遇的不满与痛恨，引发了他反抗现实，试图改变自身生存境遇的冲动；而这种对现实反抗的冲动化作精神力量和习惯势力，使得他的创作也表现出鲜明的反抗意识和叛逆精神。当然，无论是在现实中，还是在艺术世界里，莫言的反抗与叛逆，归根结底都是对人生局限性的反抗与叛逆。

---

① 莫言：《枯河》，《白狗秋千架》（小说集），第183页。

余　论

尽管我们用巴赫金的"狂欢化"理论从三个方面分析、解读了莫言的小说世界，但正如我们在前面已经指出的那样，巴赫金的"狂欢化"理论与莫言的"狂欢化"写作还是有一定的区别的，为了不至于把莫言的"狂欢化"写作与巴赫金的"狂欢化"理论机械地画上等号，在这里我们有必要对它们之间的一些不同之处作一些必要的说明。

第一，有关作者与主人公的关系问题。巴赫金在论述复调理论的时候认为，复调小说强调作者与主人公之间的平等对话关系。他还特别分析了陀思妥耶夫斯基小说中作者与主人公之间的对话关系，认为陀思妥耶夫斯基在小说中创造了一种全新的作者与主人公的关系，这是一种相互独立又相互依存且平等对话的关系。主人公不再是作者塑造出来的按一定的模式行动的客体或"典型性格"，而是具有自己的独立意志、自由力量、价值体系的主体。在这种新的作者与主人公的关系中，各种不同的声音互相交织，构成复调和多声部的交响乐。"总之，在陀思妥耶夫斯基的复调小说里，作者对主人公所取的新的艺术立场，是认真实现了的和彻底贯彻了的一种对话立场；这一立场确认主人公的独立性、内在自由、未完成性和未定论性。对作者来说，主人公不是'他'，也不是'我'，而是不折不扣的'你'，也就是他人另一个货真价实的'我'（'自在之你'）。主人公是对话的对象，而这种对话是极其严肃的，真正的对话，不是花里胡哨、故意为之的对话，也不是文学中假定性的对话。"①

在巴赫金看来，作者是在与人物对话，而不是在讲述和议论人物。当然巴赫金并不否认作者在小说中的巨大作用。他说："复调小说要求于作者的，并不是否定自己和自己的意识，而是极大地扩展、深化和改造自己的意识（当然是在特定的方向上），以便

① ［前苏联］巴赫金：《陀思妥耶夫斯基诗学问题》，第103页。

使它能包容具有同等价值的他人意识。"①谁都不能否认在复调小说中作者的"主宰"地位仍然是存在的,因为无论如何小说世界都是由作者创造的,一切归根结底都掌控在作者的笔下。尽管如此,巴赫金还是强调复调小说的作者在创作时必须有一种强烈的对话的积极性,他并不说出一切,也不背后议论自己的人物,更不给人物下结论,而是让人物自己站出来发表自己的看法,让一个人物在与另一个人物的交谈中完成自己的形象。作者只是起到一个有效的组织者的作用,就像一个乐队指挥家去精心指挥一曲交响乐曲那样。当然作者也可以是个参与者,但不决定一切。如果把这一问题置换成叙述视角的问题的话,就是指作者并不在小说中设置一个全知全能的叙述者,然后把一切都交给他来讲述,让他知道所有人物的故事甚至心理;而是让不同的人物各自独立地讲述自己所知道的一切。这样一种"全新的关系",这样一种讲述故事的方式,在莫言的小说中虽然有,但并不是他的小说最显著的、最普遍的特点。他的几个比较重要的长篇小说,至少在叙述视角的选择上没有呈现出巴赫金所说的复调小说的那种特征,尽管这些小说在其他方面,如"双声语"、"情节转变"等方面能够形成复调特征。拿《红高粱家族》和《丰乳肥臀》来说,这两部长篇小说尽管在其他方面呈现出了鲜明的复调特征——对此我们在前面的章节中已经作过分析,但就叙述角度来说,则基本属于全知全能型的"独白型小说",即小说中的所有故事或者说大部分故事都是由一个无所不知的叙述者来讲述的——这个讲述者也可能是隐形作者。《红高粱家族》中,作为孙子、儿子的"我"讲述的是"爷爷"、"奶奶"和"父亲"们的传奇故事;《丰乳肥臀》中是"我"——上官金童——讲述上官家族的不幸遭遇。《红高粱家族》中"我奶奶"、"我爷爷"和"我父亲"的所有故事尽数掌控在"我"的视野当中。他们知道的,"我"知道;他们不知道的,"我"也知道;他们干过的好事坏事,"我"知道;他们的心理活动,"我"也知道。就这样,"我"这个通晓家族历史的后辈从小说的开头至结尾,向人们讲述着"我"家的传奇故事。在讲述的过程中,"我"还不断对故事里的人物发表议论,讨论他们的"功过是非",在小说中"我"对"我奶奶"就发过不止一次的议论。如:

> 我奶奶一生"大行不拘细谨,大礼不辞小让",心比天高,命比纸薄,敢于反抗,敢于斗争,原是一以贯之。所谓人的性格发展,毫无疑问需要客观条件的促成,但如果没有内在的条件,任何客观条件也是白搭。正像毛泽东主席说的:温度可以使鸡蛋成鸡子,但不能使石头变成鸡子。孔夫子说:"朽木不可雕也,粪土之墙不可圬也",我想都是一个道理。②

① [前苏联]巴赫金:《陀思妥耶夫斯基诗学问题》,第110页。
② 莫言:《红高粱家族》,当代世界出版社2004年版,第102页。

这种具有给人物“盖棺定论”性质的议论，是典型的“背后议论”，它纯粹把人物当成已经完成了的、封闭的客体，没有给人物足够的言说自由。它凸显了讲述者积极的介入态度，但人物的主体性却被扼制了。巴赫金认为，这在复调小说中是不可能存在的。因为他认为：“复调小说作者的意识，随时随地都存在于这一小说中，并且具有高度的积极性。只是这种意识的功能，其积极性的表现形式，与独白型小说是不一样的：作者意识不把他人意识（即主人公们的意识）变为客体，并且不在他们背后给他们做出最后的定论。作者的意识，感到在自己的旁边或自己的面前，存在着平等的他人意识，这些他人意识同作者意识一样，是没有终结的、也不可能完成的。”[①]如果把“我”这个讲述者看作“隐形的作者”，那么在处理作者与人物的关系中，《红高粱家族》就不具有巴赫金所阐述的复调的特征。

同样的问题也存在于《丰乳肥臀》这部大部头作品中。上官金童作为叙述人和小说中的一个重要人物，绝大部分时间里以全知全能的方式讲述了上官家族的历史，这其中尽管插进了其他人物的叙述，但上官金童的叙述还是占了绝对的优势。

上述这种人物处理方式与巴赫金所说的在复调小说中“使主人公的各种观点能够充分地、独立地得到展现”[②]是有距离的。这种距离使得我们看到了用巴赫金的复调理论解读莫言的小说时可能存在的“缺口”，巴赫金的复调理论在这一点上似乎并不完全适合莫言的小说，当然这种不适合并不全盘否定用巴赫金的复调理论来解读莫言小说的可行性，因为巴赫金的复调理论包含的内容不仅仅只体现在这一个方面。莫言的小说在这方面不存在复调特征，但在其他方面却是依然存在的。需要指出的是，用复调理论来解读莫言的小说，并指出其不与复调理论相符的地方，并不意味着用复调理论来否定莫言小说创作所呈现出的其他艺术特色，也不是认为以全知全能这种叙述视角处理人物关系的方式就比复调小说处理人物关系的方式逊色。不同的创作方式，各有自己的优点和长处，它们同样都可以成就优秀的作品。巴赫金在讨论陀思妥耶夫斯基的小说时，拿托尔斯泰的创作与之比较，他认为托尔斯泰的作品多为“独白型小说”，但他并没有因为这个原因而否定托尔斯泰的文学成就，也没有否定“独白型小说”。相反，他认为：

> 因为每一种体裁都有自己主要的生存领域，在这个领域中它是无可替代的。所以复调小说的出现，并不能取消也丝毫不会限制独白小说（包括自传小说、历史小说、风习小说及史诗小说等等）进一步的卓有成效的发展。因为，人和自然的一

---

① [前苏联]巴赫金：《陀思妥耶夫斯基诗学问题》，第 109 页。
② [前苏联]巴赫金：《陀思妥耶夫斯基诗学问题》，第 108 页。

些生存领域，恰恰需要一种面向客体的和完成论定的艺术认识形式，也就是对白形式，而这些生存领域是会存在下去并不断扩大的。①

具体到莫言的创作，《红高粱家族》、《丰乳肥臀》等小说虽然运用的是非常传统的全知全能性的叙述视角，从整体上是比较典型的"独白型小说"（局部地方也存在复调特征），人物的独立性很弱，但这并不影响这些小说所取得的文学成就。《红高粱家族》、《丰乳肥臀》等小说无论对莫言本人来说，还是就当代中国文坛的创作状况来说，都是非常具有独创性的小说，而里面通过全知全能的叙述方式所展示给读者的几个人物，如余占鳌、"我奶奶"、上官金童、上官鲁氏等都具有独特的审美价值和认识价值，它们已经在当代文学的艺术画廊里为自己赢得了一席之地。

第二，在"狂欢化"理论中，巴赫金特别强调"笑"的作用，认为在"狂欢节"上"笑"是广场上的主导话语，其意义也非常重大。他说："它首先是节庆的诙谐。所以，它不是对某一单独（个别）'可笑'现象的个体反应。狂欢式的笑，第一，它是全民的笑（上面我们已经说过，全民性是狂欢节的本质特征），大家都笑，'大众的'笑；第二，它是包罗万象的，它针对一切事物和人（包括狂欢节的参加者），整个世界看起来都是可笑的，都可以从笑的角度，从它可笑的相对性来感受和理解；第三，即最后，这种笑是双重的：它既是欢乐的、兴奋的，同时也是讥笑的、冷嘲热讽的，它既否定又肯定，既埋葬又再生。这就是狂欢式的笑。"②

从巴赫金的论述中我们可以发现，他特别强调"狂欢节"中所洋溢的乐观、肯定的情绪，他认为"狂欢节"中的话语、行为在嘲弄、讽刺旧事物的时候，对新事物充满着希望，也预示着新事物的诞生与成长。同时他还认为，在这种情况下，人们能大胆地运用充满诅咒、嘲弄、戏谑的话语来宣泄自己心头的情绪，是获得自由的象征，意味着他们对世间一切都无所畏惧。在莫言的小说中，我们能够看到充满诅咒、嘲弄、戏谑的各种话语和行为，并由此能够感觉到人们对虚伪、丑恶、腐朽的旧事物的痛恨与否定，但在痛恨、否定和颠覆旧事物的同时，我们很少能够感受到憧憬未来的乐观情绪。也就是说，在莫言的小说中，在对旧事物的否定、颠覆中，乐观、自由的情绪并没有像巴赫金的"狂欢化"理论中所说的那样强烈和明显，这些本来就很微弱的乐观情绪和希望被严峻的现实深深地压在了心底。这与莫言所面对和描写的苦难深重的乡村生活是有着重要关系的。他所经历过和面对过的严酷的现实，使他在面对未来的时候虽然怀有希望，但又显得信心不足，于是他能够让小说中的人物痛快淋漓地宣泄对"丑陋"世界的

① ［前苏联］巴赫金：《陀思妥耶夫斯基诗学问题》，第364页。
② ［前苏联］巴赫金：《拉伯雷研究》，第14页。

不满，敢于肆无忌惮地在笑谑中向神圣事物、权威观念、等级秩序、道德规范“撒尿拉屎”，表现出一种彻底否定的反抗精神，但他却不能让人们心中的希望酣畅淋漓地高扬起来。由此，莫言的小说具有了“狂欢化”的否定性的一面，而肯定、乐观的一面则显得比较微弱。

第三，巴赫金认为，在“狂欢化”的生活中，在“狂欢化”的世界感受中，人们之间是没有等级差别的，人们之间由于等级的存在而形成的“畏惧、恭敬、仰慕”等心理，以及由于人们不平等的社会地位所造成的一切现象都消失了。他指出：

> 人们相互间的任何距离，都不再存在；起作用的倒是狂欢式的一种特殊范畴，即人们之间随便而又亲昵的接触。这是狂欢式的世界感受中十分重要的一点。在生活中为不可逾越的等级屏障分割开来的人们，在狂欢广场上发生了随便而亲昵的接触。亲昵的接触这一点，决定了群众性戏剧的组织方法带着一种特殊的性质，也决定了狂欢式有自由随便的姿态，决定了狂欢具有坦率的语言。①

我们暂且不论巴赫金所建构的这种带有“民间乌托邦”色彩的理论以及他在这种理论指导下对陀思妥耶夫斯基与拉伯雷作品的分析是否完全合理，但当我们用它来关照莫言的小说时，我们必须指出，莫言小说中的“狂欢化”程度，还没有达到巴赫金所构想的那种理想化的程度。具体来说，在“狂欢化”的写作中，莫言小说中人与人之间由各种原因造成的畏惧、恭敬、等级秩序并没有完全消除，人们内心深处还存在着“畏惧、恭敬、仰慕”，人与人之间、人与鬼神之间仍然存在着明显的距离。比如莫言在《丰乳肥臀》中所描写的“雪集”中的情形。从其中的一些情节来看，参加“雪集”的人们都进入了“脱离常规的生活”之中，进行着一种非常规的生活。人们自由地进行着“雪中的交易、雪的祭祀和庆典”，进行着“加冕”、“脱冕”的种种活动，但就是在这样的集市上，人们却不能说话：

> 这是一个必须将千言万语压在心头、一开口说话便要招灾致祸的仪式。在“雪集”上，你只能用眼睛看，用鼻子嗅，用手触摸，用心思体会揣摩，但是你不能说话。至于说话究竟会带来什么样的后果，没有人问，也没有人说，仿佛大家都知道，大家都心照不宣。②

这样的集会显然没有达到完全“狂欢化”的程度，因为它没有消除人们内心的所有恐

① [前苏联]巴赫金：《陀思妥耶夫斯基诗学问题》，第176页。

② 莫言：《丰乳肥臀》，第209页。

惧，没有带给人们完全的自由，因此跟巴赫金所说的“狂欢化”是有一定的区别的。

第四，巴赫金非常重视人物的独立意识，他从陀思妥耶夫斯基的小说中发现了陀思妥耶夫斯基所描绘的人物具有“思想者”的特点，并分析了思想在人物身上的作用。他说：

> 思想在主人公的意识中，过着独立的生活，因此实际上生活着的不是他本人，而是思想。小说家写的不是主人公的生平，而是主人公身上那思想的生平。
>
> 思想成了描绘的对象，成了塑造主人公形象的重心，结果导致小说世界的解体，分裂为众多主人公的世界；这些主人公世界是由左右着主人公的思想组织而形成的。①

正是这种对“思想者”的描绘，使得各种独立意识之间形成了对话，从而有了小说的复调艺术特征。巴赫金认为这在陀思妥耶夫斯基的小说中是非常普遍的，并把它当作形成复调小说的主要手段之一。在莫言的小说中，也存在这样的描写方式，但并不是陀思妥耶夫斯基式的那种典型的描写方式。莫言笔下的众多人物有自己的独立意识，但并不是“思想者”型的，也很少像陀思妥耶夫斯基小说中的人物那样考虑生命的意义，更不探讨伦理道德、宗教救赎等这些具有形而上色彩的问题。更多的时候，莫言笔下的人物表现出的是跟着感觉走的我行我素，并且其思想行为总是与生活中细小琐碎、低下鄙俗的现象相联系，具有明显的形而下的特征。但即使是这样，这些人物间也能形成自己的对话，因为他们考虑问题的方向不一样，认识世界的视角不一样，理解周围世界的方式不一样，当他们不可避免地相遇以后，对话也就不可避免地产生了。

巴赫金认为，在复调小说中，思想成了被描写的对象，就意味着其余的与人物有关的因素，如性格特征、人物的生活背景、环境成了无关紧要的因素。因此，我们在陀思妥耶夫斯基的小说中很少看到对环境的描写，也很少找不到典型的性格特征。不管巴赫金的这种说法是否如实地反映了陀思妥耶夫斯基小说的艺术特点，但在莫言的小说中，环境描写和人物性格特征的塑造却是非常显著的一个特色，而且是莫言小说的一个优点。莫言的许多小说对环境的描写从来都是不惜笔墨，非常细致的；对人物的塑造，也善于突出其鲜明的性格特征。莫言的这种写作方式并没有影响他的小说以其他的方式形成复调特色。其中的原因在于，环境描写、典型性格的塑造与小说复调艺术特色的形成并不是矛盾的，它们完全可以融合在同一部小说之中，各自完成自己的审美使命。巴赫金认为把思想作为描写的对象时，就不注重人物活动环境的描写和性格特征的塑造，那是他对陀思妥耶夫斯基小说的一种认识，当把这种认识上升到理论的

① ［前苏联］巴赫金：《陀思妥耶夫斯基诗学问题》，第 51、52 页。

高度时,它似乎并没有广泛的普遍性。

第五,巴赫金的"狂欢化"理论特别强调怪诞形象的双重性,尤其是在"怪诞现实主义"那里,双重性是一个极为重要的特性。巴赫金认为怪诞不是一种纯粹的否定性力量,它在讽刺、嘲弄旧事物的同时,内在地包含着积极、肯定的新生力量。比如死亡中蕴含着重生,地狱包纳着转变等。巴赫金正是按着这一思路来分析、阐释拉伯雷的鸿篇巨制《巨人传》的。莫言的怪诞写作在一些地方也存在着明显的双重性,比如《红高粱家族》中"我奶奶"那辉煌无比的死就暗示着一种新生。她的鲜血化作肥沃土壤的养料滋养着"高密东北乡"一代代后来人的诞生、成长。但这种怪诞的双重性在莫言的小说中并不占有主导性,更多的时候,怪诞的否定性控制着他的小说世界。我们可以从巴赫金关于拉伯雷《巨人传》中的"筵席"吃喝这种怪诞行为与莫言小说中的吃喝行为之间的对比看出二者间的差异。

巴赫金在阐释、论述拉伯雷的《巨人传》中巨人高康大和庞大固埃的"疯狂吃喝"行为时,认为这种毫无节制、山吃海喝的"饕餮"行为是对生命主体意识的夸张式宣扬,是民间诙谐文化中对生命活力的渴望与展现;同时也暗含着文艺复兴时期的时代文化精神,那就是对神学清规戒律压制人的肉体欲望、贬抑人的主体精神的有力反驳。在论述"狂欢化"式的"疯狂吃喝"行为时,巴赫金非常看重"疯狂吃喝"的正面的、积极的建设性意义。他特别强调吃喝这种行为带给人的愉悦感和幸福感,认为:在吃的活动中,人与世界的相逢是欢乐的,凯旋式的;他战胜了世界,吞食了它,而没有被吞食。这是巴赫金"狂欢化"诗学关于山吃海喝这种"怪诞现实主义"现象的文化界定。反观莫言小说中相关的吃喝行为,我们可以发现,它们的文化内涵相对要复杂一些。在莫言的作品中,有些吃喝行为具有鲜明的双重性,既有揭露、批判丑陋现实的功能,也有张扬人的反抗精神和主体意识的意图,且正面的、积极的意义占主导地位。能够很好地体现这种倾向的作品是长篇小说《四十一炮》中的主人公罗小通的吃喝行为和吃喝逻辑,相关内容我们在前面已经阐述过。这里有一点需要补充,那就是,莫言笔下的这种吃喝行为产生的根源在于食物匮乏造成的饥饿,这与《巨人传》中的吃喝完全源自于无止境的食欲、但跟食物匮乏毫无关系是不一样的。在巴赫金看来,《巨人传》里的吃喝行为是生命力旺盛的表征或新生的源泉,是孕育生命的象征,同时也是文艺复兴时期对人的生命意识和主体意识的颂扬;莫言笔下的吃喝行为很多仅仅是为了满足饥饿造成的生理需求,是维持生命的需要。当然,莫言的这种文化审美倾向是由他所描绘的特殊的时代和生存环境所决定的。

巴赫金在讨论《巨人传》中的"筵席"形象时还指出,那种夸张式的"山吃海喝"行为同民间节日仪式密切相关,具有普天同庆的意味,因此吃喝行为是一种愉悦的肉体体验。同时,在狂欢化的筵席上,由于人们体验到的是狂欢化的生存感受,即没有等级差别的、取消了各种禁锢和禁令的、没有高低贵贱之分别的生存感受，因此，狂欢化的吃喝行为是在一种轻松自由、愉悦欢快的氛围中完成的。莫言笔下的吃喝行为有些具有这样的形式特征，比如《四十一炮》中的吃喝比赛以及罗小通的一些吃喝行为。但莫言对吃喝的描写和表现更多的时候并没有这种积极欢快的因素。在其小说世界里，我们经常看到的景象是，吃喝是与贫困、痛苦、耻辱尤其是饥饿相伴的。莫言对吃喝的这种负面的、消极的体验，在其散文里有过"实证"式的表述。我们不妨通过两个片段来看看吃喝留给他的不良印象：

> 一句话把我的心彻底凉透了，因为吃人家的东西所蒙受的耻辱一桩桩一件件涌上心头。我怎么这样下贱？我怎么这样没有出息？你实在想吃，一个人下个馆子不就行了吗？你想怎么吃就怎么吃！你多么凶恶地吃就多么凶恶地吃。你吃光了肉把盘子也舔了也没人嘲笑你。你自己经常地忘记自己的身份，你忘记了自己是一个乡巴佬，人家那些人从根本上就瞧不起你，压根儿就没有把你当个人看。①

> 我回想三十多年来吃的经历，感到自己跟一头猪、一条狗没有什么区别，一直哼哼着，转着圈子，找点可吃的东西，填这个无底洞。为了吃我浪费了太多的智慧，现在吃的问题解决了，脑筋也渐渐不灵光了。②

这就是吃喝留给莫言的印象，莫言把它与耻辱联系在一起，把自己的吃喝经历比作猪狗一样寻找食物。尽管这也许是莫言遇到不愉快情景后所发的激愤之言，但因吃喝给自己带来的情感上的伤害应该是真实的。如此一来，他笔下的"吃喝"自然也就很难表现出积极欢快的审美意蕴。这与巴赫金所说的"狂欢化"的吃喝具有普天同庆的愉快氛围和感受自然是有区别的。

除此之外，莫言小说中的有些吃喝行为，只具有"狂欢化"写作的单一取向，即对官僚腐败现象和人的贪婪欲望的嘲讽和批判。这与巴赫金所说的吃喝所包含的双重性——批判种种禁欲主义与孕育新生也是有区别的。能够体现这一倾向的作品是长篇小说《酒国》。《酒国》里的吃喝行为堪称疯狂，但它却不具有任何孕育生机的积极意义，仅仅是人的毫无止境的贪欲的展示而已。鉴于此，从比较全面、严格的角度而言，这样的吃喝行为是不能算作"狂欢化"行为的。但考虑到这种毫无节制的吃喝行为具有一定的否定性意味，且在形态上确实具有"怪诞色彩"，我们倒也不妨把它看作一种

① 莫言：《吃事三篇》，《小说的气味》（散文演讲集），第216页。
② 莫言：《吃事三篇》，《小说的气味》（散文演讲集），第221～222页。

扩展了的“狂欢化”行为。同时，考虑到巴赫金“狂欢化”诗学尽管是阐释拉伯雷《巨人传》的理论结晶，但并不是一个封闭的理论体系，按照巴赫金所持有的对话性思维模式来考察，“狂欢化”诗学应该是动态化的，是需要不断补充、扩容的。

作为“怪诞现实主义”构成因素的情欲或肉体欲望在巴赫金的“狂欢化”诗学中同样具有积极意义，是孕育新生的重要行为。莫言的小说中有些情欲的确蕴含着促使生命不断成长、走向成熟的能量，蕴含着命运发生转折的强大力量，比如《红高粱家族》中“我爷爷”、“我奶奶”之间的野合，《白狗秋千架》中暖的偷情要求，《丰乳肥臀》中母亲上官鲁氏为了生男孩所作出的种种努力，都孕育着人生发生转折契机。相关内容我们在前面已有所论述。但莫言笔下的有些难以遏制的肉体欲望，并没有这方面的生命能量，相反，似乎是一种发泄式的、生理性的动物式的交媾行为。《四十一炮》、《生死疲劳》中的一些片段就有这样的缺憾。

第六，从哲学层面上看，巴赫金“狂欢化”理论的根本精神在于它的否定等级、追求平等、蔑视大一统的意识形态。无论是由大型对话、微型对话和杂语构成的复调理论，还是“以丑为美”、以“怪诞为美”的“怪诞现实主义”，都无一不把思想的锋芒指向了文化专制与思想专制。换句话说，巴赫金的“狂欢化”理论蕴含着反叛一切制造等级、专制权威的文化内涵。在这一点上，莫言的小说创作所体现出来的文化内涵，可以说与“狂欢化”理论在精神上是相通的。“我痛恨所有的神灵”，就是对莫言写作精神的高度概括。正是这种蔑视一切、嘲讽神灵的叛逆精神，使得他敢于把大便说成是“进口的香蕉”，把小便说成是“治病的良药”，借祖辈的雄悍嘲讽后世子孙的懦弱退化，用“丰乳肥臀”这类带有情色意味的字眼来歌颂母亲，以不可思议的人兽交合揭露生存的荒诞滑稽，以猪羊交配的离奇情节讽刺历史的荒谬疯狂，以对酷刑的精细描绘挑战读者的神经极限……所有这一切，都可以归结到他的叛逆精神上。“我痛恨所有的神灵”是对他的叛逆精神的哲学表达，是他反对权威、追求平等对话心声的吐露。在这一点上，莫言的艺术精神与巴赫金的复调理论、“怪诞现实主义”、杂语写作的艺术精神是相一致的。

巴赫金的以复调理论为基础和核心的“狂欢化”理论在哲学层面上就是以打碎僵化的权威规范、推翻独白型的思想统治为旨归的，目的在于彰显一种平等对话的精神和氛围，形成众声喧哗的“狂欢化”存在形态。莫言喊出“我痛恨所有的神灵”的口号，其目的无非也就是破除权威，打碎僵化的各种规范，追求一种自由言说的艺术氛围，开辟一方没有制约的创作空间。

正如巴赫金的“狂欢化”理论带有乌托邦色彩，尽管莫言“狂欢化”写作所表现出的反叛之力所能达到的边界也是有限的，但我们还是能够看到，莫言在文学创作领域所达到的高度是令人炫目的。他对中国当代文学小说题材领域的扩展，对小说体裁的探索和表现手段的丰富，对小说艺术自由精神的提升，对中国当代文学走向世界并获得国际声誉,发挥了极为显赫的作用。即使我们把目光仅仅投放在莫言个人的创作历程上,莫言"狂欢化"式的叛逆性写作对他个人来说也产生了重大的积极影响。中国当代文坛上创作成果丰硕的作家不少,包括莫言在内,还有诸如王蒙、贾平凹、王安忆、张炜、铁凝、阿来等。这些作家都有自己独特的艺术风格,都在各自的创作进程中不断求新求变,但相比之下,莫言求变的冲动似乎最为高涨,实际的效果也最为明显,尤其是在长篇小说创作方面更为突出。莫言的十几部长篇小说,从《红高粱家族》开始,一直到《蛙》,在题材、主题、风格上都存在着巨大差异,重复的地方很少。不管后一部作品是否完成了对前一部作品的超越,莫言不愿重复自己的这种创新精神都是难能可贵的。他的这种在小说艺术上不断探索的开拓精神,真正应合了巴赫金所说的小说是一种未完成的艺术体裁,永远处于成长之中的理论界定。我们是否可以说,莫言在追求小说艺术的无限性上体验到了巴赫金所说的"狂欢化"的生命感受呢?

莫言的小说创作体现出来的反叛精神给他的创作带来了一个崭新的空间,也为中国当代文学开辟了新的艺术领地,当然其中因用力过猛所产生的负面影响也是需要我们谨慎对待的。"他似乎要把有生以来所感受到的、经历过的、听到的、看到的、想象到的全部龌龊全部抛出来,竭尽刺激感官之能事,仇恨、诋毁、诅咒既有的一切文化形态,包括他曾经满怀激情所歌颂过的红高粱、土地、野性、性。"①莫言在某些领域和层面的反叛,的确有过犹不及之缺陷。

总而言之,巴赫金的"狂欢化"理论的确在某种程度上为我们分析、解读莫言的小说世界提供了一个很好的视角,它能够使我们发现莫言小说中许多有意义的东西,能够帮助我们感受到莫言小说世界的一些独特的艺术魅力。但我们也必须指出,二者之间的不吻合之处也是非常明显的。因此,我们有必要再次强调在绪论中所作的一些阐述:莫言的小说在一定程度上,在一定范围内含有巴赫金所说的"狂欢化"的因素或因子。这既是我们运用"狂欢化"理论时所遵循的根据,也是我们必须注意的限度。我们不能奢求用巴赫金的"狂欢化"理论把莫言博杂繁芜的小说世界尽收眼底,一网打尽;也不能简单、机械地用莫言的小说去反证巴赫金的"狂欢化"理论。

---

① 王干:《反文化的失败——莫言近期小说批判》,《读书》1988 年第 10 期。

主要参考文献

一、专　著

1.[前苏联]巴赫金:《小说理论》,白春仁、晓河译,河北教育出版社 1998 年版。
2.[前苏联]巴赫金:《诗学与访谈》,白春仁等译,河北教育出版社 1998 年版。
3.[前苏联]巴赫金:《哲学美学》,晓河等译,河北教育出版社 1998 年版。
4.[前苏联]巴赫金:《周边集》,河北教育出版社 1998 年版。
5.[前苏联]巴赫金:《拉伯雷研究》,李辉凡等译,河北教育出版社 1998 年版。
6.[前苏联]巴赫金:《文本、对话与人文》,白春仁等译,河北教育出版社 1998 年版。
7.[前苏联]巴赫金:《巴赫金文论选》,佟景韩译,中国社会科学出版社 1996 年版。
8.[前苏联]巴赫金:《巴赫金集》,张杰编选,上海远东出版社 1998 年版。
9.[日]北冈诚司:《巴赫金:对话与狂欢》,魏炫译,河北教育出版社 2002 年版。
10.程正民:《巴赫金的文化诗学》,北京师范大学出版社 2001 年版。
11.孔范今主编:《莫言研究资料》,山东文艺出版社 2006 年版。
12.刘康:《对话的喧声:巴赫金的文化转型理论》,中国人民大学出版社 1995 年版。
13.梅兰:《巴赫金哲学美学和文学思想研究》,华中科技大学出版社 2005 年版。
14.莫言:《红高粱家族》,当代世界出版社 2004 年版。
15.莫言:《十三步》(小说集),当代世界出版社 2004 年版。
16.莫言:《白棉花》(小说集),当代世界出版社 2004 年版。
17.莫言:《透明的红萝卜》(小说集),当代世界出版社 2004 年版。
18.莫言:《酒国》,当代世界出版社 2004 年版。
19.莫言:《红树林》,当代世界出版社 2004 年版。
20.莫言:《白狗秋千架》(小说集),当代世界出版社 2004 年版。

21. 莫言:《丰乳肥臀》,当代世界出版社 2004 年版。

22. 莫言:《檀香刑》,当代世界出版社 2004 年版。

23. 莫言:《天堂蒜薹之歌》,当代世界出版社 2004 年版。

24. 莫言:《食草家族》,当代世界出版社 2004 年版。

25. 莫言:《小说的气味》(散文演讲集),当代世界出版社 2004 年版。

26. 莫言:《四十一炮》,春风文艺出版社 2003 年版。

27. 莫言:《红高粱家族》,上海文艺出版社 2005 年版。

28. 莫言:《与大师约会》(小说集),上海文艺出版社 2005 年版。

29. 莫言:《丰乳肥臀》,中国工人出版社 2003 年版。

30. 莫言、王尧:《莫言王尧对话录》,苏州大学出版社 2003 年版。

31. 莫言:《什么气味最美好》,海南出版公司 2002 年版。

32. 莫言:《生死疲劳》,作家出版社 2006 年版。

33. 莫言、王尧等编著:《莫言对话新录》,文化艺术出版社 2010 年版。

34. 莫言:《用耳朵阅读》,作家出版社 2012 年版。

35. 莫言:《会唱歌的墙》,作家出版社 2012 年版。

36. 沈华柱:《对话的妙悟:巴赫金语言哲学思想研究》,上海三联书店 2005 年版。

37. [法]托多罗夫:《巴赫金、对话理论及其他》,蒋子华、张萍译,百花文艺出版社 2001 年版。

38. 王建刚:《狂欢诗学:巴赫金文学思想研究》,学林出版社 2001 年版。

39. 夏忠宪:《巴赫金"狂欢化"诗学研究》,北京师范大学出版社 2000 年版。

40. 曾军:《接受的复调:中国巴赫金接受史研究》,广西师范大学出版社 2004 年版。

41. 张杰:《复调小说理论研究》,漓江出版社 1992 年版。

42. 张志忠:《莫言论》,中国社会科学出版社 1990 年版。

43. 周启超:《对话与建构》,安徽文艺出版社 2004 年版。

44. 孔范今主编:《莫言研究资料》,山东文艺出版社 2006 年版。

45. 叶开:《野性的红高粱:莫言传》,二十一世纪出版社 2012 年版。

46. 付艳霞:《莫言的小说世界》,中国文史出版社 2012 年版

47. 扬扬主编:《莫言作品解读》,华东师范大学出版社 2012 年版。

48. 邵纯生、张毅编著:《莫言和他的民间乡土》,青岛出版社 2013 年版。

49. 陈晓明主编:《莫言研究》,华夏出版社 2013 年版。

50. 李斌、程桂婷编:《莫言批判》,北京理工大学出版社 2013 年版。

51. 叶开:《莫言的文学共和国》,北京大学出版社 2013 年版。

52. 杨守森、贺立华主编:《莫言研究三十年》(上、中、下),山东大学出版社 2013 年版。

二、论　文

1. 程德培:《被记忆缠绕的世界——莫言创作中的童年视角》,《上海文学》1986 年第 4 期。

2. 程光炜:《魔幻化、本土化与民间资源》,《当代作家评论》2006 年第 6 期。

3. 陈吉德:《穿越高粱地:莫言研究综述》,《山东师大学报》1997 年第 2 期。

4. 崔京生:《关于〈透明的红萝卜〉的思考》,《中国作家》1985 年第 2 期。

5. 陈墨、王野:《论余占鳌》,《解放军文艺》1986 年第 12 期。

6. 陈思和:《声色犬马皆有境界——莫言小说艺术三题》,《作家》1987 年第 8 期。

7. 陈思和:《历史与现时的二元对话——兼谈莫言新作〈玫瑰玫瑰香气扑鼻〉》,《钟山》1988 年第 1 期。

8. 陈思和:《莫言近年小说创作的民间叙述——莫言论之一》,《钟山》2001 年第 5 期。

9. 陈淞:《迟到的批评——莫言〈丰乳肥臀〉择谬述评》,《河南大学学报》1998 年第 3 期。

10. 大卫:《莫言及其感觉的宿命》,《文学自由谈》1988 年第 2 期。

11. 邓嗣明:《用感觉编织的艺术世界——莫言小说技法探踪》,《写作》1989 年第 1 期。

12. 丁帆:《亵渎的神话:〈红蝗〉的意义》,《文学评论》1989 年第 1 期。

13. 段海霞:《莫言创作心态探源》,《淮北师院学报》1990 年第 1 期。

14. 范宗武:《试谈莫言小说的"意象"》,《文学评论家》1987 年第 4 期。

15. 郭冰茹:《寻找一种叙述的方式》,《当代作家评论》2006 年第 6 期。

16. 韩琛:《历史的挽歌与生命的绝唱——论莫言长篇新作〈檀香刑〉》,《小说评论》2002 年第 1 期。

17. 贺绍俊、潘凯雄:《莫言的小说模式及其意义初探》,《文学评论家》1986 年第 5 期。

18. 贺绍俊、潘凯雄:《毫无节制的〈红蝗〉》,《文学自由谈》1988 年第 1 期。

19. 洪治纲:《刑场背后的历史——论〈檀香刑〉》,《南方文坛》2001 年第 6 期。

20. 黄发有:《莫言的"变形记"》,《当代作家评论》2006 年第 6 期。

21. 季桂起:《论莫言〈檀香刑〉的文化内涵》,《齐鲁学刊》2004 年第 1 期。

22. 季红真:《忧郁的土地,不屈的精魂——莫言散论之一》,《文学评论》1987 年第 6 期。

23. 季红真:《神话结构的自由置换》,《当代作家评论》2006 年第 6 期。

24. 蒋原伦:《中国风格——关于〈檀香刑〉》,《南方文坛》2001 年第 6 期。

25. 金汉:《评近年小说新潮中的莫言——兼论当今"新潮小说"的某种趋优走向》,《浙江师范大学学报》1987 年第 1 期。

26. 金衡山:《影响和汇合——〈丰乳肥臀〉的解构主义解读》,《国外文学》1997 年第 1 期。

27. 雷达:《历史的灵魂与灵魂的历史——论红高粱系列小说的艺术独创性》,《昆仑》1987 年第 1 期。

28. 李陀:《现代小说中的意象——莫言小说集〈透明的红萝卜〉》,《文学自由谈》1986 年第 1 期。

29. 李红宁:《人性的张力——从莫言的作品看莫言》,《百家》1989 年第 5 期。

30. 李建军:《是大象,还是甲虫?——评〈檀香刑〉》,《河南师院学报》2002 年第 1 期。

31. 李洁非、张陵:《莫言的意义》,《读书》1986 年第 6 期。

32. 李洁非、张陵:《精神分析学与〈红高粱〉的叙事结构》,《北京文学》1987 年第 1 期。

33. 李洁非:《莫言小说里的"恶心"》,《当代作家评论》1988 年第 5 期。

34. 莫言、王尧:《从〈红高粱〉到〈檀香刑〉》,《当代作家评论》2002 年第 2 期。

35. 潘新宁:《〈红高粱〉的失误及其原因》,《文艺争鸣》1987 年第 5 期。

36. 彭荆风:《〈丰乳肥臀〉性变态视角》,《文学自由谈》1996 年第 2 期。

37. 李静:《不驯的疆土——论莫言》,《当代作家评论》2006 年第 6 期。

38. 李敬泽:《莫言与中国精神》,《小说评论》2003 年第 1 期。

39. 李万钧:《试论莫言小说的借鉴特色和独创性》,《当代文艺探索》1987 年第 6 期。

40. 李咏吟:《莫言与贾平凹的原始故乡》,《小说评论》1995 年第 3 期。

41. 林在勇:《心灵底片的曝光——试析莫言作品的瞬间印象方式》,《文学评论家》1986 年第 5 期。

42. 刘蓓蓓、李以洪:《母性崇拜与肥臀情结——读莫言的〈丰乳肥臀〉》,《文艺评论》1996 年第 9 期。

43. 陆文虎:《莫言和他的〈红高粱〉》,《文学自由谈》1986 年第 5 期。

44. 罗兴萍:《试论莫言〈酒国〉对鲁迅精神的继承》,《安徽师范大学学报》2002 年第 6 期。

45. 孟悦:《荒野弃儿的归属——重读〈红高粱家族〉》,《当代作家评论》1990 年第 3 期。

46. 彭荆风:《视角的瘫痪——评〈丰乳肥臀〉》,《文艺理论与批评》1996 年第 5 期。

47. 钱林森、刘小荣:《"异端"间的潜对话(西方象征主义与莫言、张承志的小说)》,《南京大学学报》1992 年第 1 期。

48. 孙郁:《莫言:与鲁迅相逢的歌者》,《当代作家评论》2006 年第 6 期。

49. 谭桂林:《论〈丰乳肥臀〉的生殖崇拜与狂欢叙事》,《人文杂志》2001 年第 5 期。

50. 谭好哲:《"祖宗崇拜"与莫言文化选择的偏执》,《文艺批评家》1989 年第 1 期。

52. 王爱松:《杂语写作:莫言小说创作的新趋势》,《当代文坛》2003 年第 1 期。

53. 王炳根:《审视:农民影响起义》,《文艺争鸣》1987 年第 4 期。

54. 王冲、石挺:《融合与超越》,《当代文学研究资料与信息》1988 年第 2、3 期。

55. [美]王德威:《千言万语,何若莫言》,《读书》1999 年第 3 期。

56. 王干:《反文化的失败——莫言近期小说批判》,《读书》1988 年第 10 期。

57. 王金城:《从审美到审丑:莫言小说的美学走向》,《北方论丛》2000 年第 1 期。

58. 王金城:《理性处方:莫言小说的文化心理诊脉》,《北方论丛》2002 年第 1 期。

59. 王宏图整理:《莫言:沸腾的感觉世界的爆炸》,《当代文艺探索》1987 年第 6 期。

60. 王光东:《民间的现代之子——重读莫言的〈红高粱家族〉》,《当代作家评论》2000 年第 5 期。

61. 王光东:《复苏民间想象的传统力量》,《当代作家评论》2006 年第 6 期。

62. 王国华、石挺:《莫言与马尔克斯》,《艺谭》1987 年第 3 期。

63. 王欣荣:《莫言论》,《东岳论丛》1989 年第 1 期。

64. 王者凌:《"胡乱写作"遂成"怪诞"》,《当代作家评论》2006 年第 6 期。

65. 吴非:《莫言小说与后期印象派色彩美学》,《作家》1994 年第 5 期。

66. 吴俊:《莫言小说中的性意识——兼评〈红高粱〉》,《当代作家评论》1987 年第 5 期。

67. 吴义勤等:《"自由"的小说》,《山花》2006 年第 5 期。

68. 夏志厚:《红色的变异:从〈透明的红萝卜〉、〈红高粱〉到〈红蝗〉》,《上海文论》1988 年第 1 期。

69. 谢有顺:《当死亡比活着更困难——〈檀香刑〉中的人性分析》,《当代作家评论》2001 年第 5 期。

70. 颜纯钧:《幽闭而骚乱的心灵——论作为一种文学现象的莫言小说》,《当代作家评论》1988 年第 3 期。

71. 杨联芬:《莫言小说的价值与缺陷》,《北京师范大学学报》1990 年第 1 期。

72. 杨经建:《"戏剧化"生存——〈檀香刑〉的叙事策略》,《文艺争鸣》2002 年第 5 期。

73. 易小斌:《〈红蝗〉中的生命意识》,《三峡大学学报》2000 年第 6 期。

74. 余杰:《在语言暴力的乌托邦中迷失》,《社会科学论坛》2004 年第 3 期。

75. 张闳:《莫言小说的基本主题与文体特征》,《当代作家评论》1999 年第 5 期。

76. 张闳:《感官的王国——莫言笔下的经验形态及功能》,《当代作家评论》2000 年第 5 期。

77. 张闳:《〈酒国〉的修辞分析》,《作品》1996 年第 1 期。

78. 张军:《莫言:反讽艺术家——读〈丰乳肥臀〉》,《文艺争鸣》1996 年第 3 期。

79. 张柠:《文学与民间性——莫言小说里的中国经验》,《南方文坛》2001 年第 6 期。

80. 张清华:《叙述的极限——论莫言》,《当代作家评论》2003 年第 2 期。

81. 张清华:《天马的缰绳》,《当代作家评论》2006 年第 6 期。

82. 张志忠:《奇情异彩亦风流——莫言感觉层小说探析》,《钟山》1986 年第 3 期。

83. 张志忠:《论莫言的艺术感觉》,《文艺研究》1986 年第 4 期。

84. 周立民:《叙述就是一切》,《当代作家评论》2006 年第 6 期。

85. 周英雄:《酒国的虚实》,《当代作家评论》1993 年第 2 期。

86. 薄刚、王金城:《从崇拜到亵渎:莫言小说的母性言说》,《北方论丛》2000 年第 3 期。

后 记

重新阅读、整理这本书稿的时候，我对内容并不特别在意，倒是总是情不自禁地想起草拟、撰写这部书稿时的那些日子。现在回想起来，那真是一段令人难忘的美好岁月。那个时候，虽然因为学业而感到焦虑——毕竟写出一篇像样的、能够达到毕业水准的博士论文对我来说不是一件简单的事情，但我的身心还是异常轻松。如今，每每想起那段日子，我就感到很是欣慰，庆幸自己度过了那么一段令人难忘的美好岁月。重新回到过去已绝无可能，能够留住那段时光的唯一办法是借助自己所做的某些事情将其封存，让它变为平庸、琐碎的生命之流中的美好回忆。这是我出版这部书稿的根本动机。

这部书稿是在我的博士论文《狂欢化写作——莫言小说论》的基础上修改、补充完成的。论文的完成得到了许多老师、朋友的帮助和支持。陈思和先生、朱晓进先生、孔范今先生、丁帆先生、沈卫威先生、黄发有先生、王爱松先生、张光芒先生等对论文的撰写提出了宝贵的意见、建议，在此表示衷心感谢！在论文定题、撰写的过程中，指导老师王彬彬先生自始至终给予了我莫大的关注与悉心的指导。王先生治学严谨，在学术问题上不允许有任何浮躁的作风，在跟随他学习的几年里，他的言行给我留下了深刻的印象。与他交谈时，他话语并不太多，但阅读他写下的那些文字在某种程度上弥补了这种“缺憾”。我的书架上也有不少书，但重复阅读的却不多，王先生的著作却总是让我忍不住一遍一遍地阅读。阅读他的文字的时候，获得的不仅仅是知识，还有学术带给我的那份愉悦与令人心胸舒展的书生意气。

首都师范大学文学院的张志忠先生为本书的最终定稿提出了宝贵的意见，并为书稿撰写了序言。张先生是国内莫言研究的权威专家，在莫言研究界早已声名显赫，能够屈尊为像我这样的无名小卒的小书写序，可见其谦逊。

山东大学出版社的董付兰女士为本书的编辑出版付出了辛勤的劳作，她的热情、周到、兢兢业业的职业精神给我留下了深刻印象。

本书稿的最终出版获得了西藏民族学院相关部门和人士的大力支持和帮助，对于他们的辛勤付出，在此表示衷心感谢！

书稿从最初的草拟到最后的定稿，都得到了我爱人于宏女士的倾力相助。没有她的默默付出，书稿是不可能完成的。尽管一声感谢难以表达我内心对她的感激之情，但我还是向她表示由衷的感谢，感谢她这么多年来的辛勤操劳！

胡沛萍

2014 年 5 月